CHESTER HIMES

O HARLEM É ESCURO

Tradução de Celina Falk Cavalcante

www.lpm.com.br

L&PM POCKET

Coleção **L&PM** Pocket, vol. 520

Título original: *Blind man with a pistol*

Tradução: Celina Falk Cavalcante
Capa: Ivan Pinheiro Machado sobre foto de Leonard Freed (Magnun Photos).
© da foto: Leonard Freed (USA. New York City. Harlem).
Revisão: Bianca Pasqualini, Jó Saldanha e Renato Deitos

ISBN: 85.254.1514-X

H657h   Himes, Chester Bomar, 1909-1984
          O Harlem é escuro / Chester Bomar Himes; tradução de Celina Falk Cavalcante. -- Porto Alegre : L&PM, 2006.
          256 p. ; 18 cm. -- (Coleção L&PM Pocket, n. 520)

          1.Literatura norte-americana-romances policiais. I. Título. II.Série.

CDU 821.111(73)-312.4

Catalogação elaborada por Izabel A. Merlo, CRB 10/329.

© 1969 by Lesley Himes

Todos os direitos desta edição reservados a L&PM Editores
Porto Alegre: Rua Comendador Coruja 314, loja 9 - 90.220-180
Floresta - RS / Fone: 51.3225.5777
Pedidos & Depto. comercial: vendas@lpm.com.br
Fale conosco: info@lpm.com.br
www.lpm.com.br

Impresso no Brasil
Outono de 2006

Chester Himes

Chester Himes nasceu em 29 de julho de 1909, na cidade de Jefferson, no Missouri, em uma família de classe média. Seu pai era professor. Cursou brevemente a Ohio State University, onde sua visão do racismo aguçou-se. Foi expulso e então começou uma descida ao submundo. De 1929, quando tinha dezenove anos, a 1936, cumpriu pena por roubo a mão armada (a sentença era de 25 anos). Foi durante esse período que começou a escrever. Suas histórias foram publicadas em diversos periódicos norte-americanos, como *Atlanta Daily World* e *Esquire*. Ao sair da prisão, em liberdade condicional, trabalhou em diversos empregos. Seu primeiro romance publicado, *If He Hollers, Let Him Go* (1945), já tem o racismo como tema central. O escritor era ignorado no seu país e celebrado no exterior, sobretudo na França, então, em meados da década de 50, exilou-se em Paris, onde conviveu com os também escritores negros, norte-americanos e expatriados James Baldwin, Ralph Ellison e Richard Wright. Foi de lá que escreveu e publicou, em 1957, *For Love of Imabelle* (posteriormente rebatizado *A Rage in Harlem*), o primeiro de nove *thrillers* policiais passados no Harlem, tendo os detetives negros Grave Digger Jones e Coffin Ed como protagonistas. A série teve enorme sucesso. Himes mudou-se para a Espanha em 1969, onde morreu, em 1984. Entre seus títulos mais conhecidos, estão: *Blind Man with a Pistol* (*O Harlem é escuro*), *Cotton comes to Harlem*, *The Crazy Kill, A Rage in Harlem, The Real Cool Killers* (*Um jeito tranqüilo de matar*) e *The Heat's On*.

Prefácio

Um amigo meu, Phil Lomax, me contou a história de um cego armado com uma pistola que alvejou o homem que lhe deu uma bofetada em um trem do metrô e matou uma pessoa inocente, que estava tranquilamente lendo seu jornal, do outro lado do corredor. Aí pensei: igualzinho às notícias de hoje em dia, tumultos nos guetos, guerra no Vietnã, atos de masoquismo no Oriente Médio. E depois pensei em alguns dos nossos eloquentes líderes, pedindo para nossos vulneráveis irmãos de alma se oferecerem para se deixar matar; e pensei ainda que toda violência desorganizada é como um cego com uma pistola na mão.

Chester Himes

Prólogo

"Mas, com certeza, é uma puta confusão; barraco geral, sacou, mermão?"

Um intelectual do Harlem

Eu sei o que você quer.
Sabe como?
Só de olhar pra você.
Porque sou branco?
N'é isso, não. Só de te ver.
Pensa que estou procurando uma dona.
Gosta de chuleta.
Não de porco.
Não.
Não torrada.
Não. Ao ponto.

— Se você piscar uma vez, te roubam — avisou Coffin Ed* ao branco de bobeira no Harlem.

— Se você piscar duas, morre — acrescentou Grave Digger**, curto e grosso.

---

* "Coffin" significa caixão, em inglês. O nome do personagem seria algo como Ed-Caixão. (N. do E.)

** Grave Digger: "coveiro" ou "cavador de covas", literalmente. (N. do T.)

1

Na 119th Street, já fazia anos, via-se uma placa na janela da frente de uma velha casa de tijolos caindo aos pedaços anunciando: CELEBRAMOS FUNERAL. A casa já estava condenada fazia cinco anos por não apresentar condições para habitação humana. Os degraus de madeira que levavam à porta da frente rachada e de pintura descascada estavam tão podres que era preciso subi-los como se atravessa um rio sobre um tronco de árvore velha; os alicerces estavam se desmanchando, um lado da casa tinha afundado mais de trinta centímetros em relação ao outro, os peitoris de concreto haviam caído de todas as janelas do segundo andar e as constantes quedas de tijolos da fachada representavam um risco tremendo para os pedestres. A maioria das vidraças já estava quebrada havia muito tempo, substituída por papel de embrulho, e dava para enxergar, pendendo do telhado, as beiradas do linóleo que havia sido colocado ali anos antes, para evitar um vazamento. Ninguém sabia como era o interior da casa, e ninguém nem se preocupava em descobrir. Se já havia ocorrido alguma cerimônia fúnebre ali dentro, tinha sido em um passado tão distante que a memória de quaisquer dos atuais residentes da rua não conseguia alcançar.

Passavam viaturas por ali diariamente, olhando para a casa de relance, sem incomodar-se com ela. Os tiras não estavam interessados em cerimônias fúnebres. Os inspetores desviavam os olhos. Os funcionários encarregados de anotar o consumo de gás e eletricidade nunca paravam ali, pois a casa não tinha gás nem luz. Mas todos os moradores da rua já tinham visto um número considerável de freiras negras de cabelos curtos, vestidas com túnicas totalmente pretas, entrando e saindo a todas as horas do dia e da noite, pisando com todo o cuidado nas escadas podres, como gatas em um telhado de zinco quente. Os vizinhos negros simplesmente supunham que fosse um convento e que estava naquele estado de conservação precário em vista do fato de que era obviamente um convento apenas de negros, e ninguém jamais sonharia que católicos brancos agiriam de forma diferente de qualquer outro branco.

Foi apenas quando um outro cartaz inócuo apareceu na janela um dia, solicitando: "Mulheres férteis, tementes a Deus, mais informação aqui dentro", que alguém ficou com a pulga atrás da orelha. Dois tiras brancos, de uma viatura que descia a rua onde ficava aquela casa em sua rota normal, todos os dias, no último ano, estavam passando por ali como sempre, quando o policial ao lado do motorista gritou:

– Ih, colega! Está vendo o que eu vi, ali?

O motorista pisou no freio e voltou, dando ré para poder ler também. "Mulheres férteis...", leu. E ficou por aí.

Ambos tiveram o mesmo pensamento. Para que um convento de negras ia precisar de "mulheres férteis?" Mulheres férteis eram para os tolos, não para Deus.

O policial que estava no banco do passageiro abriu sua porta decidido, atravessou a calçada ajeitando a pistola no cinto e desabotoou a aba do coldre. O motorista saiu à rua, contornou o carro e ficou de pé ao lado do seu colega, enquanto fazia o mesmo no seu respectivo coldre. Os dois ficaram olhando o cartaz, inexpressivos. Olharam as janelas remendadas com papel de embrulho. Examinaram a fachada do edifício todinha em ruínas, como se nunca a tivessem visto antes.

Aí o primeiro policial indicou com a cabeça que avançassem.

– Vamos.

O segundo o seguiu. Quando o primeiro pisou, com seu pé grande, no segundo degrau, com toda a autoridade, passou direto pela madeira podre, de modo que sua perna afundou até o joelho.

– Cruz-credo! – exclamou ele. – Estes degraus estão podres.

O segundo não viu necessidade nenhuma de comentar o óbvio. Puxou o cinto de onde pendia o coldre da pistola para cima e disse:

– Vamos ver se dá para entrar pelos fundos.

Enquanto contornavam a casa, abrindo caminho entre ervas daninhas que lhes davam pelos joelhos e que escondiam armadilhas como garrafas, latas, molas de cama enferrujadas, pedras de amolar quebradas, armações metálicas podres, gatos mortos, carcaças de cachorros, poças de lixo fétido e enxames de moscas, o primeiro tira disse com extremo nojo:

– Não sei como tem gente que consegue viver no meio de tanta imundície.

Mas ele ainda não tinha visto nada. Quando chegaram à porta dos fundos, viram que uma parte da parede do segundo andar havia desmoronado, deixando um cômodo exposto ao tempo, e os escombros amontoados no chão formavam o único acesso à porta dos fundos, que estava aberta. Cuidadosamente, eles escalaram o monte de tijolos e gesso quebrado, seus passos levantando um pó cinzento espesso, e entraram na cozinha, sem que ninguém os barrasse.

Um negro gordo, nu até a cintura, olhou-os de relance, com naturalidade, os olhos remelentos parecendo saltar de seu rosto preto e molhado, e continuou a fazer o que estava fazendo. O velho chassis enferrujado de um Volkswagen havia sido colocado sobre quatro tijolos, a um canto do assoalho de madeira empenado, e uma fornalha de tijolos havia sido construída bem no centro do chassis. Sobre os carvões em brasa da fornalha estava uma espécie de cozido, com um cheiro forte e nauseabundo, mexido com uma vagarosa indiferença pelo preto suarento. O torso do negro parecia um monte nada estético de borracha bruta. Ele tinha um rosto redondo e negro, com um lábio leporino que o fazia babar constantemente, e seu crânio acinzentado estava raspado.

Grandes retalhos de papel de parede ocre desbotado, manchados com marcas de ferrugem e água, pendiam do revestimento de gesso cinzento das paredes. Em vários pontos o gesso havia caído, revelando as vigas de madeira marrons.

– Quem é que manda aqui, hein, ô mestre-cuca da senzala? – perguntou o primeiro policial, bruscamente.

O negro continuou mexendo seu cozido como se não tivesse escutado.

O tira enrubesceu. Sacou a pistola e avançou um passo, cutucando a banha que revestia as costelas do negro.

– É surdo, é?

Sem aviso perceptível, a concha saiu do cozido e acertou o policial na cabeça. O segundo policial pulou para a frente e deu uma coronhada no crânio raspado do negro. O homem gemeu e caiu sobre o chassis enferrujado, ao lado da fornalha.

Uma freira negra passou por outra porta aberta, viu o negro inconsciente ao lado da caçarola e os dois tiras brancos de pé ao lado dele, com as pistolas em punho, e gritou. Outras freiras negras surgiram, correndo, seguidas pelo que parecia uma horda de crianças negras nuas. Os policiais levaram tamanho susto que seu primeiro impulso foi sair correndo. Mas quando o primeiro tira passou pela porta dos fundos, seu pé afundou no monte de escombros e ele caiu sentado, deslizando até o meio do matagal. O segundo policial apareceu na porta aberta e conteve a turba, ameaçando-a com o revólver. Durante um momento, teve a estranha sensação de ter caído de pára-quedas no meio do Congo.

O policial de fora se levantou e passou a mão no uniforme para se limpar.

– Dá para segurar essa gente enquanto eu ligo para a delegacia?

– Ah, mas claro – disse o segundo, com mais autoconfiança do que sentia. – Não passam de um bando de crioulos.

Quando o primeiro policial voltou, depois de pedir reforços por rádio à delegacia do Harlem, viu que um homem muito idoso vestido com uma túnica branca manchada e de mangas compridas tinha entrado na cozinha, fazendo as mulheres e as crianças debandarem. Estava barbeado, e sua pele flácida era semelhante a um pergaminho, parecendo uma mera cobertura para seu esqueleto, esticada sobre seu rosto como uma máscara de couro. Pálpebras enrugadas, parecendo carne-seca, encobriam seus olhos azulados e leitosos, dando-lhe uma vaga semelhança com uma velha tartaruga-mordedora. Sua voz falhada tinha um quê de leve censura:

– Ele não quis fazer mal, é só um retardado.

– Devia ensiná-lo a não atacar policiais – reclamou o tira. – Agora estou fedendo como se tivesse mergulhado em bosta.

– Ele cozinha para as crianças – disse o velho. – Às vezes a comida tem um cheiro esquisito mesmo – admitiu.

– Tem cheiro de fezes – disse o segundo policial. Ele havia freqüentado a faculdade municipal.

Uma das freiras que entrava na cozinha naquele exato momento disse, indignada:

– Mas são fezes mesmo. Nem todos são ricos feito vocês, os brancos.

— Ora, ora, Buttercup*, esses senhores não vieram nos fazer mal — censurou o homem idoso. — Eles só se defenderam. Não sabiam das reações do Bubber**.

— O que eles estão fazendo aqui, afinal? — murmurou ela, mas um olhar do velho a fez sair correndo.

— Você é que é o chefe por aqui, então — disse o primeiro tira.

— Sou sim, sou o reverendo Sam.

— Você é algum monge? — perguntou o segundo policial.

Um sorriso pareceu contorcer o rosto do homem.

— Não, sou mórmon.

O primeiro policial coçou a cabeça.

— O que todas essas freiras estão fazendo aqui, então?

— São minhas mulheres.

— Ah, essa não! Um crioulo mórmon casado com um bando de freiras negras. E todas essas crianças? Também dirige algum orfanato, é?

— Não, são meus filhos. Estou tentando criá-los o melhor que o Senhor me permitir.

Os policiais o olharam de um jeito penetrante. Ambos desconfiaram seriamente que ele pensava que eles eram otários.

— Está querendo dizer netos — insinuou o policial.

— Bisnetos, é mais o que me parece — emendou o primeiro policial.

— Não, são todos das sementes das minhas entranhas.

Os policiais olharam para ele espantados, os olhos arregalados.

— Quantos anos tem o senhor, meu tio?

— Acho que mais ou menos uns cem, pelo que consigo me lembrar.

---

* Tipo de flor silvestre. (N. do E.)

** Pilantra, malandro. (N. do E.)

Eles ficaram olhando para o velho, de boca aberta. Do interior da casa vinham os gritos e os risos das crianças brincando e as vozes mansas das mulheres admoestando-os para que ficassem quietos. Uma fedentina horrível penetrou na cozinha, sobrepondo-se ao cheiro do cozido. Era um odor familiar, e o policial procurou revirar suas lembranças para ver se conseguia se lembrar do que era. O outro policial olhava fascinado os olhos azuis leitosos do velho, que lhe recordavam objetos de galalite que ele tinha visto em uma joalheria de boa reputação.

O negro gordo estava começando a se mexer, e o policial sacou a pistola, já se preparando. O gordo rolou, ficando de costas, e olhou do policial para o velho.

— Papai, ele me acertou — disse ele, mal se fazendo entender, devido à baba que lhe escorria da boca.

— Papai vai mandar esses marvado embora, agora vai brincar de casinha — disse o velho, em voz rouca. Ele usou um estranho tom de benevolência ao dirigir-se ao retardado.

O policial piscou.

— "Papai?" — repetiu ele. — Esse cara aí também é seu filho?

De repente, o segundo policial estalou os dedos.

— A casa da negrada! — exclamou.

— Deus fez todos nós — reverendo Sam recordou-lhe, com a maior gentileza possível.

— Não foi ele quem fez esses cinqüenta negrinhos aí, segundo o que nos contou — replicou o tira.

— Sou apenas instrumento de Deus.

De uma hora para outra, o primeiro policial se lembrou por que eles haviam parado ali.

— Tem um cartaz na sua janela, tio, dizendo que estão à procura de mulheres férteis. Já não tem mulheres que bastem?

– Agora tenho onze. Mas preciso ter doze. Uma morreu, e ela precisa ser substituída.

– Por falar nisso, tem outro cartaz na sua janela que diz: "CELEBRAMOS FUNERAL".

O velho parecia tão perto de se surpreender quanto possível.

– Sim, fui eu quem celebrou o enterro dela.

– Mas esse cartaz já está aí faz anos. Eu mesmo o tenho visto aí.

– Mas claro – disse o velho. – Todos vamos morrer um dia.

O policial tirou o quepe e coçou a cabeça loura. Olhou para o parceiro, como que pedindo um conselho.

O parceiro disse:

– É melhor esperarmos o sargento.

Os reforços da delegacia do Harlem, comandados por um sargento-detetive, constataram que o resto da casa estava mais ou menos nas mesmas condições de conservação da cozinha. Fogões a carvão sobre placas de metal enferrujado nos corredores em todos os andares aqueciam o local. A luz vinha de lanternas improvisadas sem quebra-luzes, feitas de garrafas de uísque. As esposas dormiam em catres individuais, caseiros, seis em cada quarto, no andar de cima, ao passo que o reverendo tinha seu próprio quarto, mobiliado apenas com uma cama de casal e um penico. Havia uma sala ampla na frente do segundo andar, com todas as janelas tapadas com papel, onde as crianças dormiam sobre algodão sujo, evidentemente o conteúdo de diversos colchões, espalhado pelo chão de parede a parede, formando uma camada com espessura de um palmo e meio.

Na hora em que os policiais chegaram, as crianças estavam comendo o almoço, que consistia em pés de porco cozidos e tripas que o cretino, Bilontra, estava cozinhando no caldeirão. A comida tinha sido dividida igualmente e colocada em três filas de cochos na sala do meio do primeiro andar. As crianças nuas estavam alinhadas, lado a lado, de quatro, tragando aquilo como se fossem porcos.

Os detetives contaram cinqüenta crianças, todas com menos de dez anos e todas aparentemente saudáveis. Pareciam bem gordinhas, com as barrigas nuas salientes, mas apresentavam eczemas nas cabeças ásperas, e a maioria dos garotos tinha pênis longos demais para crianças tão pequenas.

As freiras estavam todas juntas em torno de uma grande mesa vazia na sala da frente, todas passando as contas de seus rosários de madeira baratos, e entoando cânticos em vozes musicais que produziam uma harmonia singularmente encantadora, mas com uma pronúncia tão indistinta que ninguém conseguiria entender as palavras.

O cretino estava deitado de costas no chão áspero da cozinha, a cabeça envolta em uma faixa branca suja manchada de mercúrio-cromo, dormindo profundamente, e com um acompanhamento de roncos que pareciam gritos altos de desespero vindo de baixo d'água. Inúmeras moscas e borrachudos de todos os tipos estavam se alimentando do rio de saliva que pingava dos cantos de sua boca de lábios leporinos, preferindo-o, aparentemente, aos restos do cozido que ainda estavam no fundo do caldeirão.

Em uma saleta do outro lado do corredor, em frente àquela em que estavam as freiras, que o reverendo Sam chamava seu escritório, ele estava sendo rispidamente interrogado pelos doze policiais. O reverendo Sam respondia a suas perguntas com toda a educação, parecendo imperturbável. Sim, era um ministro ordenado. Ordenado por quem? Ordenado por Deus, quem mais. Sim, as freiras eram todas suas esposas. Como é que ele explicava isso, freiras que haviam feito votos sagrados de se conservarem castas para toda a vida? Sim, havia freiras brancas e negras. Que diferença fazia isso? A igreja dava abrigo e alimento às freiras brancas, as freiras negras dele precisavam se virar sozinhas. Mas os votos religiosos proíbem as freiras de se casarem ou de participarem de qualquer forma de conjunção carnal. Sim, sim, de um ponto de vista técnico, suas freiras eram virgens. Mas como podia ser assim, se eram suas esposas e tinham dado à luz, hã, umas cinqüenta crianças, filhas dele? Sim, mas sendo policiais em um mundo pecador, eles talvez não entendessem; toda manhã, quando suas esposas acordavam, eram freiras virgens, era só à noite, no escuro, que elas exerciam as funções para as quais Deus havia feito seus corpos. Está querendo dizer que elas são virgens de manhã, freiras de dia e esposas à noite? Sim, se desejar explicar isso com esses termos, mas não pode deixar de ver o fato de que toda pessoa tem duas vidas, a física e a espiritual, e nenhuma tem ascendência sobre a outra; elas podem, no máximo, e com rígida disciplina, ser cuidadosamente separadas – o que ele lograra fazer com suas esposas. Está certo, está certo, mas por que os filhos dele não usavam roupas? Ora, por ser mais confortável sem elas, e roupas custavam dinheiro. E por que não comiam em mesas, como seres humanos, com garfos e facas? Garfos e facas custavam dinheiro, e os cochos eram mais práticos; certamente, como cavalheiros brancos e representantes da lei, eles deviam saber exatamente do que ele estava falando.

Os doze policiais ficaram vermelhos ao mesmo tempo. O sargento, que estava fazendo a maioria das perguntas do interrogatório, resolveu enveredar por outro caminho. Para que quer outra esposa? O reverendo Sam olhou-os espantado, sob suas velhas pálpebras caídas. Mas que pergunta mais curiosa, seu guarda. Devo respondê-la? O sargento voltou a enrubescer. Escuta aqui, meu tio, não estamos de brincadeira. Nem eu, eu lhe garanto, seu guarda. Ora, então o que aconteceu com a última? Que última, seu guarda? A que morreu. Ela morreu, seu guarda. Como, Deus do céu? Morrendo, seu guarda. Por que motivo? Vontade do Senhor, seu guarda. Agora, escute aqui, tio, você só está se enrolando cada vez mais. Foi uma doença, quero dizer, uma enfermidade, hã, que causou a morte dela? Morreu de parto. Quantos anos o senhor disse que tinha? Mais ou menos cem, pelas minhas contas. Então tá, vamos dizer que tenha cem anos; me diga, o que fez com ela? Nós a enterramos. Onde? No chão. Meu tio, escuta aqui, existem leis para enterrar as pessoas; vocês tinham alvará? Há leis para os brancos e leis para os negros, seu guarda. Tá certo, tá certo, mas essas leis vêm todas de Deus. Que Deus? Existe um Deus branco e um Deus negro.

A essa altura, o sargento já havia perdido a paciência. A polícia continuou a diligência sem a ajuda do reverendo Sam. Acabaram descobrindo que a casa era sustentada pelas esposas, que andavam pelas ruas do Harlem, vestidas de freiras, pedindo esmolas. Também descobriram três montinhos suspeitos no porão – que revelaram, ao serem escavados, os restos mortais de três mulheres.

2

Eram duas da madrugada no Harlem, e estava quente. Mesmo que não desse para sentir, dava para deduzir pela movimentação das pessoas. Todos estavam atentos, as glândulas lubrificadas, os cérebros batucando a mil por hora, como uma máquina de costura Singer. Todos estavam ligados. Só havia um otário à vista. Ele era branco.

Ele estava de pé, meio escondido na entrada recuada da tabacaria United Tobacco, na esquina noroeste da 125th Street com a Seventh Avenue, espiando os veados a desmunhecar no bar do edifício Theresa, na esquina oposta. As portas de vidro estavam abertas, permitindo que os transeuntes entrassem no bar.

O branco estava sentindo o maior tesão pelos veados. Eram negros, e a maioria deles era jovem. Todos tinham aplicado Henê nos cabelos, que estavam lisos como seda, ondulando como o mar; longos cílios falsos contornavam olhos pintados com rímel; e os grandes lábios estufados estavam pintados de um tom marrom-claro. Os olhos pareciam nus, atrevidos, degradados, despudorados; eles tinham o olhar guloso de um *gourmet* mórbido. Usavam calças de tom pastel, de boca estreita, e camisas esportivas de manga curta, revelando os braços marrons nus. Alguns sentavam-se ao balcão, nas banquetas altas, outros encostavam os ombros nele. Suas vozes trinavam, seus corpos moviam-se, seus olhos reviravam-se, seus quadris requebravam-se sugestivamente. Seus dentes brancos apareciam e desapareciam nos rostos negros e suarentos, seus olhos nus soltavam fumaça de dentro de xícaras negras de rímel. Tocavam-se ligeiramente com as pontas dos dedos, compulsivamente, exclamando em um falseto esbaforido: *Ai, santa!...* Seus gestos eram lascivos, indecentes, insinuando que estava acontecendo uma verdadeira orgia dentro das suas cabeças. A noite quente do Harlem tornava seu amor acessível.

O branco os observava, com inveja. Seu corpo contorcia-se como se ele estivesse de pé em um formigueiro. Seus músculos sofriam repelões nos lugares mais estranhos, um lado do seu rosto exibia um tique nervoso, sentia câimbras no pé direito, suas calças lhe cortavam a virilha, ele mordia a língua, um olho saltou da órbita. Podia-se ver que o sangue dele estava fervendo, mas não dava para deduzir em que sentido. Ele não se agüentou mais. Saiu do seu esconderijo.

A princípio, ninguém o notou. Era um branco comum, de cabelos louros, de calças cinza-claras e camisa esporte branca. Viam-se brancos naquela esquina em qualquer noite quente. Havia um poste de iluminação com lâmpada bem forte em cada uma das quatro esquinas daquele cruzamento, e os policiais estavam sempre a uma distância de onde podiam ser chamados. Os brancos sentiam-se tão seguros naquele cruzamento quanto em Times Square. Além disso, eram mais bem-vindos.

Mas o branco não conseguiu deixar de agir como quem tem a consciência pesada e está se cagando de medo. Atravessou a rua deslizando, como uma mariposa atraída por uma chama. Andou de lado, como um caranguejo, como se submetesse apenas a beirada do corpo à sua paixão ardente. Comia os veados brincalhões com os olhos com tamanha sofreguidão que um táxi que passou depressa indo para o leste quase o atropelou. Ouviu-se o cantar súbito dos pneus e o berro zangado e alto do motorista negro:

– Filho-da-puta! Nunca viu um bambi, não?

Ele pulou para o meio-fio, o rosto pegando fogo. Todos os olhos nus e enfeitados com rímel em torno do balcão do bar viraram-se para ele.

– Ooooooh! – gritou uma voz de falsete, deliciada. – Que coisa mais doce, olha!

Ele recuou para a beira da calçada, o rosto ardendo como se estivesse para correr ou chorar.

– Não foge, não, amor – alguém disse.

Dentes brancos brilharam entre lábios grossos e marrom-claros. O branco abaixou os olhos e seguiu a beira da calçada, contornando a esquina da 125th Street, e descendo a Seventh Avenue.

– Olha só, ele ficou vermelhinho – disse outra voz, soltando uma risadinha atrevida.

O branco olhou direto para a frente, como se estivesse fingindo que os veados não existiam, mas, quando chegou ao fim do balcão do bar e estava quase resolvendo seguir em frente, um homem sério e robusto sentado entre dois bancos vazios na extremidade do balcão se levantou para ir embora, então o branco aproveitou a distração e sentou-se no banco vazio.

– Café – pediu em voz alta e tensa. Quis que soubessem que só queria mesmo um café.

O garçom lhe lançou um olhar de entendido.

– Eu sei o que você quer.

O branco obrigou-se a fitar os olhos nus do garçom.

– Só café.

Os lábios do garçom torceram-se num riso zombeteiro. O branco notou que também estavam pintados. Olhou de esguelha para as outras belezuras que estavam ao balcão. Seus imensos lábios brilhantes pareciam extraordinariamente sedutores.

Para chamar sua atenção, o garçom precisou falar outra vez.

– Chuletas! – sussurrou ele, em uma voz rouca e insinuante.

O branco assustou-se como um cavalo que refuga.

– Não quero comer nada.
– Eu sei.
– Café.
– Chuletas.
– Preto.
– Chuletas pretas. Vocês todos são iguais, brancos safados.

O branco resolveu bancar o ingênuo. Agiu como se não soubesse do que o garçom estava falando.

– Está com discriminação para cima de mim?
– Imagina, de jeito nenhum. Salta uma chuleta pretinha – quero dizer, cafezinho – e é pra já.

Um dos veados sentou-se ao lado do branco e pôs a mão na perna dele.

– Vem comigo, safadinho.

O branco empurrou a mão e olhou para ele com altivez.

– Eu te conheço?

O veado deu um sorriso debochado.

– Se fazendo de difícil, é?

O garçom olhou em torno, da máquina de fazer café.

– Não incomode meus fregueses – disse.

O homossexual reagiu como se houvesse alguma coisa combinada previamente entre os dois.

– Ah, é assim, é?
– Meu Jesus, o que está acontecendo aqui? – deixou escapar o branco.

O garçom lhe serviu o café preto.

– Como se você não soubesse – sussurrou.
– Que negócio é esse?
– Não são lindas?
– Quê?
– Todas elas, essas costeletinhas quentes e tostadas.

O rosto do branco pegou fogo de novo. Ele ergueu a

xícara de café. Sua mão tremia tanto que o café derramou no balcão.

– Não fique nervoso, não – disse o garçom. – Eu combino tudinho pra você. Põe o dinheiro aí e escolhe uma.

Outro homem sentou-se no banco do fim, ao lado do branco. Era um negro magro, com um rosto longo e liso. Usava calças pretas, uma camisa preta de mangas compridas e botões pretos, e um fez vermelho vivo. Havia uma faixa preta larga em torno do fez, com as palavras em letras brancas grandes: PODER NEGRO. Ele poderia ser um Muçulmano Negro, se não fosse pelo fato de os Muçulmanos Negros evitarem chegar perto dos pervertidos e quase nunca serem vistos naquele bar. E a livraria que ficava diagonalmente em frente, do outro lado da Seventh Avenue, onde os Muçulmanos Negros se reuniam e realizavam assembléias públicas, já estava fechada desde o início da noite anterior, e o templo deles ficava nove quarteirões ao sul, na 116th Street. Mas ele estava vestido como se fosse um, e sua pele era da cor certa. Inclinou-se para o branco e sussurrou na sua outra orelha:

– Sei o que você quer.

O garçom lançou-lhe um olhar atravessado.

– Chuletas – disse.

Ao afastar-se do muçulmano, o branco estava pensando que todos ali usavam uma espécie de código. Ele só queria ir com aqueles veados para algum lugar, os meninos-moças de corpo marrom e lábios marrom-claros, tirar a roupa, deixar eles fazerem de tudo com ele. A idéia o deixava fraco como água, dissolvia-lhe os ossos, deixava sua cabeça zonza. Ele se recusou a pensar no que aconteceria depois. E o garçom e esse outro negro feioso estavam destruindo aquilo, esfriando seu ardor, jogando água na sua fervura. Ele ficou zangado.

– Deixem-me em paz, eu sei o que eu quero – disse.

– Chuletas – disse o garçom.

– É hora do café-da-manhã – disse o negro. – O homem quer carne de desjejum. Sem osso.

O branco, zangado, pegou a carteira no bolso do quadril. Tirou uma nota de dez de um maço grosso de notas e jogou-a sobre o balcão.

Todos em torno do balcão ficaram olhando da nota para o rosto vermelho e zangado do branco.

O garçom havia ficado completamente paralisado. Deixou a nota onde estava.

– Não tem nada menor do que isso, chefia?

O branco procurou nos bolsos laterais. O garçom e o negro de fez trocaram olhares de rabo de olho. O branco mostrou as mãos vazias.

– Não tenho trocado – disse.

O garçom pegou a nota de dez e esticou-a, segurou-a contra a luz e a examinou. Satisfeito, colocou-a na gaveta e calculou o troco. Pôs o troco no balcão com uma pancada, diante do branco, inclinando-se para a frente. Aí murmurou:

– Pode ir com ele, é seguro.

O branco olhou de relance para o negro ao seu lado. O negro deu um largo sorriso subserviente. O branco pegou o troco. Faltavam cinco dólares. Segurando o troco, olhou nos olhos do garçom. O garçom retribuiu-lhe o olhar, desafiador, deu de ombros e umedeceu os lábios. O branco sorriu para si mesmo, recobrando toda a sua autoconfiança.

– Chuletas – admitiu.

O negro se levantou com os movimentos vagos e sugestivos de um velho serviçal e começou a caminhar vagarosamente para o sul, na Seventh Avenue, passando pela entrada do edifício Theresa. O branco seguiu-o, mas logo o alcançou, e os dois desceram a rua conversando, um negro vestido de negro com fez vermelho onde se lia PODER NEGRO e um branco louro de calças cinza-claras e camisa branca, um cafetão e seu cliente.

Interlúdio

No cruzamento da 125th Street com a Seventh Avenue fica a Meca do Harlem. Ao estabelecer-se ali, um cidadão comum do Harlem atingiu a "terra prometida", mesmo que isso só signifique ficar de pé na calçada.

A 125th Street conecta a ponte Triborough, a leste, via antiga barca do rio Hudson, com New Jersey, a oeste. Ônibus circulares sobem e descem a rua, mais ou menos a cada dez minutos. Motoristas brancos passando pelo complexo de três pontes com pedágio, procedentes do Bronx, Queens ou Brooklyn, às vezes precisam atravessar o Harlem para chegar à barca, à Broadway ou outros destinos, em vez de dobrarem para o centro pela East Side Drive.

A Seventh Avenue vai do extremo norte do Central Park até a ponte da 155th Street, sobre a qual os motoristas que rumam para o norte, em direção ao Westchester County e além, atravessam o rio Harlem, entrando no Bronx e no Grand Concourse. O ramal da linha do ônibus procedente da Fifth Avenue que pega a Seventh Avenue percorre-a nos dois sentidos, nesta parte dela, e desemboca na Fifth Avenue na 100th Street, na parte mais alta do Central Park, seguindo para o sul pela Fifth Avenue até a Washington Square.

Portanto, muitos brancos passam por essa esquina diariamente, seja de ônibus ou de carro. Além disso, a maioria dos estabelecimentos comerciais – bares, lojas, restaurantes, teatros etc. – e das propriedades são de gente branca.

Mas é a Meca dos negros assim mesmo. O ar e o calor, as vozes e as risadas, o clima e o drama, e o melodrama também, são deles. Deles são as esperanças, os planos, as preces e o protesto. Eles são os gerentes, os balconistas, os faxineiros, dirigem os táxis e os ônibus, são os fregueses, a platéia; trabalham, mas o branco é o dono. Portanto é natural que o branco se preocupe com seu comportamento; é seu patrimônio que está em jogo. Mas esse patrimônio também é do povo negro, para que desfrute dele. O povo negro tem o passado e o presente – e tem esperança de ter o futuro.

O velho Hotel Theresa, onde certa vez os maiores entre os negros passavam seus dias nas suítes de luxo, voltadas para a imensidão dividida pelo parque da Seventh Avenue, ou na grande sala de jantar formal, onde vestir-se formalmente para o jantar era obrigatório, ou na intimidade escura e confortável do bar onde se podiam assistir aos maiores cantores, músicos de jazz, políticos, educadores, pugilistas, escroques, cafetões, prostitutas. A memória evoca nomes como Josephine Baker, Florence Mills, Lady Day, Bojangles Bill Robinson, Bert Williams, Chick Webb, Lester Young, Joe Louis, Henry Armstrong, congressista Dawson e De-Priest, educadores Booker T. Washington e Charles Johnson, escritores Bud Fisher, Claude MacKay, Countee Cullen e outros numerosos demais para se mencionar. E seus amigos e patrocinadores brancos: Carl Van Vechten, Rebecca West, Dodd, Dodge, Rockefeller. Sem mencionar os atores e atrizes de cinema de todas as raças, os inesquecíveis Canada Lee e John Garfield.

3

Os motoristas que trafegam no sentido oeste na 125th Street, vindo da ponte Triborough, viram um homem fazendo discurso sobre a traseira de um velho e amassado carro-comando do exército americano, estacionado à luz noturna amarelada na esquina da Second Avenue, diante de uma placa que dizia: SEGURO DE AUTOMÓVEIS VEADO, *Seymour Rosenblum*. Ninguém teve tempo ou interesse de investigar mais a fundo. Os motoristas brancos pensaram que o orador negro estivesse vendendo "seguro de automóveis para veados" para Seymour Rosenblum. Até seria possível mesmo acreditarem nisso. "Veado" tinha a ver com a expressão "Anda, seu veado!", e era assim que as pessoas dirigiam no Harlem.

Mas na verdade a tal placa de "veado" tinha sobrado de um restaurante que tinha falido e fechado meses antes, e a placa anunciando seguro de automóveis havia sido colocada na frente do restaurante depois.

E o orador sequer estava vendendo seguro de automóveis, o que estava ainda mais distante de seus pensamentos do que qualquer coisa relacionada a veados. Tinha meramente escolhido aquele ponto específico porque o considerava um lugar onde seria menos provável que fosse interrompido pela polícia. O orador era Marcus Mackenzie, um homem sério. Embora jovem, esbelto e bem-apanhado, Marcus Mackenzie era tão sério quanto um ministro da Igreja Metodista Africana com um pé na cova. O objetivo de Marcus Mackenzie era salvar o mundo. Mas antes disso, tencionava resolver o Problema Negro. Marcus Mackenzie acreditava que a fraternidade era a solução para ambos os problemas. Tinha reunido um grupo de jovens brancos e negros para marcharem através do centro do Harlem na 125th Street, da Second Avenue, a leste, até a Convent Avenue, a oeste. Já estava preparando aquela manifestação fazia mais de seis meses. Tinha começado no mês de dezembro do ano anterior, ao voltar da Europa depois de passar dois anos no exército americano, na Alemanha. Tinha aprendido todas as técnicas necessárias no exército. Daí o velho carro-comando. Comandava-se melhor de um carro-comando. Era para isso que eles eram feitos. Mantinham a pessoa bem longe do chão, para ela poder melhor distribuir suas forças. Também podiam transportar todo o equipamento de primeiros-socorros que fosse necessário: plasma, instrumentos cirúrgicos, categute para suturas, soro antiofídico – que ele achava que podia ser eficaz contra mordidas de ratos também – e capas de chuva para o caso de tempestade, graxa para os manifestantes brancos que quisessem fingir que eram pretos em uma emergência.

A maioria dos jovens que esperavam para formar esquadrões usava camisetas e bermudas. Pois agora já era 15 de julho, dia de passar o fim de semana fora da cidade. Dia de Nat Turner. Havia só 48 pessoas presentes. Mas Marcus Mackenzie acreditava que de pequenas bolotas nasciam imensos carvalhos. Agora estava incentivando um pouco mais os manifestantes, antes de a passeata começar. Estava falando em um amplificador portátil, de pé na traseira do carro-comando. Só que muitas outras pessoas haviam parado para ouvi-lo, pois sua voz se fazia ouvir de longe. Pessoas que moravam nos arredores. Gente negra, e também branca, pois àquela altura a zona a leste da 125th Street ainda era mista. Pessoas mais idosas, em sua maioria, eram pais de família; os mais jovens, na casa dos vinte, podiam ser qualquer coisa, pretos e brancos, tanto fazia. Havia muitas prostitutas, pederastas, punguistas, assaltantes de residência, vigaristas, cafetões e seus cúmplices na área que servia a estação ferroviária da 125th

Street, a dois quarteirões de distância. Mas Marcus Mackenzie não tinha tolerância com essa gente.

– *A maior bênção para a humanidade que a história jamais conhecerá pode ser o amor fraterno!* – estava dizendo ele. – *Amor Fraterno! Ele pode nutrir mais que o pão. Aquecer mais que o vinho. Suavizar mais que a canção. Satisfazer mais que o sexo. Beneficiar mais que a ciência. Curar mais que a medicina.* – As metáforas talvez fossem confusas, e o discurso, meio empolado, pois Marcus não era homem de formação acadêmica. Mas ninguém podia duvidar da sinceridade em sua voz. A sinceridade era tão pura que chegava a partir o coração. Todos que podiam ouvi-lo sentiam-se tocados por sua sinceridade: – *O amor do homem pelo homem, permitam-me dizer a vocês, é como todas as religiões juntas, como todos os deuses se abraçando. É o maior...*

Ninguém duvidou dele. A intensidade de sua emoção não deixava espaço para dúvidas. Mas um negro mais velho, igualmente sério, de pé do outro lado da rua, expressou sua preocupação e a de outros:

– Acredito em você, meu filho. Mas como é que vai fazer isso funcionar?

– Vamos fazer uma passeata! – declarou Marcus, em voz retumbante.

Se era essa a resposta que o velho queria ou não, jamais se soube. Mas era a resposta para Marcus Mackenzie. Ele já havia pensado muito sobre isso. Parecia que sua vida inteira destinava-se apenas a dar essa resposta. Sua lembrança mais antiga era dos distúrbios raciais de Detroit em 1943, no auge da luta feroz dos Estados Unidos contra outras formas de racismo em outros países. Mas ele era jovem demais para compreender essa ironia. Só se lembrava de seu pai entrando e saindo do apartamento deles no gueto, os gritos e tiros da rua que não podia ver, e sua irmã mais velha sentada na sala da frente do seu apartamento trancado e de venezianas fechadas, com um enorme revólver preto no colo, apontado para a porta. Ele tinha quatro anos, e ela, sete. Eles ficavam sozinhos sempre que o pai saía para tentar ajudar outros negros a escaparem da polícia. A mãe deles tinha morrido. Quando ele cresceu o bastante para saber a diferença entre o "Norte" e o "Sul", ficou apavorado. Principalmente porque Detroit ficava tão ao norte quanto era possível ir. E parecia que ele sofria todas as mesmas discriminações ali, a mesma violência, as mesmas injustiças que seus irmãos negros no Sul. Ele havia morado durante toda a sua vida em uma favela negra, havia freqüentado escolas negras e, depois de se formar no ensino médio, tinha conseguido o emprego costumeiro para sua raça em uma sociedade segregacionista, em uma fábrica. Depois tinha sido convocado e mandado para a Alemanha. Foi ali que aprendeu as técnicas da marcha, embora, durante a maior parte do tempo, tivesse servido como auxiliar de enfermagem na maternidade do hospital norte-americano em Wiesbaden. Tinha se sentido muito só, pois não havia outros negros trabalhando no hospital no mesmo horário que ele. Lia só a Bíblia e tinha muito tempo para pensar. Era bem tratado pelos médicos e enfermeiros brancos e mulheres grávidas que, em sua enfermaria, eram esposas de oficiais, a maioria dos quais eram do Sul. Ele sabia que havia pouca integração social no exército e que o que havia entre os praças era rigidamente incutido. O Problema Negro existia ali como em todo o lugar onde ele sempre vivera. Mas, mesmo assim, era bem tratado. Chegou à conclusão de que era tudo uma questão de pretos e brancos se conhecerem melhor. Não era um menino muito inteligente e nunca soube que havia sido escolhido para aquele serviço por causa da sua aparência asseada e distinta. Era alto e esbelto, com pele de cor sépia e um rosto de feições suaves. Seus olhos eram castanhos. Seus cabelos negros, cortados muito curtos, tinham raízes lisas. Ele sempre havia sido muito sério. Nunca se comportava de maneira frívola. Raramente sorria. Depois de dois anos no serviço militar, na maioria em companhia de brancos que o tratavam bem, e grande parte do tempo sozinho, lendo e estudando o Velho e o Novo Testamentos da Bíblia, ele chegou à conclusão de que o puro amor cristão era a solução para o Problema Negro. Mas tinha aprendido o suficiente sobre manifestações. Durante algum tempo, ficou arquitetando a idéia mirabolante de voltar aos Estados Unidos e imbuir todos os habitantes do país de amor cristão. Só que logo descobriu que o dr. Martin Luther King havia colocado essa idéia em prática antes dele, e então tratou de procurar alguma outra coisa para fazer.

Depois que deu baixa do exército, foi morar em Paris até ficar sem dinheiro, como fazia um grande número de outros praças depois da baixa. Alugou um quarto com outro irmão mais novo em um hotel da Rue Chaplain, esquina com Boulevard Raspail e Montparnasse, quase à distância de um grito da Rotonde e do Dôme. Era um hotel muito popular junto aos negros que haviam dado baixa em Paris, em parte por sua localização e em parte pelo exército de prostitutas que fazia a ronda por lá, com uma disciplina rígida, semelhante àquela da qual haviam acabado de se livrar. Ele não conhecia ninguém, a não ser outros praças desligados do exército, os quais se reconheciam imediatamente, tivessem ou não se conhecido antes. Eles formavam um clube oficioso; falavam a mesma língua, comiam a mesma comida, iam aos mesmos lugares – em geral aos restaurantes baratos, de dia, e ao cinema – Studio Parnasse – rua abaixo, ou ao Buttercup's Chicken Shack, na Rue Odessa, à noite. Reuniam-se nos quartos uns dos outros para debater a situação em sua pátria. Falavam principalmente dos vários irmãos negros de seu país que haviam enriquecido e subido na vida tirando vantagem do Problema Negro. A maioria deles nem tinha ofício ou profissão, nem educação em nenhum campo específico, se é que tinham alguma. Em conseqüência disso, admitissem ou não, a maioria deles estava resolvida a se dar bem aproveitando essa maré. Sentiam que, se pudessem se envolver de alguma forma no Problema Negro, o próximo degrau da escada seriam empregos bem pagos no governo ou na indústria privada. Só precisavam de uma idéia. "Olha só o Martin Luther King. O que ele fez?"... "Ficou rico. Foi isso." Mas Marcos não tinha paciência para esse ceticismo. Achava aquilo um sacrilégio. Era puro de coração. Queria que os negros se erguessem. Queria tirá-los do abismo e levá-los para a terra prometida. O problema é que ele não era muito inteligente.

Então, certa noite, no Buttercup's, ele conheceu uma sueca, Birgit, famosa pela qualidade do vidro que fabricava. Ela tinha passado para dar uma olhada nos homens negros. Ela e Marcus sentiram uma imediata afinidade entre si. Ambos eram sérios, ambos estavam em busca de alguma coisa, ambos eram extraordinariamente estúpidos. Mas ela lhe ensinou o que era amor fraternal. Ela era ligada na idéia de amor fraternal. Embora não significasse o mesmo para ela que significava para ele. Ela já tivera vários amantes negros e acabou se entusiasmando pelo amor fraternal. Mas Marcus tinha a visão de Fraternidade.

Na mesma noite em que a conheceu, ele desistiu da idéia de amor cristão puro. Buttercup estava sentada em uma mesa grande de onde podia supervisionar a entrada, o bar e a pista de dança ao mesmo tempo, cercada como sempre por um bando de puxa-sacos, como uma enorme galinha-mãe com uma ninhada de pintinhos molhados e patinhos feios, e tinha apresentado Marcus a Birgit, vendo que ambos eram sérios, ambos estavam em busca de alguma coisa. Em uma ponta da mesa estava um branco gorducho erudito em férias de sua atividade como professor nos novos países da África Negra. Sentindo que o homem estava dando muito em cima da Birgit, pois tinha acabado de conhecê-la, e como ele não sabia ainda nada sobre o amor fraternal dela, Marcus procurou desviar a conversa da economia africana para o Problema Negro americano, onde ele podia brilhar. Queria brilhar para chamar a atenção de Birgit. Ele não sabia que já estava brilhando até demais para ela. De repente, interrompeu o homem. Mostrou-lhe sua Bíblia, de onde pendia a cruz dourada. Estava totalmente concentrado na idéia do amor fraternal.

– O que isso significa para você? – desafiou, apontando a cruz, preparando-se para expor sua brilhante idéia.

O homem olhou da cruz para o rosto de Marcus. Sorriu tristemente. E disse:

– Não significa absolutamente nada para mim, sou judeu.

Foi aí mesmo que Marcus começou a despejar em cima do homem todas as suas idéias sobre amor fraternal. Estava pronto para o amor fraternal, quando Birgit o levou para casa. Mas era um cara sério.

Birgit levou-o para morar com ela no sul da França. Tinha uma boa fábrica de vidro e era famosa. Mas estava mais interessada no bem-estar do negro americano do que em vidro. Era uma companheira perfeita para as idéias desenfreadas do Marcus. Passavam a maior parte das horas do dia debatendo formas e meios de resolver o problema. Uma vez ela declarou que ia se tornar a mais rica e famosa mulher do mundo e aí ia para o sul dos Estados Unidos, convocaria uma coletiva de imprensa e diria a todo mundo que morava com um negro. Mas Marcus não achou a idéia tão boa assim. Sentia que ela devia ficar em segundo plano, que ele devia assumir a liderança. Era inevitável que duas pessoas tão absolutamente entusiásticas tivessem alguns desentendimentos. Mas o único sério foi sobre a forma correta de plantar bananeira. Ela plantava de um jeito. Ele disse que estava errado. Eles discutiram. Ele teimou. Ela argumentou que era mais velha do que ele, e mais pesada. Ele a abandonou e voltou para Detroit. Ela pegou um avião e foi para Detroit atrás dele, levando-o de volta para a França. Foi depois disso que ele se convenceu da eficácia do amor fraternal. Acordou certo dia com uma visão da Fraternidade. Nesta visão, viu-a resolvendo todos os problemas do mundo. Já sabia como organizar a Marcha. O exército americano havia lhe ensinado isso. Se pusesse as duas coisas juntas, não podia deixar de dar certo, concluiu.

Na semana seguinte, ele e Birgit chegaram a Nova York e se hospedaram em um quarto do Texas Hotel perto da estação da 125th Street e passaram a organizar a "Marcha da Fraternidade".

O momento havia chegado. Birgit tomou o seu lugar ao lado dele, no carro-comando. Ergueu a imensa saia do *dirndil** de algodão listrado, feito por sua compatriota, Katya, da Suécia, e olhou em volta, com um sorriso de empolgação. Mas, para quem a via, parecia mais a expressão assustada de uma fazendeira sueca em um celeiro sueco no auge de um inverno sueco. Ela estava tentando conter sua empolgação ao ver todos aqueles membros

---

* Vestido típico da região dos alpes alemães e austríacos, com um corpete apertado sobre uma blusa branca de mangas bufantes, uma longa saia e um avental. (N do E.)

nus à luz amarelada. Dos ombros para cima, tinha o pescoço delicado e o rosto de uma deusa nórdica, mas abaixo disso seu corpo era uma tábua, sem seios, com protuberâncias, os quadris salientes, enormes pernas arredondadas que pareciam postes telegráficos cortados. Ela estava eufórica, sentada ali com o seu homem, o líder de todas aquelas pessoas de cor naquela marcha por seus direitos. Adorava gente de cor. Seus olhos azul-íris brilhavam devido a esse amor. Quando ela viu os policiais brancos, seus lábios contorceram-se de desprezo.

Várias viaturas haviam aparecido no momento em que a marcha devia começar. Os policiais olhavam espantados aquela mulher branca e o homem de cor no carro-comando. Os lábios deles comprimiram-se, mas não disseram nada, não fizeram nada. Marcus tinha um alvará.

Os manifestantes se organizaram, em fileiras de quatro, do lado direito da rua, virados para oeste. O carro-comando ia na frente. Dois carros da polícia fechavam a retaguarda. Três estavam estacionados a intervalos pela rua até a estação ferroviária. Vários outros passavam devagar no trânsito que rumava para oeste, dobravam para o norte na Lenox Avenue, para leste de novo na 126th Street, voltavam à 125th pela Second Avenue e refaziam o trajeto. O inspetor-chefe tinha dito que ele não queria saber de desordem no Harlem.

– Esquadrão, MARCHE! – comandou Marcus, pelo megafone.

O jovem negro que dirigia o velho Dodge engatou a primeira marcha. O branco que estava sentado ao seu lado ergueu os braços com as mãos entrelaçadas, como um símbolo da fraternidade. O velho carro-comando estremeceu e partiu. Os 48 manifestantes brancos e negros, misturados, avançaram, passo a passo, suas pernas brancas e pretas brilhando às luzes amareladas da agulha que levava à ponte. Seus braços brancos e negros brilhavam, nus. Suas cabeças sedosas e pixaim cintilavam. Marcus tinha procurado selecionar jovens negros que fossem bem negros e brancos que fossem bem brancos. Não se sabe por que, o preto contra o branco e o branco contra o preto davam a ilusão de nudez. Os 48 manifestantes extremamente disciplinados davam a ilusão de uma orgia. A carne nua branca e preta à luz amarelada enchia os espectadores brancos e negros de uma excitação estranha. Carros andavam mais devagar e os brancos debruçavam-se nas janelas. Negros que passavam nas ruas sorriam abertamente, depois davam gargalhadas e, em seguida, davam gritos de incentivo. Era como se uma banda invisível tivesse começado a tocar uma marcha ao estilo Dixieland. As pessoas de cor nas calçadas dos dois lados da rua começaram a se locomover e a dançar o *boogaloo* como se tivessem endoidado. Mulheres brancas, nos carros que passavam, soltavam gritos e acenavam freneticamente. Seus companheiros do sexo masculino coravam como uma raça de lagostas fervidas. Os carros de polícia acionaram as sirenes para afastar os carros. Mas aquilo só serviu para chamar a atenção de mais gente nas calçadas.

Quando os manifestantes chegaram à estação da 125th Street, na parte superior da Park Avenue, um cordão longo e desorganizado de gente branca e negra a rir, dançar e a gritar histericamente havia aderido ao grupo original de 48. Negros e brancos vieram da sala de espera da estação para assistir ao desfile, os olhos arregalados de espanto. Negros e brancos chegaram dos bares próximos, das portas de entrada mal-iluminadas e malcheirosas, dos hotéis ordinários, das lanchonetes engorduradas dos salões de engraxates, das salas de bilhar – veados e putas, alcoólatras freqüentadores de bares, estranhos na área que haviam parado para procurar algo para comer, gente procurando prostitutas e otários em busca de aventura, assaltantes e ladrões oportunistas procurando vítimas. A cena que os aguardava parecia mais um carnaval. Era uma noite quente. Alguns estavam de cara cheia. Outros não tinham nada para fazer. Uniram-se àquele bloco sujo, pensando que talvez estivessem rumando para algum culto religioso, orgia sexual, baile das loucas, festival de cerveja ou jogo de futebol. Os brancos atraídos pelos pretos. Os pretos atraídos pelos brancos.

Marcus olhou para trás do seu carro-comando e viu aquele verdadeiro mar de gente branca e negra vindo atrás dele. Ficou exultante. Tinha conseguido. Sabia que as pessoas só precisavam de uma chance para amar umas às outras.

Ele apertou a coxa de Birgit e gritou:

— Consegui, benzinho. Olha só essa gente! Amanhã meu nome vai estar em todos os jornais.

Ela olhou para os foliões enlouquecidos que os seguiam, depois lhe lançou um olhar apaixonado.

— Meu homem! Você é tão inteligente! Isto aqui parece até a Walpurgisnacht.*

---

* Walpurgisnacht: na Alemanha e nos países escandinavos, celebra-se, em 30 de abril, a Santa Walpurgis ou Walburga, originalmente uma comemoração pagã associada à chegada da primavera e celebrada com fogueiras, à noite. (N. do E.)

4

Os detetives negros, Grave Digger Jones e Coffin Ed Johnson, estavam fazendo sua última ronda pelo Harlem no velho sedã preto Plymouth com a placa fria, que usavam como seu carro oficial. Durante o dia, talvez ele fosse reconhecido, mas à noite mal se podia distingui-lo de qualquer outra carroça velha, amassada e depenada, querida pelos moradores do Harlem; só que, quando eles precisavam ir a algum lugar com pressa, o carro andava bem. Agora, contudo, seguiam em marcha lenta, na parte oeste na 123rd Street, com os faróis apagados, como era seu costume em transversais escuras. O carro mal produzia um som; apesar de toda a sua má aparência, o motor zunia quase sem fazer ruído. Passava quase praticamente sem ser visto, como um veículo fantasma flutuando no escuro, com ocupantes invisíveis.

Isso se devia em parte ao fato de os dois detetives serem quase tão pretos como a noite e estarem usando ternos pretos de alpaca leve e camisas pretas de algodão com os colarinhos abertos. Embora outras pessoas estivessem de mangas de camisa nesta noite quente, eles usavam terno, para cobrirem os enormes revólveres niquelados calibre 38 que usavam nos coldres dos ombros. Eram capazes de enxergar nas ruas escuras como gatos, mas não dava para ninguém enxergá-los, o que era bom, porque sua presença talvez tivesse desencorajado as atividades do submundo do Harlem e posto incontáveis cidadãos para mamar nas tetas da assistência social.

Eles, porém, não estavam preocupados em coibir a prostituição nem seus serviços correlatos, clubes clandestinos, traficantes de bebidas, furtos nem vigarices, tampouco os ajudantes de cafetão. Não ligavam para os veados, e, contanto que isso não prejudicasse ninguém, os veados podiam desmunhecar o quanto quisessem. Eles não eram juízes das preferências sexuais das pessoas. Não procuravam tomar conhecimento de gostos sexuais. Era só não sair ninguém machucado.

Se os brancos quisessem vir para o Harlem se divertir um pouco, iam precisar encarar o risco de doenças venéreas, vigarices ou furtos. O único dever dos dois policiais era protegê-los da violência.

Eles desceram a transversal com os faróis apagados, para surpreender qualquer um que estivesse mutilando ou assaltando alguém, atacando algum bêbado ou cometendo homicídio.

Sabiam que as primeiras pessoas a se voltarem contra eles, se tentassem evitar que os brancos entrassem no Harlem depois do crepúsculo, seriam as próprias prostitutas, as madames, os cafetões, os proprietários das boates, a maioria dos quais estava pagando mensalmente uma certa quantia a alguns de seus colegas da polícia para que os deixassem em paz.

Para uma noite assim quente, o Harlem até que estava excepcionalmente pacífico. Nada de distúrbios, nada de assassinatos, apenas alguns roubos de carros, o que não era problema deles, e algumas facadas domésticas.

Eles estavam tranqüilos.

– A noite está sossegada – disse Coffin Ed, de seu banco perto da calçada.

– É melhor bater na madeira – respondeu Grave Digger, preguiçosamente dirigindo com uma mão só.

– Não tem madeira aqui nessa banheira de lata.

– Tem o bastão de beisebol que aquele homem estava usando para espancar a patroa dele.

– Meu irmão, agora os bastões são de plástico. Uma pena não termos levado aquele sacana.

– Tem muitos por aqui. No próximo, eu paro.

– Que tal aquele?

Grave Digger olhou em frente pelo pára-brisa e viu as costas de um negro de terno perto e fez vermelho na cabeça. Sabia que o homem não os vira, mas estava correndo como se os tivesse visto. O homem levava umas calças cinza-claras penduradas em um dos braços, com as pernas a flutuarem ao vento, como se também corressem, só que um pouco mais rápido.

– Olha só aquele trombadinha, correndo como se a terra estivesse vermelha de tão quente.

– Será que a gente deve fazer umas perguntinhas a ele? – disse Coffin Ed.

– Pra quê? Para ouvir ele pregando petas? O branco que era dono dessas calças não devia era ter tirado elas.

Coffin Ed soltou uma risadinha.

– Você disse que no próximo a gente ia parar.

– Disse, e você disse que estava tranqüilo, também. Vamos ficar na nossa. O que tem de incomum em um irmão negro roubar a calça de um branquelo que está em alguma cama com uma piranha preta?

Eles estavam descontraídos e indiferentes. Não era problema deles salvar as calças de um branco que tinha sido burro a ponto de deixar que as roubassem. Eles conheciam casos demais em que o freguês branco da prostituta entrou no quarto e deixou as calças penduradas em uma cadeira ao lado da porta – com o dinheiro no bolso.

– A primeira coisa que se deve aprender quando se sai para arranjar alguma puta é o que fazer com o dinheiro enquanto se trepa.

– Isso é simples – disse Grave Digger. – Deixe o que não for usar em casa.

– E deixar a mulher velha encontrar a grana? Qual é a diferença?

Eles deixaram o homem de fez na cabeça desaparecer de vista enquanto batiam papo. De repente, Coffin Ed exclamou:

– Eta ferro, lá se vai a tranqüilidade.

Um branco sem chapéu havia subitamente aparecido, vindo da escuridão, sob a luz amarelada de um poste de iluminação, tentando correr na direção em que fora o negro. Mas ele cambaleava como se estivesse bêbado. Os policiais viram isso muito bem, porque ele estava sem calças. Aliás, estava sem cueca também, e eles puderam ver a bunda branca nua sob a camisa branca.

Grave Digger ligou os faróis e, no instante seguinte, pisou fundo no acelerador. O carro parou junto ao meio-fio, ao lado do homem cambaleante, cantando os pneus no asfalto, e ambos os detetives, grandalhões e flexíveis, surgiram de lados opostos do carro, como mendigos surgindo das portas de um trem em movimento. Por um momento, só se ouviu o som de pés batendo no concreto, quando eles convergiram para o branco titubeante, pela frente e por trás. Vindo pela frente, Grave Digger puxou a lanterna. Foi um gesto rápido e aparentemente ameaçador, até a luz chegar ao rosto do branco. Grave Digger parou de chofre. Coffin Ed, vindo de trás, prendeu os braços do branco atrás do corpo.

– Segure-o firme – disse Grave Digger, tirando o distintivo e acendendo a luz para mostrá-lo. – Somos da polícia. Pode ficar sossegado.

Mas antes de terminar de dizer isso, viu que era bobagem. A frente da camisa do homem estava coberta de sangue. Mais sangue ainda jorrava da lateral de seu pescoço, da jugular que havia sido cortada.

O branco tremia convulsivamente e começou a deslizar para o chão. Coffin Ed sustentou-o, mantendo-o de pé.

– O que há com ele? – perguntou. Não podia ver o que estava acontecendo, ali de trás.

– Passaram-lhe uma faca na garganta.

O branco procurava manter a boca fechada com toda a força, como se estivesse tentando reter sua vida.

Saía sangue da ferida a cada terceira ou quarta batida cardíaca. Gotas de sangue lhe pingavam do nariz. Seus olhos estavam começando a ficar vidrados.

– Deite-o de costas – aconselhou Grave Digger.

Coffin Ed abaixou o corpo, deitando-o ao comprido, de barriga para cima, na calçada suja. Ambos sabiam que ele estava morrendo. Não estava nada bonito assim, estendido à luz forte dos faróis. Não havia chance de salvar-lhe a vida. Essa urgência havia passado. Agora havia uma outra. Ela soou na voz de Grave Digger, quando ele se curvou sobre o moribundo, grossa, contida, seca como algodão:

– Depressa! Depressa! Me diga, quem foi?

Os olhos vidrados do moribundo não deram sinal de compreendê-lo, apenas a boca repugnante e apertada contraiu-se ligeiramente.

Grave Digger curvou-se chegando mais perto, para poder ouvir o que saísse, se aqueles lábios selados se abrissem. O sangue da garganta cortada do homem jorrou em cima do rosto dele, deixando-o nauseado de repente, com seu cheiro adocicado e enjoativo. Mas ele ignorou isso, procurando manter o homem vivo com o seu olhar.

– Rápido! – Urgente, seco, constrangedor. – Um nome! Diga um nome! – Os músculos de sua mandíbula contraíam-se sobre os dentes semicerrados.

Um último breve lampejar de compreensão apareceu nos olhos do branco. Por um instante infinitesimal suas pupilas se contraíram ligeiramente. O homem estava fazendo um incrível esforço para falar. A força que ele fazia era visível sob a forma de uma ligeira contração dos músculos do rosto e do pescoço.

– Quem foi? Rápido! Diga um nome! – Grave Digger insistia, seu rosto negro ensangüentado e contorcido.

Os lábios fortemente comprimidos do branco tremeram e de repente se abriram, como uma porta raramente usada. Um som líquido, gorgolejante, saiu, seguido instantaneamente por um jorro de sangue, no qual ele se afogou.

— Jesus! — repetiu Grave Digger enquanto endireitava vagarosamente seu corpo curvado. — *Jesus, o safado*! Mas que coisa mais estranha para se dizer.

O rosto de Coffin Ed parecia uma nuvem carregada.

— Jesus, Digger, que diabo! — explodiu. — O que queria que ele dissesse: Jesus, aleluia? Esse filho-da-mãe morreu com a garganta cortada por alguma prostituta negra...

— Como sabe que foi uma prostituta negra que fez isso?

— Sei lá, vai saber quem foi!

— Bom, precisamos passar um rádio para a delegacia — disse Grave Digger, pensativamente, passando a lanterna sobre o corpo estendido do branco morto. — Sexo masculino, cabelos louros, olhos azuis; jugular cortada, morreu na 123rd Street... — Olhando de relance o relógio de pulso: — Às três e onze da matina — recitou.

Coffin Ed tinha voltado correndo ao carro para entrar em contato com a delegacia pelo rádio.

— Sem calças — acrescentou.

— Depois a gente acrescenta isso.

Enquanto Coffin Ed estava transmitindo os fatos essenciais pelo rádio, gente negra em vários estágios de nudez começou a aparecer dos prédios residenciais escuros ao longo da rua. Mulheres de roupão atoalhado com os rostos lambuzados de creme e o cabelo alisado penteado em trancinhas bem finas e apertadas, como Topsy*; mulatas com seios voluptuosos e bundas grandes, envoltas em peças de *lingerie* de náilon de cores vivas, os cabelos ondulados pendendo solto ao redor dos rostos de bocas inchadas e olhos sonolentos; morenas altas, de pele parda,

---

* Topsy: personagem do romance *A cabana do Pai Tomás* (*Uncle Tom's Cabin*) da autora norte-americana abolicionista Harriet Beecher Stowe (1811-1896), publicado em 1852. (N. do E.)

vestidas de seda, com bigudis na cabeça. E os homens, velhos, jovens, com carapinha ou cabelo alisado, olhos cheios de sono, rostos enrugados por se debaterem durante o sono, as bocas meio abertas, envoltos em lençóis, cobertores, capas de chuva, ou só pijamas manchados e amassados. Reunindo-se todos na rua, para ver o morto. Parecendo inexpressivamente burros na sua curiosidade mórbida. Um morto era sempre uma coisa boa de se ver. Era tranqüilizador ver uma outra pessoa morta. Em geral os mortos também eram de cor. Um branco morto era mesmo um acontecimento. Valia a pena levantar para ver uma coisa assim, fosse qual fosse a hora. Mas ninguém perguntou quem tinha cortado a garganta dele. Nem por quê. Quem ia perguntar quem cortou a garganta de um branco no Harlem? Ou por quê? Olha só pra ele, bem. E dá graças por não ter sido você. Olha só esse branco fodido, de garganta cortada. Já sabe o que ele veio fazer aqui, né...

Coffin Ed deu ao tenente Anderson uma breve descrição do morto e uma descrição mais detalhada do negro de fez vermelho que ele havia visto antes, correndo rua abaixo, com as calças penduradas no braço.

– Acha que a vítima tinha outras calças? – perguntou Anderson.

– Ele estava sem calças.

– Mas será possível! – exclamou Anderson. – O que é que há com você, homem? O que está me escondendo? Conta logo tudo.

– O homem estava sem calças e sem cueca também.

– Hummmm. Muito bem, Johnson, você e o Jones, fiquem por aí. Eu vou ligar para a Homicídios, para o promotor e para o legista, pedir para mandarem os homens e preparar uma operação para desentocar o suspeito. Acha que devia mandar isolar o quarteirão?

– Para quê? Se o suspeito foi o criminoso, vai estar bem longe daqui quando a gente mandar isolar o quarteirão. E se foi outro o culpado, ele já está longe a esta hora. Só dá mesmo é para deter um bando destes cidadãos aqui para averiguações, se pudermos determinar exatamente onde foi que aconteceu o crime.

– Tudo bem, ainda tem tempo. Você e o Jones, não saiam de perto do cadáver, e vejam o que conseguem descobrir.

– O que o patrão disse? – Grave Digger perguntou quando Coffin Ed voltou para perto dele, junto ao cadáver, na calçada.

– O de sempre. Os peritos estão vindo aí. Vamos ter que descolar o que pudermos em termos de informação, sem sair de perto do nosso amigo aqui.

Grave Digger voltou-se para a multidão silenciosa que estava se formando nas trevas.

– Algum de vocês sabe de alguma coisa que possa nos ajudar?

– Conheço o H. Exodus Clay, ele é papa-defuntos – disse um negro.

– Isso lá lhe parece hora para vir com essa?

– Pra mim, é. Quando alguém morre, a gente vai e enterra a pessoa, ora.

– Estou falando de alguma coisa que possa nos ajudar a descobrir quem o matou – disse Grave Digger aos outros.

– Eu vi um branco e um negro aos cochichos.

– Onde foi isso, madame?

– Na Eighth Avenue com 15th Street.

As pessoas no Harlem sempre omitem a casa das centenas dos nomes das ruas, portanto a 10th Street é 110, 15 é 115, e 25 é 125. Não era muito perto, mas era perto o bastante.

– Quando, moça?

— Num me lembro exatamente, não. Noite retrasada, acho eu.

— Tudo bem, deixa para lá. Vão para a cama, gente.

Ouviu-se algum movimento, mas ninguém se afastou.

— Merda! — exclamou alguém.

— Aqueles patrulheiros devem estar dormindo — disse Coffin Ed impaciente.

Grave Digger começou um exame superficial do corpo. Havia um corte no dorso da mão esquerda e um corte profundo na palma da mão direita, entre o indicador e o polegar.

— Ele tentou afastar a faca primeiro, depois agarrou a lâmina. Não estava com muito medo.

— Como foi que deduziu isso?

— Ora, se ele estivesse tentando fugir, se abaixando e se desviando das facadas, teria cortes nos braços, nas pernas e nas costas; isso se sua garganta não tivesse sido cortada logo no início, e, conforme pode ver, ela não foi.

— Está certo, Sherlock Jones. Então me diga só isto: como é que não mutilaram as partes íntimas dele? Se foi crime passional, é a primeira coisa que mutilam.

— Acho que não foi passional coisa nenhuma. Pra mim foi roubo, puro e simples.

— Tá, meu amigo, mas não se pode deixar de levar em consideração o fato de que o homem estava sem calças.

— É, isso e o fato de aqui ser o Harlem, se você quiser somar as coisas assim — disse Grave Digger. — Por mim, esses sem-vergonhas nem vinham aqui, só para serem assassinados, seja qual for o motivo.

— Já é pra lá de ruim matarem nossa gente — disse uma voz vinda do escuro. Foi seguida por um murmúrio indistinto, como se os espectadores estivessem debatendo a questão.

Coffin Ed virou-se para eles e berrou de repente:

— É melhor ir todo mundo embora daqui rapidinho, antes que cheguem os policiais brancos e botem vocês pra correr.

Ouviu-se um som de movimentos nervosos, como gado assustado no escuro, depois uma voz disse, beligerante:

– Botar quem para correr? Nóis tudo vive aqui!

– Vá lá – disse Coffin Ed, resignado. – Depois não digam que não avisei, hein?

Grave Digger estava olhando fixamente o trecho de calçada onde estava caído o corpo, em uma poça de sangue cada vez maior. Os faróis de seu carro iluminavam profusamente o trecho depois do poste de iluminação, e os degraus da frente de diversas casas em ruínas daquele lado da rua, que eram residências particulares meio século antes. As pessoas que haviam se aproximado para ver a cena estavam de pé do outro lado da rua e atrás do carro deles, portanto, seus rostos negros estavam na sombra; mas uma fileira de pernas nuas cor de ferrugem e pés pretos com dedos abertos e dedões enormes era visível. Uma calçada do Harlem, pensou ele, pés negros, sangue roxo e um homem morto caído na calçada. Desta vez ele, por acaso, era branco. Na maioria das vezes, ele era preto como as pernas e os pés das pessoas que o observavam espantadas. Quantas pessoas ele teria visto mortas na rua? Não conseguia se lembrar, só que a maioria era preta. Deitadas mortas e sem dignidade nas calçadas sujas. Deitadas nas poças de cuspe seco, sorvete meloso e papel de bala, chiclete mascado, pontas de cigarro manchadas, pedaços de jornal, ossinhos de carne assada, bosta de cachorro, fedentina de xixi, garrafas de cerveja, latas de brilhantina; a sujeira malcheirosa e arenosa soprada por cada lufada de vento em cima deles.

– Nada de camisinhas usadas – disse Coffin Ed. – Se eles não correrem risco, não tem graça.

– Pode crer – concordou Grave Digger. – É só olhar em volta e ver quantas vezes eles erraram.

A primeira sirene soou.

– Chegaram – disse Coffin Ed.

Os espectadores recuaram.

Interlúdio

– Gostou dele? – perguntou o doutor Mubuta.

– Ele é lindo – disse a mulher branca.

– Embrulha ele e leva com você – disse o doutor Mubuta, chegando o mais perto de um olhar malicioso quanto jamais havia chegado.

Ela enrubesceu furiosamente.

O doutor Mubuta fez um gesto para o cretino, que não teve o menor pejo em embrulhar o belo adormecido no lençol da cama.

– Leve ele lá para fora e ponha-o no compartimento traseiro do carro dela – instruiu o doutor Mubuta. Depois, virando-se para a sra. Dawson, muda e vermelha, disse: – Agora ele está sob sua responsabilidade, madame. E eu tenho certeza de que, assim que tiver investigado completamente este milagre e se convencido de sua autenticidade, vai me enviar o restante do pagamento.

Ela concordou rapidamente e o carro partiu. Todos ficaram olhando-a se afastar. Ninguém disse nada. Ninguém na rua lançou um segundo olhar para o cretino negro de lábio leporino que colocou uma pessoa envolta em um lençol na parte de trás de uma limusine Cadillac com ar condicionado. Ali era o Harlem, onde qualquer coisa podia acontecer.

5

— Vocês vêm tentando passar a perna nesses brancos e descobriram que não adianta, porque eles são mais inteligentes que vocês – cantarolou o doutor Mubuta, a mandíbula enorme girando, como se fosse o requebrado voluptuoso de uma prostituta negra. Sua voz era tão solene quanto sua expressão, e seus olhos, tão sérios quanto os de um religioso fanático.

— É! – O movimento obsceno de sua mandíbula parou, como uma nádega contraída, depois recomeçou, remoendo, sugestiva: – E vocês andaram tentando mentir mais que os brancos, e no fim descobriram que foram os brancos que inventaram a mentira.

A menina adolescente branca saiu do seu transe hipnótico e soltou risadinhas descontroladas, como se tivesse sido pega em flagrante.

Todos os outros estavam olhando fixamente para ele, com as bocas abertas, como se ele fosse um exibicionista abrindo o casaco.

— É! E vocês andaram tentando ser mais subservientes que os brancos e se surpreenderam ao descobrir que os brancos tão roubando seu talento, como roubaram tudo que vocês inventaram.

Os olhos remelentos do sr. Sam se abriram ao ouvir isso, e ele espiou o doutor Mubuta. Mas os fechou imediatamente, como se não quisesse ver o que tinha visto. A cabeça de Dick moveu-se ligeiramente, e uma expressão de ceticismo sofrido lhe passou pelo rosto. Um sorriso sutil distendeu os cantos da boca de Anny. Viola assumiu uma expressão de indignação intolerante. Os olhos negros puxados de Sugartit* ficaram imutáveis, como se ela não

---

* Algo como "seios doces". (N. do E.)

estivesse ligada. Van Raff parecia estar em fervura lenta diante daquele roubo incrível. A adolescente branca tornou a soltar risadinhas e tentou atrair o olhar do dr. Mubuta. De repente, ele olhou diretamente para ela; sua visão perdeu a vagueza e se concentrou nela, seus olhos vermelhos e brilhantes tirando-lhe as roupas e olhando diretamente para algum ponto entre suas pernas.

– É! – Ele talvez tivesse dito. – É, sim, senhor!

A interjeição a fez sobressaltar-se, cheia de remorso. Ela fechou as pernas e enrubesceu.

O sr. Sam parecia estar dormindo, ou talvez morto.

Depois todos voltaram a escutar, como passageiros de um ônibus descontrolado sem saber para onde iam, mas esperando cair de um precipício a qualquer momento.

A expressão do dr. Mubuta ficou alienada outra vez, como se ele já tivesse dito o que pretendia, fosse lá o que fosse.

– É! Vocês vêm tentando dizer mais sim que os brancos, mas hoje em dia os branco estão dizendo sim pra vocês tão rápido, que vocês não sabe quem está dizendo sim pra quem.

– Cascata! – Até dizer isso, o homem tinha sido tão discreto que podia ser confundido com uma sombra cinzenta, na sala feericamente iluminada.

A palavra foi ouvida nitidamente, mas nenhum dos olhares hipnotizados se desviou da mandíbula dançarina e sensual do dr. Mubuta.

– Ouviram esses tiros? – perguntou o dr. Mubuta, ignorando a interjeição.

A pergunta era apenas retórica. Eles já estavam ouvindo antes os jovens negros desordeiros na Seventh Avenue. Não era preciso responder.

– Estão atirando pedras na polícia – disse o dr.

Mubuta naquela sua cantilena. – Devem achar que os policiais brancos são feito de vidro, que nem janelas.

Ele fez uma pausa, como esperando que alguém fizesse algum comentário. Mas ninguém teve nada a dizer; ninguém entendeu o porquê daquele comentário; todos sabiam que os policiais brancos não eram feitos de vidro.

– Eu tenho a solução definitiva para o Problema Negro – exclamou o dr. Mubuta, sua pesada e rebolativa mandíbula negra anunciando isso subitamente, para quem quisesse ouvir.

Alguém devia ter contestado o homem nessa hora, mas ninguém disse nada.

– Vamos viver mais que os brancos. Enquanto eles vêm se concentrando em formas de morrer, eu venho me concentrando em como viver mais. Enquanto eles estão morrendo, vamos viver para sempre, e o sr. Sam aqui, o mais velho de todos nós, ainda vai testemunhar o dia em que o negro vai ser maioria nesta terra, e o branco, seu escravo.

A adolescente branca olhou feio para o dr. Mubuta, como se estivesse achando que aquilo era pessoal, e até ficou querendo experimentar.

Mas não foi o caso do motorista do sr. Sam, Johnson X, o homem invisível. Não deu mais para ele se conter.

– Mas que cascata! – gritou ele. – Tremenda cascata! Será que alguém, em seu juízo perfeito, com todas as partes da massa cinzenta montadas na ordem certa na cachola, sem fusível queimado no cérebro, com os cilindro da cuca funcionando a todo vapor... moraram?... Alguém... tu... eu... nós... vós... eles... ele ou ela, qualquer um... sacaram, vai engolir o que um cascateiro desses diz? – Seus lábios moles acentuavam cada palavra com um perdigoto, deslizavam para cima e para baixo sobre dentes grandes e brancos, como o diafragma de uma câmera fotográfica tirando fotos de mísseis lançados ao espaço, retorcendo-se e estalando sobre o efeito tonal de cada som, e pronunciando a palavra "cascata" como se ele a tivesse provado e cuspido fora: eloqüente, lógica e positiva.

– Eu acredito – disse o sr. Sam, em voz rouca, espiando Johnson com seus velhos olhos furtivos.

– O senhor! – explodiu Johnson. Era uma acusação.

Todos olharam para o sr. Sam, como se aguardassem sua confissão.

– Os pretos acreditam em tudo – gaguejou Viola. Ninguém a contestou.

Johnson X olhou com desprezo para o sr. Sam através dos seus óculos de lentes grossas e armação preta pesada. Era um homem alto e anguloso, vestido com uniforme de chofer. Seu crânio pequeno e raspado fundia-se com o nariz largo e aduncado, dando-lhe a aparência de uma tartaruga, e, com os óculos, ele parecia estar querendo se fazer passar por humano. Talvez ele fosse rabugento, mas não era burro. Era amigo do sr. Sam.

– Sr. Sam – disse ele –, vou lhe dizer pra ocê aqui e agora, na sua cara – acho que o senhor endoidou. Perdeu todo o juízo com que nasceu.

Os olhos do sr. Sam fecharam-se até se transformarem em fendas de um azul leitoso em seu rosto murcho.

– As pessoas não sabem tudo – murmurou.

– Eu ajudo os velho e os doente – alegou o dr. Mubuta, requebrando a mandíbula. – Rejuvenesço os desrejuvenescido.

– Merda! Vê se abaixa a sua bolinha, sr. Sam. Olha a vida de frente. Tem noventa anos...

– Mais do que isso.

– Mais de noventa, já com os pé, as perna, até o pescoço na cova, e está aí trepano com tudo que é muié faz 65 anos.

– Mais que isso.

– Bancano o cafetão e dirigino um bordel desde que aprendeu as coisa que ia vender...

– Só negócio. Comprar barato e vender caro. É coisa de judeu.

– Cercado de muié a vida inteira, e ainda num tá sastifeito. Tem quase cem ano, e quer contrariá a órdi bem ordenada da criação.

– Num é nada disso!

– Num é nada disso o quê! – Johnson X se controlou. – Sr. Sam, o senhor acredita em Deus?

– Isso. Já acredito em Deus faz 65 anos. Desde antes de tu nascer.

Johnson X fez cara de espantado.

– Como disse? Não entendi.

– Deus ajuda a quem se ajuda.

Os olhos de Johnson X se esbugalharam, sua voz ficou indignada.

– Velho e marvado como o senhor é, com tudo os pecado que cometeu na vida, tantas pessoa que enganou, toda as mentira que contou, tudo que roubou, tem coragem de dizer que tá esperando ajuda de Deus?

– Nada substitui Deus – cantarolou o dr. Mubuta, parecendo tão piedoso quanto possível, depois acrescentou, como se tivesse ido longe demais: – A não ser o dinheiro.

– Pega aquela mala de viagem – disse o sr. Sam, rouco.

O dr. Mubuta ergueu a mala de viagem que estava no chão ao lado da valise do médico.

– Olha dentro dela – ordenou o sr. Sam.

O dr. Mubuta abriu a mala com toda a presteza, e seus olhos pareceram saltar das órbitas, de tão arregalados.

– O que está vendo? – perguntou o sr. Sam.

– Dinheiro – sussurrou o dr. Mubuta.
– Acha que esse dinheiro chega para substituir Deus?
– Parece que sim. Parece muita grana mesmo.
– Só tenho isso.
Van Raff levantou-se. Viola ficou cor de beterraba.
– E é seu – informou o sr. Sam ao dr. Mubuta.
– Não é não – berrou Van Raff.
– Vou te dedurar pra polícia – disse Johnson X.
– Senta aí – disse o sr. Sam, numa voz rouca e maldosa. – Tô só testando, gente. Não passa de papel.
O rosto do dr. Mubuta fechou-se como a Bíblia.
– Deixa eu ver – exigiu Van Raff.
– É ou não é? – exigiu saber o dr. Mubuta.
– Acho que alguém devia acabar com isso – disse Anny, como quem se desculpa. – Não acho isso correto.
– Cuide da sua vida – rosnou o marido dela.
– Perdão por estar viva – respondeu ela, lançando-lhe um olhar furioso.
– Ele devia ser internado num hospício – disse Viola. – Está maluco.
– Eu vou ver – declarou Van Raff, fazendo menção de pegar a mala.
– E eu vi bem vocês todos – retrucou o sr. Sam.
– Agora que já disseram tudo o que queriam, posso proceder ao procedimento? – indagou o dr. Mubuta.
– Deixa pra lá – disse Johnson X a Van Raff. – Não vai funcionar, mesmo.
– Claro que não – declarou Van Raff, voltando à sua cadeira, amuado.
Nenhuma das adolescentes tinha dito nada.
Naquele silêncio tenso, o dr. Mubuta abriu sua valise e tirou dela um pote de um litro contendo um líquido de aparência repugnante, colocando-o depois sobre a mesa de cabeceira ao lado da cama do sr. Sam. Todos se inclinaram para olhar com incredulidade o líquido leitoso.

O sr. Sam espichou o pescoço e arregalou os olhos vidrados e velhos, como um galo curioso com o pescoço pelado.

— O troço é esse?

— É, o troço é esse.

— Vai me rejuvenescer?

— É pra isso que serve.

— O que é esse negócio leitoso flutuando aí dentro?

— É albumina. A mesma coisa que forma a base do esperma.

— O que é esperma?

— O que você não tem.

De repente a mocinha adolescente se descontrolou. Começou a rir e a se engasgar toda, dobrando o corpo, com o rosto vermelho vivo. Todos a olharam fixamente, até ela se controlar, depois voltaram a atenção de novo para o pote de líquido rejuvenescedor.

— E que bolinhas pretas são essas flutuando aí dentro? – perguntou o sr. Sam.

— Exatamente o que parecem, bolas pretas, só que tiradas de um babuíno, que é o animal de dois pés mais viril que se conhece.

As pálpebras do sr. Sam estremeceram.

— Não diga. Tiradas de babuíno vivo?

— Vivo quando foram extraídas, e durinho, prontinho pra ejacular.

— É mole? Garanto que ele não gostou nadinha disso.

— Da mesma forma que tu não ia gostar, há cinqüenta anos.

— Hum! E o que são essas coisinhas que parecem penas?

— São umas pena. Primárias de galo. De um galo de briga, que podia fertilizar ovo à distância de um metro.

— Me lembra um camarada que eu conheci que era capaz de ingravidar uma muié só de oiá pra ela.

– Ele tinha um olho concupiscente. Tem um desses aí dentro também.

– Não esqueceu nada, esqueceu? Bolas, penas e olhos e o ispréma. E essas outra coisinha esquisita são o quê?

– Todas são os órgão sexual de coelhos, águias e mariscos.

O dr Mubuta deu essas explicações sem piscar sequer uma vez. Sua platéia o olhava atentamente, os olhos quase saltando das órbitas. Dados os parâmetros de referência – luz, calor e Harlem –, a certo ponto da explicação, eles todos já haviam passado do limite da repulsa. Não foi difícil. Não era mais difícil também acreditar no rejuvenescimento do que acreditar que a igualdade estava por vir.

– Essa sua poção deve ter um efeito fenomenal, se todos esses ingredientes aí começarem a funcionar ao mesmo tempo, vô contá – admitiu o sr. Sam, admirado. – Mas o que é esse negocinho aí meio gosmento no fundo?

– Esse é o segredo – respondeu o dr. Mubuta, tão solene quanto uma coruja.

– Ah, é esse o segredo, é? Parece muito com bosta de porco pra mim.

– É a matéria que energiza as outra matéria que carregam as glândula genital, como se carrega uma bateria descarregada.

– É isso que ela faz?

– É isso que ela faz.

– E qual é o nome dela?

– Elixir de esperma.

– Parece uma coisa bem sofisticada. Tem certeza de que vai funcionar?

O dr. Mubuta olhou para o sr. Sam, com desprezo.

– Se não acredita que esse elixir vai funcionar, não devia ter me chamado aqui para dar isso a você, pão-duro como você é.

– Eu só sei o que ouvi dizer – admitiu o sr. Sam, relutante.

– O que ouviu dizer – disse o dr. Mubuta, desdenhoso. – Já viu gente que ficou boa com ele. Anda me cercando e fazendo pergunta e espionando meus cliente toda vez que eu volto da África.

Johnson X indignou-se.

– Tô decepcionado com o senhor, sr. Sam. Decepcionado! Tinha a reputação de ter espírito esportivo, apriciava seu prazê e num guardava rancor de ninguém. E agora tá aí, dono de uma fortuna que fez com o pecado dus otro, e tem tanta inveja do prazer dus otro que vai dá tudinho que tem pra poder pecar de novo também – e nem é o seu próprio dinheiro, velho assim como é.

– Não é isso – protestou o sr. Sam. – Eu quero me casar de novo.

– Eu sou a noiva dele – disse a adolescente branca. Aquela sua revelação, sem qualquer emoção, em uma voz irritante, direto dos algodoais do Sul, explodiu na sala como uma granada de mão, causando muito mais repercussão do que a exposição do elixir rejuvenescedor.

Tanto sangue subiu à cabeça da Viola que ela parecia um percevejo inchado.

– Seu animal – gritou ela. A quem ela estava querendo se referir, ninguém desconfiou.

– Não se preocupe, ele não pode fazer nada – consolou-a Van Raff, sacudindo a cabeça para tentar livrar-se do sangue que subiu a ela também.

Mas foi Anny que demonstrou muita vergonha. Notando, Dick disse, áspero:

– Ele vai ficar jovem, não vai? Não vai deixar sua raça na mão agora!

E, por um instante, a máscara escorregou do rosto do dr. Mubuta, e ele pareceu mais burro do que nunca.

— Hã? Vai se casar com essa... hã... mocinha aqui?

— Qual o problema com ela? – perguntou o sr. Sam, em tom de desafio.

— Problema com ela! Não tem problema nenhum com ela... é em você que eu tô pensando. Vai precisar de uma quantidade maior desse elixir do que eu tinha pensado.

— Acha que eu não tinha pensado nisso?

— E tem mais – prosseguiu o dr. Mubuta. – Se eu ouvi direito, e se o que corre aí pelo Harlem é verdade, você já tem esposa, que está aqui presente nesta mesma sala, e duas esposa é demais pra um elixir, na sua idade.

— Dá um pouco pra ela também, pra ela ficar jovem como eu, e aí eu posso botar ela pra rodar bolsinha também.

A adolescente branca começou a rir descontroladamente outra vez.

Viola abriu um canivete que havia tirado da bolsa e pulou em cima da garota. Van Raff, pego de surpresa, não conseguiu se mexer. A mocinha branca correu para trás da cama do sr. Sam, como se ele pudesse ajudá-la. Viola mudou de direção e foi para cima do sr. Sam, com o canivete aberto. O dr. Mubuta agarrou-a pela cintura. Johnson X fez menção de avançar. Van Raff deu um pulo e ficou de pé. Viola passou a tentar apunhalar o dr. Mubuta, e a mão dele estava recebendo vários cortes, enquanto ele tentava agarrar a lâmina.

Ele já estava estendendo o braço para pegar a mala de viagem, quando Van Raff veio por trás, berrando:

— Ah, não, isso não!

E tirou a mala da mão dele. Simultaneamente, Viola esfaqueou-o nas costas. Não foi suficiente para imobilizá-lo, e ele girou, indo para cima dela, e, sem enxergar nada, de tão raivoso, agarrou-lhe o canivete com a mão ensangüentada, como se fosse um pingente de gelo, e arrancou-o da mão da mulher. Os olhos cinzentos dela se arregalaram de medo e indignação, e sua boca rosada se abriu para gritar, mostrando uma grande parte da garganta repleta de veias. Mas ela não chegou a gritar. Ele a esfaqueou no coração e, sem parar, virou-se e esfaqueou Van Raff na cabeça, quebrando a lâmina do canivete no seu crânio. Van Raff pareceu de repente ter cem anos, quando seu rosto se paralisou com o choque, e a mala de viagem caiu de seus dedos insensíveis.

Com sangue jorrando das costas e da mão, como se suas artérias estivessem vazando, o dr. Mubuta agarrou a mala e foi em direção à porta. Dick e Anny haviam desaparecido e Johnson X estava de pé diante da porta com os braços abertos, como uma cruz, para evitar que alguém entrasse. O dr. Mubuta correu para trás dele e esfaqueou-o nas costas com a lâmina quebrada, e Johnson X apagou, caindo na sala de jantar como se um tanque de combustível sólido de foguete tivesse explodido. O dr. Mubuta deixou a faca enterrada nas costas dele, e aí entrou um homem baixo e musculoso com fez vermelho na cabeça. O homem trazia na mão um canivete aberto com uma lâmina de quinze centímetros. O dr. Mubuta se esquivou. Mas não teve sorte. O baixote manejava a lâmina com destreza e cravou-a no dr. Mubuta até matá-lo, antes que ele pudesse emitir um som.

6

O orador de pé sobre um barril virado de boca para baixo no cruzamento da 135th com a Seventh Avenue estava gritando monotonamente:

– PODER NEGRO! PODER NEGRO! Ocê existe? Ou num existe? Vamo saí em passeata de noite, gente! Marchá! Marchá! Marchá! *Ah, quando os Santos...* é isso aí, moçada! Vamo marchá hoje de noite!

Voavam perdigotos de sua boca mole. Suas mandíbulas frouxas subiam e desciam, flácidas. Sua pele áspera e marrom estava oleosa de suor. Seus olhos vermelhos e baços pareciam cansados.

– O seu Charley tem medo do PODER NEGRO desde o início. É por isso que o Noé nos escolheu pra ir pra África na época do dilúvio. E todo esse tempo a gente tem rido pra não caçá baleia.

Ele enxugou o rosto suarento com um lenço de cabeça vermelho. Depois soltou um arroto e engoliu em seco. Seus olhos pareciam vazios. A boca pendia aberta, como que procurando palavras.

– Num güento mais – disse baixinho. Ninguém prestava atenção nele. Ninguém notou seu comportamento. Ninguém se importava.

Ele engoliu ruidosamente e berrou.

– É HOJE DE NOITE! Vamo lançar as baleeira. É a noite da grande baleia branca. Sacaram, moçada?

Ele era grandalhão e todo flácido, como suas mandíbulas. A noite já havia caído, mas o ar negro noturno estava tão quente quanto o ar brilhante do dia, só que havia menos dele. Sua camisa branca de mangas curtas estava encharcada de suor. Um anel de suor havia se formado em torno da cintura de suas calças pretas de alpaca, como se a parte superior da sua pança tivesse começado a se derreter.

– Querem morá bem? Tem que pescá baleia! Querem um carro bom? Tem que pescá baleia! Querem um emprego bom? Tem que pescá baleia, gente! Tão mintendendo?

Seus cabelos encarapinhados estavam pingando suor. Para um homem grandalhão de meia-idade e todo flácido, que teria parecido mais à vontade em um jogo de pôquer, era inacreditavelmente histérico. Acenava com os braços como um moinho errático. Dava passos de dança. Arrastava os pés como um pugilista. Baleia! Baleia! BALEIA, SEUS BRANCO! TEMOS O PODER! NÓS É PRETO! NÓS É PURO!

Uma multidão de cidadãos do Harlem, bem-vestida por causa do feriado, havia se reunido para ouvir. Aglomeravam-se nas calçadas, na rua, bloquearam o trânsito. Estavam usando as cores caóticas de uma selva sul-americana. Podiam até ser confundidos com flores crescendo às margens do rio Amazonas, orquídeas silvestres de todas as cores. Se não fosse por suas vozes.

– O que ele está dizendo, hein? – uma garota de amarelo vivo com cabelos ruivos berrantes, com um vestido verde-acrílico que vinha só até embaixo da bunda perguntou ao negro alto e esguio com feições lisas e bem delineadas e com raias de cabelo grisalho.

– Cala a matraca e escuta – respondeu ele, asperamente, lançando-lhe um olhar furioso de soslaio com os olhos turvos e amendoados. – Ele tá explicando pra gente o que é poder negro!

Ela abriu os seus grandes olhos verdes com manchinhas castanhas e olhou espantada para ele.

– Poder negro? Isso não significa nada para mim. Não sou preta.

Seus lábios esculpidos retorceram-se de escárnio.

– De quem é a culpa?

– O PODER NEGRO É FORTE! DONATIVOS PARA A LUTA!

Quando a bela mulata apresentou a cesta de donativos a um grupo de homens de todos os tipos diante do Paradise Inn, repetindo em sua voz macia e agradável: "Donativos para a luta, cavalheiros", um malandro de carapinha e camisa de seda vermelha de mangas compridas disse, ofensivamente:

– Que luta, ô gostosa? Se o Poder Negro fosse tão forte assim, quem ia precisar lutar? Você é que devia estar me dando alguma coisa, isso assim.

Ela olhou os sujeitos de cima a baixo, sem se deixar perturbar.

– Volta pras tuas vagabundas branquelas; nós, as negras, vamos lutar.

– Bom, então vai e luta – disse o malandro, dando-lhe as costas. – É este o mal de vocês, negras: brigam demais.

Mas algumas das outras jovens que passaram cestas para a luta conseguiram mais donativos. Porque entre os turistas de fim de semana estavam muitas pessoas sérias que entendiam a necessidade de proporcionar fundos à luta próxima. Acreditavam no Poder Negro. Iam experimentar. Todo o resto tinha falhado. Encheram as cestas de coleta de moedas e notas. Iam gastar mesmo, com isso, com aquilo. Aluguel, igreja, comida ou uísque, por que não dar para o Poder Negro? O que tinham a perder? E podiam até ser vitoriosos. Quem sabe? A baleia havia engolido Jonas. Moisés havia aberto o Mar Vermelho. Cristo ressuscitou dos mortos. Lincoln libertou os escravos. Hitler matou seis milhões de judeus. Os africanos obtiveram poder – em algumas partes da África, pelo menos.

Os americanos e os russos chegaram à Lua. Tinha até um doido que tinha feito um coração de plástico. Qualquer coisa era possível.

As jovens jogaram as cestas cheias em um barril pintado de dourado com a faixa PODER NEGRO sobre uma mesa baixa a um lado do barril do orador, presidido por uma matrona cheia de corpo, carrancuda, cabelos grisalhos, vestida com um uniforme preto enfeitado com botões dourados e massas de tranças, que parecia até uma efígie começando a arder naquele dia quente. E aí eles voltaram para tornar a passar a cesta de novo entre a multidão.

O orador vociferava:

– PODER NEGRO! PERIGOSO COMO A ESCURIDÃO! MISTERIOSO COMO A NOITE! Nossa herança! Nosso direito por nascença! Libertai-nos no Grande Curral!

– Esse palhaço até parece que é crupiê de jogo de dados – sussurrou um irmão de cor para o outro.

Os poucos motoristas brancos que conseguiam passar pela multidão indo para o norte pela Seventh Avenue na direção do Westchester County olhavam curiosos para aquela multidão, abriam as janelas, ouviam as palavras "poder negro" e pisavam fundo no acelerador.

Era uma multidão pacífica. Havia vários carros de polícia patrulhando as ruas. Mas os tiras não tinham nada para fazer a não ser evitar os olhares desafiadores. A maioria dos patrulheiros era branca, mas agora estava ligeiramente vermelha diante do discurso histérico do orador e da monótona repetição das palavras "poder negro".

Uma limusine Cadillac, brilhando ao sol como mármore polido, aproximou-se de mansinho do meio-fio, parando na faixa de estacionamento proibido, onde ficava o ponto do ônibus que atravessava a cidade, à distância de um braço do barril do orador. Dois negros com jeito de perigosos vestidos com blusões de couro preto e o que pareciam quepes de oficiais do exército do Poder Negro estavam sentados nos bancos dianteiros, imóveis, olhando para a frente, sem um músculo a se mexer nos seus rostos cobertos de cicatrizes e saliências. No banco de trás via-se um negro imponente de cabelos grisalhos entre dois jovens mulatos esguios, serenos, bem-proporcionados, vestidos como clérigos. O homem grisalho tinha uma pele aveludada e lisa que parecia ter sido recentemente massageada. Apesar dos cabelos de carapinha cortados bem curtos, seus olhos castanho-claros, sob sobrancelhas escuras lustrosas e grossas, eram assustadoramente brilhantes e jovens. Longos cílios negros lhe davam uma aparência sensual. Mas não havia nada de luxuoso em sua aparência, ainda menos em seu comportamento. Seus modos eram tranqüilos, competentes, seus olhos brilhavam de bom humor, mas a boca era firme, e o rosto, grave.

O assistente vestido de couro ao lado do motorista pulou para o meio-fio e abriu a porta de trás. O clérigo lá dentro saiu para a calçada, o homem de cabelos grisalhos os seguiu.

O orador parou abruptamente no meio de uma frase e desceu do barril. Aproximou-se do homem grisalho com uma timidez que não era própria para um hábil exortador do Poder Negro. Não fez nenhuma tentativa de lhe apertar a mão.

– Dr. Moore, preciso descansar – balbuciou. – Estou exausto.

– Continue, J – exigiu o dr. Moore. – Vou mandar o L para substituí-lo em breve. – Sua voz era modulada, sua enunciação, perfeita, seus modos, agradáveis, mas deixavam transparecer uma autoridade que não permitia contradição.

– Estou extremamente cansado – reclamou J.

O dr. Moore olhou-o enfezado, depois abrandou-se e deu-lhe tapinhas no ombro.

– Estamos todos cansados, continue só um pouquinho mais, que vamos substituí-lo. Se apenas uma outra alma – acrescentou, sacudindo o dedo para ele, para enfatizar esse argumento – entender a mensagem, nosso esforço não terá sido em vão.

– Sim, senhor – disse J, humildemente, e tratou de içar outra vez sua barriga flácida até o topo do barril.

– E agora, irmã Z, o que tem aí para a causa? – o dr. Moore perguntou à senhora cheinha de uniforme preto que presidia o barril dourado do Poder Negro.

Ela deu um sorriso arreganhado, que era puro ouro; era como ver a Mona Lisa soltando uma gargalhada.

– O barril está quase cheio – disse ela, orgulhosa, as fileiras de dentes de ouro de cima e de baixo cintilando sob a luz.

O dr. Moore olhou para os dentes dela arrependido, depois fez sinal com a cabeça para o clérigo, que abriu o porta-malas do carro e também uma mala de couro. O assistente de blusão de couro pegou o barrilete de dinheiro e o despejou na mala, que já estava meio cheia de moedas e notas semelhantes.

Os passantes observaram essa operação com um silêncio petrificado. De lá do fim da rua os policiais brancos diante da delegacia da 135th Street observaram curiosos, mas não se mexeram. Nenhum tomou conhecimento de que a limusine estava estacionada irregularmente. Ninguém questionou a autoridade do dr. Moore de recolher aquele dinheiro. Ninguém pareceu pensar que havia algo de estranho naquele procedimento todo. Mas muitos negros naquela multidão, e a maioria dos tiras dos carros-patrulha, não sabiam quem era o dr. Moore, jamais o haviam visto, nem mesmo ouvido falar dele. Ele tinha um ar de autoridade tão incontestável que parecia lógico ele recolher o dinheiro, e todos concordavam que uma limusine Cadillac preta cheia de gente uniformizada, mesmo dois dos uniformes sendo de clérigos, estava sem dúvida ligada ao Poder Negro.

Quando eles voltaram a sentar-se nos bancos do carro de novo, o dr. Moore falou no intercomunicador:

– Vamos para o centro, B.

Depois espiou de relance a nuca do motorista, corrigindo-se:

– Acho que você é o C, não é?

O banco da frente não era separado do banco de trás por uma divisória, e portanto o motorista virou ligeiramente a cabeça e disse:

– Sim, senhor, o B morreu.

– Morreu? Mas quando? – o dr. Moore pareceu ligeiramente surpreso.

– Faz mais de dois meses.

O dr. Moore se recostou nas almofadas e suspirou.

– A vida é passageira – observou, tristonho.

Nada mais se disse até eles chegarem a seu destino. Era um conjunto habitacional de classe média na parte superior da Lenox Avenue, um imenso edifício de apartamentos de tijolos vermelhos em formato de U, com dezessete andares. O jardim diante do prédio era tão recente que a grama ainda não havia brotado, e as árvores e arbustos recém-plantados pareciam murchos, como se fosse por causa de alguma seca. Havia um parquinho para as crianças no centro dele, com escorregadores, gangorras e caixas de areia tão novos que pareciam abandonados, como se nenhuma criança morasse ali.

Do outro lado da Lenox Avenue, do lado oeste, na direção da Seventh Avenue, estavam as favelas originais, com seus apartamentos infestados de ratos e sem água quente, os andares térreos com frentes de vidro, ocupados pelas quitandas do costume, com anúncios escritos à mão nas vidraças. "PRESUNTO DEFUMADO cozido e inspecionado pelo governo, 1,10 dólar o quilo... UVAS sem semente da Califórnia, um quilo por 49 centavos... Sabão ALL, espuma controlada e fofa, pacote de um quilo e meio por 77 centavos; PATAS DE CARANGUEJO-REAL, 79 centavos meio quilo... SACOS PLÁSTICOS GLAD, 99 centavos." Os alimentos finos anunciados eram: "miúdos de porco congelados e outras iguarias finas"... Armarinhos com agulhas, botões e linha nas vitrines... Barbearias... Tabacarias... *Outdoors* anunciando: Uísques, cervejas... "HARYOU"*... Candidatos ao Congresso... "*BEAUTY FAIR* da CLAIRE: PERUCAS, CHINÓS PARA HOMENS, Alisamento..." Funerárias... Boates... "Reverendo Ike, 'Veja e ouça este jovem ministro de Deus; uma oração pelos doentes e todas as condições em todos os cultos; TRAGA O SEU FARDO, SAIA CANTANDO'."... Cidadãos negros sentados nas escadas de entrada de seus prédios sem aquecimento na noite escaldante... Vadios reunidos diante de bares fumando maconha... Imundície, pó, terra e lixo flutuando à toa no ar denso e quente agitado pela passagem dos pés. Esse era o lado dos favelados. Os residentes bacanas da parte leste da rua jamais olhavam para o lado deles.

A limusine Cadillac preta parou junto ao meio-fio diante do gramado inacabado. Milagrosamente, a faixa atrás do carro, que antes anunciava PODER NEGRO, tinha sido trocada por uma que dizia: FRATERNIDADE. Os dois homens de blusão e chapéu negro, na frente, saíram e ficaram de pé, ao lado da porta de trás. Longe da multidão

---

* Harlem Youth Opportunities, Unlimited (ou Programa de Oportunidades para Jovens do Harlem), da década de 60, combatia o segregacionismo engajando os jovens em atividades produtivas. (N. do T.)

heterogênea da 135th Street com a Seventh Avenue, com aquele prédio de apartamentos tranqüilo e pretensioso como pano de fundo, pareciam maiores, mais durões, infinitamente mais perigosos. As saliências sob seus blusões de couro eram mais pronunciadas do lado esquerdo. Ali, no lado sombreado e tranqüilo da rua histórica, antiga, longe da favela, eles se pareciam inconfundivelmente com guarda-costas. As pessoas bem-vestidas vindas do edifício e entrando nele passavam longe deles. Mas eles não se deixavam ofender por isso. Eram conhecidos. O dr. Moore era um personagem notório. Os moradores gostavam muito dele. Admiravam seus esforços de integração; comentavam sua abordagem não-violenta, moderada. Quando o próprio dr. Moore apareceu, de pé entre os dois clérigos, os moradores que passavam cumprimentaram-no, tocando os chapéus e sorrindo obsequiosamente.

– Venham comigo, rapazes – disse ele.

Ele entrou no edifício decidido, com seu cortejo a segui-lo. Havia autoconfiança e autoridade na atitude dele, como a de um homem com objetivo e com total intenção de atingi-lo. Os moradores que passavam pela portaria do prédio cumprimentavam-no com uma vênia. Ele sorria amistosamente, mas nada dizia. O porteiro manteve um elevador vazio aguardando por ele. Levou-o ao terceiro andar, onde ele dispensou os guarda-costas e levou os clérigos consigo para dentro.

O *hall* de entrada estava mobiliado em um estilo suntuoso. Um carpete roxo-escuro cobria totalmente o assoalho. De um lado ficava um cabide para casacos com um espelho de corpo inteiro e, ao lado dele, um porta-guarda-chuvas. Do outro lado, uma mesa comprida e baixa para chapéus com dois abajures idênticos em cada ponta dela, flanqueados por cadeiras de espaldar reto de madeira escura e exótica, com assentos estofados de fazenda bordada. Mas o dr. Moore não permaneceu ali muito tempo. Depois de mirar-se brevemente no espelho, dobrou à direita, entrando no salão que ficava na frente do edifício, com duas amplas janelas panorâmicas, seguido por seus clérigos. Com exceção das cortinas translúcidas roxas e os drapejados de seda roxa atrás de venezianas brancas, o salão estava tão vazio quanto a Despensa da Mãe Hubbard.* Mas o dr. Moore continuou a atravessar o apartamento, indo até a sala de jantar com seus clérigos em seus calcanhares. Estava igualmente vazio, como o salão anterior, e tinha venezianas e cortinas semelhantes. Mas o dr. Moore não hesitou, nem seus clérigos esperavam que hesitasse. Entraram na cozinha em fila indiana. Nem uma palavra havia sido pronunciada. E ainda, sem dizer nada, seus clérigos tiraram os casacos e colarinhos de clérigos e vestiram aventais de algodão branco, pondo na cabeça chapéus de cozinheiro, enquanto o dr. Moore espiava o que havia na geladeira.

— Tem pescoços de porco aqui – disse o dr. Moore. – Façam pescoço de porco com arroz, e em algum lugar tem inhames amarelos, talvez algum restinho de couve.

— E bolo de fubá, Al? – indagou um dos cozinheiros-clérigos.

— Está bem, então, bolo de fubá, se houver manteiga.

— Tem margarina.

O dr. Moore fez uma careta de nojo.

— Vamos lá, dêem um jeito – ordenou ele. – Precisamos dar de comer ao homem.

Ele voltou rapidamente ao *hall* e abriu a porta do

---

* Mother Hubbard Cupboard, uma espécie de estoque de alimentos mantido por voluntários para ajudar os mais pobres. (N. do T.)

primeiro quarto. Estava vazio, a não ser por uma cama de casal desfeita e um armário sem pintura.

– Lucy! – chamou.

Uma mulher pôs a cabeça para fora do banheiro. Era a cabeça de uma jovem mulata com cabelos alisados, puxados para o lado do rosto sobre a orelha direita. Um rosto lindo, com nariz reto e largo, narinas estreitas, sobre uma boca larga, grossa, sem batom, com lábios marrons que pareciam macios e flexíveis. Olhos castanhos aumentados por óculos sem aro lhe davam uma aparência sensual.

– Lucy saiu; sou eu – disse ela.

– Você? Bárbara! Tem alguém aqui com você? – A voz dele saiu bem baixa.

– Mas claro que não, porra, acha que eu ia trazer elas aqui? – disse ela, em uma voz macia e modulada que destoou profundamente ao pronunciar aquelas palavras.

– Bom, então que porra é que você veio fazer aqui? – indagou ele em uma voz alta e áspera, que o fazia soar como um homem totalmente diferente – Eu te mandei cuidar do coquetel da Americana.

Ela entrou no quarto, com uma lufada de perfume de mulher. Seu corpo mulato e voluptuoso estava ligeiramente coberto por um robe de seda cor-de-rosa, que mostrava uma linha do ventre marrom e uma parte dos pêlos púbicos pretos.

– Eu estava lá – disse ela, defensiva. – Tinha competição demais das amadoras da alta sociedade. Todas aquelas vacas convencidas caíram em cima daqueles brancos de sola, como se fossem doce.

Dr. Moore franziu o cenho, zangado.

– E daí? Não tem como superar essas amadoras? Você é profissional.

– Está brincando? Contra todas essas matronas desacompanhadas? Já viu a madame Thomasina como fica, quando está a fim de um branquelo?

— Escuta aqui, sua piranha, é problema seu. Não te pago para ir a esses coquetéis deixar essas safadas te botarem para escanteio. Você tem obrigação de fisgar alguém. Como faz isso é você quem decide. Se não dá para conseguir um cliente branco com elas todas em volta, deixa que eu mesmo arranjo uma outra piranha.

Ela se aproximou dele, para que ele sentisse seu perfume e toda a feminilidade dela.

— Não fale assim comigo, Al, meu amor. Não sou sempre boazinha o tempo todo? É só nessas matinês, quando essas vacas estão desacompanhadas. Tenho certeza que esta noite eu fisgo um.

Ela tentou abraçá-lo, mas ele a empurrou com rudeza.

— É melhor mesmo, moça – disse ele. – Não estou a fim de brincadeira. O aluguel ainda não foi pago, e eu estou atrasado para pagar meu Caddillac.

— Seus discursos não estão rendendo nada?

— Pouquíssima coisa. E são divididos de forma que dá uma miséria para cada um. Tem mais, essa gente do Harlem não leva nada a sério. Eles só pensam em *boogalloo**. – Fez uma pausa e depois disse, pensativo: – Eu podia me dar bem melhor se ao menos conseguisse deixá-los revoltados.

— Será possível que esses seus gorilas não são capazes disso? Para que eles servem, então?

— Não. São inúteis em uma operação dessas – disse ele, meditabundo. – Preciso mesmo é de um homem morto.

---

* Gênero de música latina muito popular nos Estados Unidos no final da década de 60. Uma fusão de R&B, rock and roll, soul e mambo. (N. do E.)

7

O assistente do legista parecia um estudante do City College vestido com um terno de anarruga manchado. Seus cabelos castanhos espessos precisavam de um corte, e seus óculos com aro de chifre precisavam de limpeza. Ele parecia tão mal-humorado quanto convém a um homem cujo ofício é examinar mortos.

Depois de examinar o cadáver, ele se ergueu, enxugou as mãos nas calças.

– Essa é fácil – disse, dirigindo-se ao sargento da Homicídios. – A hora exata da morte esses senhores podem lhe dar, viram-no morrer. A causa exata foi um corte na veia jugular. Sexo masculino, branco, aproximadamente 35 anos.

O sargento da Homicídios não ficou satisfeito com uma pílula assim tão pequena. Parecia jamais se satisfazer com os legistas. Era um homem magro, alto, anguloso, usando o que parecia um terno de sarja azul engomado. Tinha cabelos arruivados do tom mais repulsivo possível, enormes sardas marrons que pareciam uma tigela cheia de verrugas e um nariz comprido e fino que lhe saía do rosto como a quilha de um iate de regata. Seus olhos azuis e pequenos, muito juntos um do outro, pareciam frustrados.

– Marcas de identificação? Cicatrizes? Sinais de nascença?

– Porcaria, você viu tanto quanto eu – disse o assistente do legista, acidentalmente pisando na poça de sangue. – Ah, mas que merda, porra!

– Mas que coisa, não tem nada aqui que nos diga quem ele é – reclamou o sargento. – Nem documentos, nem carteira, nem carimbo da lavanderia nessa única vestimenta que ele está usando...

— E os sapatos? – arriscou Coffin Ed.
— Marcas nos sapatos?
— Por que não?

O assistente do legista lhe fez um ligeiro assentimento com a cabeça, fosse lá o que significasse isso. Era um homem de meia-idade, aparência de branco adoentado e cabelos grisalhos meticulosamente penteados. Seu rosto pastoso e sua barriga abrupta, combinados com seu terno amassado e sapatos sem brilho lhe davam a aparência de um completo fracassado. Reunidos em torno dele, viam-se os motoristas da ambulância e os patrulheiros de rosto inexpressivo, como que procurando esconder sua indecisão. O sargento da Homicídios e o assistente do legista se entreolharam.

O sargento olhou para o fotógrafo que tinha trazido consigo.

— Tira os sapatos dele – ordenou.

O fotógrafo empertigou-se.

— Fala para o Joe tirar – disse ele. – Eu só tiro fotos.

Joe era o motorista do sargento, um detetive iniciante. Era um eslavo de estrutura quadrada, com cabelo cortado à escovinha, arrepiado como os espinhos de um ouriço.

— Muito bem, Joe – disse o sargento.

Sem dizer nada, Joe ajoelhou-se na calçada suja, desatou os cordões dos sapatos de camurça marrom do homem e retirou-os de seus pés, um depois do outro. Segurou-os sob a luz, examinando-os por dentro. O sargento curvou-se para olhar também.

— *Bostonian* – leu Joe.

— Diabo – disse o sargento, decepcionado, dando a Coffin Ed um olhar avaliador. Depois, virou-se para o assistente de legista com um jeito de quem já está aturando demais. – Pode me dizer se ele teve relações sexuais com alguém – isto é, recentemente?

O assistente de legista parecia estar achando tudo aquilo um saco.

– Dá para dizer pela autópsia se teve relações sexuais até uma hora depois de o homem morrer – e resmungou baixinho consigo mesmo: – Mas que pergunta...

O sargento o escutou.

– É importante – disse, defensivamente. – Precisamos saber alguma coisa sobre este homem. Como é que vamos encontrar quem o matou, se não soubermos, me diga!

– Pode tirar as impressões digitais dele, é claro – disse Coffin Ed.

O sargento olhou para ele com os olhos semicerrados, como se desconfiasse que ele estava querendo gozar com a sua cara. Claro que eles iam tirar as impressões digitais do cadáver e tirar todas as outras medidas biométricas necessárias, segundo o sistema Bertillon, para a identificação, como o detetive sabia perfeitamente, pensou, irado.

– De qualquer forma, com mulher não foi – disse o assistente do legista, enrubescendo incontrolavelmente. – Pelo menos da forma normal.

Todos olharam para ele, esperando que prosseguisse.

– Certo – concordou o sargento, balançando a cabeça, como se soubesse do que ele estava falando. Mas teria gostado de perguntar ao assistente de legista como ele sabia disso.

Aí, de repente, Grave Digger falou:

– Mas desde o início eu já sabia disso.

O sargento ficou tão rubro que suas sardas se destacaram como cicatrizes. Tinha ouvido falar que aqueles dois detetives negros estavam no local, mas essa era a primeira vez que os via. Só que já podia dizer que eles já haviam passado um pouquinho das medidas; em outras palavras, estavam lhe torrando a paciência.

– Então talvez possam me dizer também por que foi que fecharam o paletó dele – replicou o sargento, sarcasticamente.

– Essa é mole – respondeu Grave Digger, com a cara mais séria do mundo. – Só tem dois motivos para se matar um branco no Harlem. Dinheiro ou medo.

O sargento não estava esperando essa resposta. Aquilo o pegou no contrapé. Ele parou de usar o tom sarcástico.

– E sexo, não?

– Sexo? Êta ferro, é só nisso que vocês brancos pensam, Harlem e sexo. Mas acontece que têm razão! – prosseguiu, antes que o sargento pudesse responder. – Estão cobertos de razão. Mas sexo se vende. E se dá o que sobra. Por que matar um babaca de um branco por causa disso? É o mesmo que matar a galinha dos ovos de ouro.

A cor fugiu do rosto do sargento, e ele ficou lívido de raiva.

– Está querendo me dizer que não há crimes sexuais por aqui?

– O que eu disse é que não se matam brancos nesses crimes – respondeu Grave Digger, no mesmo tom. – Não tem branco que se envolva a esse ponto.

A cor voltou ao rosto do sargento, que estava mudando de cor por causa de seus complexos de culpa como um camaleão.

– E ninguém jamais comete um erro? – Ele se sentiu na obrigação de perguntar isso só para não encerrar a discussão.

– Eu, hein, sargento, todo homicídio é um erro – respondeu Grave Digger, condescendente. – Sabe disso, é o que o senhor faz.

Mas nem tinha mais o que pensar, aqueles pretos miseráveis iam receber uma senhora chamada, pensou o sargento, enquanto tratava de mudar de assunto, de cara fechada.

– Ora, talvez eu deva então lhes perguntar se sabem quem o matou, não?

– Assim não vale – disse Coffin Ed, asperamente.

O sargento ergueu os braços.

– Eu desisto.

Incluindo os carros-patrulha, a maioria dos quais continha policiais brancos, havia quinze oficiais brancos reunidos em torno do cadáver e, além de Grave Digger e Coffin Ed, quatro patrulheiros de cor. Todos riram aliviados. Era meio sensível esse negócio de branco sendo morto no Harlem. As pessoas escolhiam lados do ponto de vista racial, independentemente de serem policiais ou não. Ninguém estava gostando daquilo, mas todos estavam envolvidos. Era pessoal para todos eles.

– Querem saber mais alguma coisa? – perguntou o assistente de legista.

O sargento lançou-lhe um olhar penetrante, para ver se ele estava sendo sarcástico. Decidiu que não, que havia sido uma pergunta inocente.

– Sim, tudo – respondeu ele, loquaz de repente. – Quem é ele? Quem o matou? Por quê? Acima de tudo, quero o assassino. É isso que eu faço.

– O filho é seu – disse o assistente de legista. – Amanhã, ou melhor, esta manhã mesmo, vamos lhe dar os detalhes fisiológicos. Estou indo para casa neste instante. – Preencheu uma etiqueta MORTO AO DAR ENTRADA, que atou ao dedão do pé direito do cadáver, e fez sinal com a cabeça para os motoristas do carro funerário. – Levem-no para o necrotério.

O sargento da Homicídios ficou de pé, meio desligado, observando o cadáver ser colocado no carro funerário, depois olhou devagar dos policiais parados do carro para os negros congregados ao seu redor.

– Muito bem, pessoal – ordenou. – Levem todo mundo.

A Delegacia de Homicídios sempre assumia as diligências de homicídio, e o detetive de mais alto posto no local do crime se tornava o manda-chuva. Os detetives da delegacia local e os patrulheiros que recebiam instruções do capitão da delegacia ou um inspetor de divisão nem sempre gostavam desse tipo de situação. Mas para Grave Digger e Coffin Ed tanto fazia quem fosse o seu superior.

– Só o que nos incomoda é aquela burocracia toda – disse Grave Digger, uma vez. – A gente gosta mesmo é de ir direto ao ponto.

Só que naquele caso havia formalidades para proteger os direitos dos cidadãos, não podiam simplesmente ir chegando para um grupo de gente inocente e começar a dar cacetadas na cabeça deles até alguém falar, o que imaginaram que seria a forma melhor e mais barata de solucionar um crime. Se os cidadãos não gostassem, deviam ficar em casa. Como não podiam fazer essas coisas, começaram a se afastar.

– Venha – chamou Coffin Ed. – Esse cara vai nos pegar agora mesmo para prender gente.

– Olha só os nossos irmãos de cor correndo – observou Grave Digger. – Não quiseram me escutar quando lhes avisei.

Eles foram até o quadrado pavimentado e cheio de lixo com latas transbordantes ao lado das escadas da frente da pensão mais próxima, onde podiam assistir à operação sem serem vistos. O fedor de lixo podre era nauseante.

– Ugh! Quem disse que nós de cor estamos passando fome?

– Não é isso que eles dizem, Digger. Ficam é o tempo todo se perguntando por que a gente não está.

Quando as primeiras testemunhas foram levadas para o camburão, outros cidadãos curiosos chegaram:

– Que é que tá havendo?

– Pergunta pra mim, meu bem. Morreu um branquelo aí, foi o que disseram.

– De tiro?

– Facada.

– Pegaram o assassino?

– Está brincando comigo? Eles só estão prendendo a gente. Sabe como são os tiras brancos.

– Você vai pra lá que eu vou pra cá.

– Tarde demais – disse um tira branco que achava que entendia seu irmão de alma, pegando os dois pelo braço.

– Engraçadinho, ele, não? – reclamou um deles.

– E não é? – admitiu o outro, olhando expressivamente para seus braços apertados pelo policial.

– Joe, você e o Ted acendam as lanternas – ordenou o sargento, em voz alta para ser ouvido, por causa do tumulto. – Parece que tem uma trilha formada pelo sangue ali.

Seguido por seus assistentes com as lanternas a pilha, o sargento desceu até o quintal com cheiro de lixo.

– Vou precisar da ajuda de vocês, homens – disse. – Deve ter uma trilha de sangue aqui. – Ele havia decidido adotar um comportamento conciliador.

As pessoas se reuniram nos degraus da pensão ao lado, tentando ver o que os policiais estavam fazendo. Um carro-patrulha encostou no meio-fio, os dois tiras uniformizados no banco da frente assistindo a tudo com interesse.

O sargento exasperou-se.

– Vocês, policiais, tirem essa gente do caminho – ordenou, irritado.

Os tiras ficaram amuados.

– Ei, pessoal, vão para aquele canto onde estão os outros – orientou um deles.

– Eu moro aqui – disse uma mulher clara boazuda,

de chinelas douradas e uma camisola azul manchada, em tom desafiador. – Só saí da cama pra ver o que era esse barulhão todo.

– Agora já sabe – disse o fotógrafo da Homicídios, malicioso.

A mulher sorriu, em agradecimento.

– Façam o que mandei! – berrou o patrulheiro zangado, subindo na calçada.

As pregas da camisola da mulher balançaram-se, de tão indignada que ela ficou.

– Com quem que cê tá falando, hein? – replicou ela, também aos berros. – Me mandando sair dos degraus do meu próprio prédio, é mole?

– Isso, irmã Berry, bota pra quebrar – disse um irmão de pijamas atrás dela.

O policial estava ficando vermelho. O outro saiu de trás do volante, do outro lado, e contornou o carro, ameaçador.

– O que foi que a senhora disse? – provocou ele.

Ela olhou para Grave Digger e Coffin Ed, como que pedindo apoio.

– Não olha pra mim – disse Grave Digger. – Também sou policial.

– Só podia ser preto – disse a mulher, desdenhosa, quando os policiais brancos os levaram para longe.

– Muito bem, agora tragam a lanterna pra cá – disse o sargento, retornando até a poça roxa escura de sangue coagulado onde a vítima do assassinato havia morrido.

Antes de se unir aos outros, Grave Digger voltou ao seu carro-patrulha e desligou os faróis.

A trilha não era difícil de seguir. Tinha uma certa consistência. Um trecho irregular de manchas esparsas, que pareciam manchas de alcatrão à luz artificial, era intercalado a cada quarto ou quinto passo por um borrifo escuro e reluzente, onde o sangue havia jorrado da ferida. Agora que todos os moradores haviam sido removidos da rua, os cinco detetives se deslocavam depressa. Mas ainda podiam sentir a presença das pessoas que olhavam de trás das fachadas de pedra depredadas dos velhos edifícios reformados. Aqui e ali, os brilhos dos olhares apareciam nas janelas escuras, mas o silêncio era lúgubre.

A trilha dobrava da calçada para um beco escuro entre a casa que havia depois da pensão, que se descrevia com um cartaz em uma janela da frente, onde se lia: "*Apartamentos tipo quitinete, todas as conveniências*", e o prédio de apartamento de tijolos desgastado pelas intempéries vizinho a ela. O beco era tão estreito que eles tiveram que entrar em fila indiana. O sargento havia tomado a lanterna do motorista, Joe, e estava liderando a equipe ele mesmo. A calçada inclinou-se abruptamente sob seus pés, e ele quase perdeu o equilíbrio. No meio do caminho, do lado sem janelas do prédio, ele encontrou uma porta verde de madeira. Antes de tocá-la, iluminou com a lanterna as laterais dos edifícios vizinhos. Havia janelas nos apartamentos de quitinete, mas todas, do andar de cima até embaixo, tinham grades de ferro, que estavam fechadas e trancadas àquela hora da noite, e todas, exceto três, estavam escuras. O prédio tinha uma fileira vertical de pequenas aberturas negras uma acima da outra nos fundos. Talvez fossem janelas dos banheiros, mas nenhuma luz aparecia em nenhuma delas, e suas vidraças estavam tão sujas que chegavam a ser foscas.

A trilha de sangue acabava na porta verde.

– Vem dali – ordenou o sargento.

Ninguém respondeu.

Ele girou a maçaneta e empurrou a porta e ela abriu para dentro tão silenciosa e facilmente que ele quase caiu pela abertura antes de poder assestar a lanterna. Além da porta havia um vazio negro.

Grave Digger e Coffin Ed se encostaram contra as paredes de cada lado do beco, e seus enormes revólveres de cano longo calibre 38 surgiram a cintilar em suas mãos.

– Mas que porra! – exclamou o sargento, assustado. Seus assistentes se abaixaram.

– Aqui é o Harlem – replicou Coffin Ed, em voz áspera, e Grave Digger explicou:

– Não confiamos em portas que abrem.

Ignorando-os, o sargento iluminou o interior do prédio. Íngremes escadas de tijolos caindo aos pedaços desciam até uma grade verde.

– Só a sala da caldeira – disse o sargento e passou os ombros pela porta. – Tem alguém aí dentro? – indagou. O silêncio respondeu. – Desce, Joe, que eu ilumino as escadas para você – disse o sargento.

– Por que eu? – protestou o Joe.

– Deixa que eu e o Digger vamos – ofereceu Coffin Ed. – Não tem ninguém vivo aí.

– Eu mesmo vou – disse o sargento, curto e grosso. Estava ficando chateado.

A escadaria descia até o subsolo, mais ou menos a dois metros e meio do nível da rua. Um corredor curto e pavimentado passava diante da sala da caldeira em ângulo reto em relação às escadas, em cujas extremidades havia portas estofadas, porém sem pintura. Ambas as escadas e o corredor pareciam estar cobertas de cascalho solto, mas estavam limpas. Poças de sangue apareciam com mais destaque no corredor, e se podia ver claramente a marca de uma mão ensangüentada na porta sem pintura dos fundos.

– Não vamos tocar em nada – alertou o sargento, tirando um lenço branco imaculado do bolso para abrir a maçaneta.

– É melhor eu ir chamar a perícia – disse o fotógrafo.

– Não, o Joe vai chamá-los; vou precisar de você. E vocês, que são locais, é melhor esperarem lá fora, porque tem tanta gente aqui que vamos destruir as provas.

– Ed e eu não vamos arredar pé – disse Grave Digger.

Coffin Ed grunhiu.

Sem tomar mais conhecimento deles, o sargento empurrou a porta. Estava totalmente escuro lá dentro. Em primeiro lugar, ele passou o facho da lanterna pela parede junto à porta e pelo corredor todo, procurando interruptores. Um ficava à direita de cada porta. Procurando evitar as poças de sangue, o sargento passou de um interruptor para outro, mas nenhum funcionou.

– Fusível queimado – diagnosticou ele, tentando voltar à sala aberta.

Sem precisar mover-se, Grave Digger e Coffin Ed puderam ver tudo que quiseram pela porta aberta. Originalmente feito para ser o quarto de dormir de algum zelador de tempo parcial ou qualquer tipo de operário que alimentasse a caldeira, o cômodo havia sido convertido em *garçonnière*. Do original só restava um vaso sanitário separado por uma divisória a um canto e uma pia a outro. Uma abertura fechada por uma tela de arame grossa dava para a sala da caldeira, servindo tanto para ventilação como para aquecimento. Fora isso, o cômodo estava mobiliado como um budoar. Havia uma penteadeira com espelho triplo, cama de casal pequena forrada com colcha de chenile, inúmeros travesseiros de espuma de borracha com diversas formas, três tapetes redondos amarelos. Nas paredes caiadas, alguém havia pintado um mural obsceno em tinta de aquarela, reproduzindo silhuetas brancas e negras realizando diversos atos sexuais pervertidos, alguns dos quais só seriam possíveis com contorcionistas do sexo masculino. E tudo borrifado de sangue, as paredes, a cama, os tapetes. Os objetos não estavam tão desarrumados como se uma luta violenta houvesse acontecido, mas só cobertos de sangue.

– Esse infeliz ficou parado só esperando lhe cortarem a garganta – observou Grave Digger.

– Não foi nada disso – corrigiu Coffin Ed. – É que ele simplesmente não acreditou, pronto.

O fotógrafo estava tirando fotos com uma camerazinha de bolso, mas o sargento o mandou para o carro pegar a câmera Bertillon grande. Grave Digger e Coffin Ed saíram do subsolo e olharam em volta.

O prédio tinha a largura de um só cômodo, mas quatro andares. A frente era ao nível da calçada, e subindo-se dois degraus recuados chegava-se à portaria. O beco lateral era suficientemente inclinado, em relação à calçada, para que não se visse a porta verde, um metro e tanto abaixo do nível da calçada. O subsolo, ao qual só se tinha acesso pela porta lateral, ficava diretamente abaixo dos quartos do andar térreo. Não havia apartamentos. Todos os andares tinham três quartos de dormir que davam para o corredor comum, e nos fundos havia uma cozinha e um banheiro e um vaso sanitário separado para servir cada andar. Havia três moradores em cada andar, suas portas presas com alças ou grampos para se passarem cadeados quando eles saíam, ferrolhos e trancas de chão e barras para serem colocadas contra a porta, de modo a proteger os moradores dos intrusos quando estavam presentes. As portas estavam todas arranhadas e marcadas, seja por que as chaves haviam se perdido, seja por tentativa de invasão dos quartos por assaltantes, indicando uma guerra ininterrupta entre os moradores e inimigos externos, estupradores, ladrões, maridos homicidas ou amantes, ou o senhorio querendo receber o aluguel. As paredes estavam cobertas de pichações obscenas, órgãos sexuais imensos, rimas vulgares, pernas abertas, números de telefone, jactância pura e simples, insinuações insidiosas e comentários impertinentes ou pertinentes com relação aos hábitos amorosos de cada inquilino, suas mães e pais, a legitimidade de seus filhos.

– E mora gente aqui – disse Grave Digger, seus olhos tristes.

– Foi pra isso que o prédio foi feito.

– Feito larvas em carne podre.

– E bota podre nisso.

Doze caixas de correspondência estavam presas à parede na portaria. Escadas estreitas levavam ao último andar. O corredor do andar térreo atravessava um pequeno pátio nos fundos onde quatro latas de lixo transbordantes se encontravam encostadas na parede.

– Qualquer um pode entrar aqui a qualquer hora do dia ou da noite – observou Grave Digger. – Bom para as putas, mas péssimo para as crianças.

– Eu não ia querer morar aqui se tivesse inimigos – concordou Coffin Ed. – Ia ter medo até de ir ao banheiro.

– É, mas ia ter aquecimento central.

– Pessoalmente, eu preferia morar no subsolo. É privativo, tem até entrada particular, e eu podia controlar o aquecimento.

– Mas ia precisar pôr o lixo na rua – recordou-lhe Grave Digger.

– Quem ocupava o tal quarto de piranha não levava lixo nenhum para a rua.

– Bom, mas vamos acordar os nossos irmãos de cor que moram no térreo.

– Se é que já não estão acordados.

8

— Está achando que sou marginal só porque sou casada com um negro e moro em um bairro negro – disse Anny, trêmula. Ela ainda estava com o olhar vidrado de negros demais e sangue demais, e os dois detetives negros não estavam ajudando em nada. Estava na sala de interrogatório, no banco aparafusado, com a luz ofuscante banhando-a, como qualquer outro suspeito, mas já havia sofrido aquele olhar fulminante antes, e ele não incomodava tanto quanto a humilhação.

Coffin Ed e Grave Digger estavam na sombra, além do alcance do refletor, e ela não podia ver as expressões deles.

— Como é que está se sentindo? – perguntou Grave Digger.

— Eu sei o que quer dizer – disse ela. – Eu sempre disse que era uma injustiça.

— Vamos detê-la como testemunha material – explicou ele.

— Já é mais de meia-noite – disse Coffin Ed. – Por volta das oito desta manhã já vai estar solta.

— O que ele está querendo dizer é que precisamos obter tantas informações quanto possível até lá – explicou Grave Digger.

— Não sei muita coisa – disse ela. – Meu marido é quem vocês deviam interrogar.

— Vamos chegar a ele, se chegamos a você – disse Coffin Ed.

— Tudo começou quando o sr. Sam quis se rejuvenescer – revelou ela.

— Você acreditou nisso? – indagou Grave Digger.

— Parece até o motorista dele, Johnson X – disse ela. Ele não contestou essa.

— Tudo que é preto diz a mesma coisa — resmungou Coffin Ed.

Um vagaroso rubor lhe subiu pelo rosto pálido.

— Não foi tão difícil — confessou ela. — Foi mais difícil para o meu marido. Sabe, eu já acredito em uma porção de coisas que a maioria das pessoas considera inacreditável.

Grave Digger continuou o interrogatório.

— Há quanto tempo sabia disso?

— Há duas semanas.

— O sr. Sam lhe contou?

— Não, foi meu marido.

— O que ele achava disso?

— Achava que era uma peça que o pai dele ia pregar na mulher, a Viola.

— Que tipo de peça?

— Se livrar dela.

— Matá-la?

— Ah, não, ele só queria se livrar dela. Ele sabia que ela estava tendo um caso com o advogado dele, Van Raff.

— Você o conhecia bem?

— Não muito bem. Ele me considerava propriedade do filho dele, e me respeitava...

— Muito embora desejasse não respeitar?

— Talvez, mas era tão velho... por isso queria rejuvenescer.

— Para ter você?

— Ah, não, ele já estava arrumado. Uma mulher branca era igual à outra pra ele — só mais jovem.

— Mildred?

— Sim, aquela sem-vergonha. — Não disse isso com rancor, só como descrição.

— Ela também é bem jovem — disse Coffin Ed.

— E ele imaginava que sua esposa e seu advogado

estavam querendo pôr as mãos no dinheiro dele? – deduziu Grave Digger.

– Foi isso que deu início a tudo – disse ela; depois de repente, quando a lembrança a assaltou, ela escondeu o rosto nas mãos. – Ai, foi horrível – soluçou. – De repente eles começaram a se atacar como animais selvagens.

– É uma selva, não é? – resmungou Coffin Ed. – O que esperava?

– Tanto sangue, tanto sangue – gemeu ela. – Todos ficaram ensangüentados!

Grave Digger esperou que ela se recompusesse, trocando olhares com Coffin Ed. Ambos estavam pensando que talvez a solução dela fosse a certa, mas seria aquela a hora? Será que a integração sexual começa dentro do gueto negro ou fora dele, na comunidade branca? Só que não parecia que ela ia conseguir se recompor, portanto Grave Digger indagou:

– Quem começou a esfaquear quem?

– A mulher do sr. Sam pulou para atacar aquela vagabunda do sr. Sam, mas de repente ela se voltou contra o dr. Mubuta. Acho que foi por causa do dinheiro – acrescentou.

– Que dinheiro?

– O sr. Sam tinha uma mala cheia de dinheiro debaixo da cama, que disse que ia dar ao dr. Mubuta por lhe restituir a juventude.

Os detetives se paralisaram. Mais sangue era derramado por dinheiro no Harlem do que por qualquer outro motivo.

– Quanto?

– Ele disse que era tudo que ele tinha...

– Ouviu falar no dinheiro? – Grave Digger perguntou a Coffin Ed.

– Não. A Homicídios deve saber. É melhor falarmos com o Anderson.

– Depois. – Ele voltou a se dirigir a Anny. – Todos viram o dinheiro?

– Para dizer a verdade, o dinheiro estava em uma mala de viagem – informou Anny. – Ele deixou o dr. Mubuta olhar, mas ninguém mais chegou a vê-lo. Só que, pela cara do dr. Mubuta, era uma quantia respeitável...

– Cara?

– A expressão dele. Parecia surpreso.

– Pelo dinheiro?

– Pela quantia, imagino. O advogado exigiu que o deixassem dar uma olhada. Mas o sr. Sam – ou talvez fosse o dr. Mubuta – fechou a mala e a recolocou debaixo da cama, depois disse que era só papel, que ele estava brincando. Mas tudo pareceu mudar depois disso, como se a violência dominasse o ambiente. O sr. Sam disse ao sr. Mubuta que continuasse a experiência – o rejuvenescimento – porque ele queria rejuvenescer para poder se casar. Então a vagabunda dele – a Mildred – disse que era sua noiva, e a esposa do sr. Sam, a Viola, ficou de pé num pulo e tirou uma faca da bolsa, correndo para a vagabunda – a moça –, e ela foi se esconder debaixo da cama do sr. Sam, então a esposa do sr. Sam voltou-se contra o dr. Mubuta, e o sr. Sam bebeu um pouco do fluido rejuvenescedor e começou a uivar feito um cachorro. Tenho certeza de que o dr. Mubuta não esperava essa reação, tive a impressão de que ele empalideceu. Só que teve a presença de espírito de empurrar o sr. Sam para a cama e de nos mandar correr...

Grave Digger quebrou o feitiço de sua absorta fascinação e perguntou:

– Por quê?

– Por que o quê?

– Por que correr?

– Ele disse que o "Pássaro da Juventude" estava entrando.

Grave Digger ficou olhando espantado para a moça. Coffin Ed também.

– Quantos anos você tem? – perguntou Coffin Ed.

A cabeça dela estava tão fixada naquela lembrança aterrorizante que ela não ouviu a pergunta. Não estava vendo os dois. Sua visão havia retornado àquele momento apavorante, e ela parecia estar cega.

– Foi aí que o Johnson X, o motorista do sr. Sam, começou a uivar também – até ali ele parecia o mais ajuizado – e nós corremos...

– Subiram até seu apartamento?

– E trancamos a porta.

– E não viu o que aconteceu com a mala de dinheiro?

– Não vimos mais nada.

– Quando foi que Van Raff subiu?

– Ah, bem mais tarde – não sei quanto tempo. Ele bateu à porta várias vezes antes de abrirmos, e aí Dick, meu marido, espreitou por uma fresta e o encontrou inconsciente no chão, e foi aí que o trouxemos para dentro...

– Ele estava com a mala de dinheiro?

– Não, tinham-no esfaqueado na cabeça inteira e...

– Sabemos de tudo isso. Agora nos diga quem eram as pessoas que estavam presentes a essa pajelança.

– Eu e Dick, meu marido...

– Sabemos que ele é seu marido, não precisa ficar repetindo isso o tempo todo – interrompeu Coffin Ed.

Ela tentou ver o rosto dele através da cortina de sombra, e Grave Digger foi até a parede e apagou as luzes.

– Está melhor agora? – perguntou ele.

– Sim, somos policiais negros – disse Coffin Ed.

– Não precisa dizer isso – disse ela, procurando vingar-se. – Dá para notar.

Grave Digger soltou uma risadinha.

– Seu marido... – disse ele, para incentivá-la a prosseguir.

– Meu marido – repetiu ela, desafiando-o. – É o filho do sr. Sam, já sabem.

– Sabemos.

– E a esposa do sr. Sam, Viola, e o advogado do sr. Sam, Van Raff, e o motorista do sr. Sam, Johnson X, e a vagabunda do sr. Sam – noiva –, a Mildred.

– O que você tem contra ela? Mudou de raça? – Coffin Ed interrompeu.

– Deixa ela em paz – avisou Grave Digger.

Mas ela não se deixou abater.

– Sim, mas não para a sua, para a raça humana.

– Isso vai fazer ele calar a boca.

– Não vai, não. Eu não respeito branca que fica se metendo a fazer parte da raça humana. Nós de cor não temos essa facilidade toda.

– Mais tarde, cara, mais tarde – disse Grave Digger. – Vamos continuar o que estávamos fazendo.

– Mas estávamos fazendo isso.

– Tudo bem, concordo. Mas vamos com calma.

– Por quê?

– Tem razão – disse Anny. – É fácil demais para nós.

– Foi isso que eu disse – replicou Grave Digger e, dito isso, recuou para a escuridão.

– E o dr. Mubuta – disse Grave Digger, continuando de onde ela havia parado.

– Sim, é claro. Eu não tenho nada contra a Mildred – acrescentou ela, voltando à pergunta. – Mas quando uma adolescente como ela se liga a um velho safado como o sr. Sam, só para ver o que consegue tirar dele, é uma vagabunda, e pronto.

– Tudo bem – admitiu Grave Digger.

– E Sugartit – disse ela.

– É aquela que foi parar no hospital? Qual é o nome dela?

— Não sei o nome verdadeiro dela, só a conheço como Sugartit.

— Era a adolescente de cor... Por que ela não é vagabunda? – disse Coffin Ed.

— Simplesmente não é, só isso.

— Tenho uma filha que costumavam chamar de Sugartit – disse ele.

— Essa moça não é sua filha – disse Anny, olhando para ele. – Essa é nojenta.

Ele não sabia se ela estava sendo irônica ou se aquilo era um elogio.

— É parente do sr. Sam? – perguntou Grave Digger.

— Acho que não. Não sei por que ela estava lá.

— Do dr. Mubuta?

— Talvez, sei lá. Só sei sobre ela o que os outros dizem, que ela "tem corpo fechado". Parece que é namorada do chefe regional do Sindicato – se é que é assim que ele se chama. O manda-chuva, sabe.

— Como foi que a conheceu?

— Não a conhecia, exatamente. Ela entrou no apartamento algumas vezes – sempre que Dick saía. Acho que talvez tenha sido quando o chefe do Sindicato estava falando com sr. Sam lá embaixo.

A cabeça de Grave Digger movimentou-se vagarosamente para cima e para baixo. Uma idéia lhe bateu. Ele olhou para Coffin Ed e viu que ele também estava perturbado por uma idéia insistente. O Sindicato não tinha nada que estar metido em uma brincadeira dessas. Se um velho com uma mulher calculista e infiel queria arriscar a vida com um charlatão como o dr. Mubuta, era problema dele. O Sindicato não ia levar nada, a menos que houvesse mais alguma coisa por trás de tudo aquilo.

— E a última vez que viu a mala de viagem cheia de dinheiro foi quando o dr. Mubuta a colocou de volta embaixo da cama? – perguntou ele. Coffin Ed meneou ligeiramente a cabeça.

– Ah, ela estava lá o tempo todo, quando a Viola correu para a Mildred e quando atacou o doutor. E continuava lá quando ele nos mandou correr...

– Talvez o "Pássaro da Juventude" tenha levado ela – sugeriu Coffin Ed.

– Sabe que o mataram também, o dr. Mubuta?

– Sei.

– Quem lhe contou? – disparou Coffin Ed.

– Ora, você mesmo – disse ela. – Não se lembra? Quando me trouxe aqui com o Dick? Perguntou a ele se estávamos presentes quando mataram o doutor.

– Eu tinha me esquecido – confessou ele, envergonhado.

– Detestei que o matassem mais do que qualquer um – disse ela. – Eu sabia que era um charlatão...

– Como sabia?

– Não tinha como não ser...

– Antes você disse...

– Eu sei o que eu disse. Mas ele me deixou emocionada.

Ambos olharam para ela com um interesse renovado.

– Como assim? – perguntou Grave Digger.

– Quando ele disse ao sr. Sam que tinha descoberto que a solução para o problema negro era os negros viverem mais do que os brancos.

Eles a olharam de um jeito curioso.

– Você é uma mulher esquisita – disse Grave Digger.

– Porque me emocionei com essa idéia? – perguntou ela, surpresa. – Só me senti envergonhada.

– Ora, ele agora encontrou a solução definitiva – disse Grave Digger.

Em seguida, interrogaram Dick. Ele respondeu às

perguntas com uma indiferença apática. Nem mesmo parecia se importar com a morte do pai ou da madrasta. Quanto aos outros, não dava a mínima. Certamente sabia que o dr. Mubuta era um tratante, todos os jazzistas do Harlem o conheciam. Claro que o pai sabia, ele e o dr. Mubuta estavam mancomunados. Provavelmente representaram direitinho aquela farsa toda para o sr. Sam poder esconder uma boa quantia em dinheiro. Seu pai era gagá, mas não era otário, sabia que a esposa e Van Raff estavam armando um golpe para cima dele. Segundo suas suspeitas, o dr. Mubuta devia ter contrariado o velhote, tinha certeza de que a mala de viagem estava cheia de dinheiro. Mas não conseguia imaginar o que foi que não deu certo do fim, devia haver alguma outra pessoa metida naquilo.

– Quem? – indagou Digger.

– Como é que vou saber, diabo? – respondeu.

Ele nunca havia participado das tramóias do sr. Sam. Tudo que sabia era que o seu velho era fachada para casas de jogo dos números; ele passava nas casas de jogo na hora em que se faz a contabilidade e em que se pagam as apostas. Mas outras pessoas é que cuidavam do movimento em si. O jogo dos números*, hoje em dia, parecia corretora de bolsa de valores; havia moças com calcu-

---

* As quadrilhas negras de crime organizado do Harlem criaram o "policy racket", ou o chamado jogo dos números, parecido com o jogo do bicho brasileiro, embora não envolvesse animais e seus resultados fossem publicados pelos jornais de circulação diária, e como ele integrante da cultura popular. Passou-se a jogar menos nos números depois que a loteria de Nova York foi instituída, mas até 1925 havia no Harlem trinta bancas de jogo dos números, algumas tão grandes que recolhiam apostas em vinte quarteirões e cobrindo de três a quatro avenidas. Os banqueiros do jogo dos números, como os bicheiros brasileiros, eram tão poderosos que podiam financiar outras operações, tanto legais quanto ilegais, e conceder empréstimos pessoais. (N. do T.)

ladoras e funcionários operando máquinas de somar, com um supervisor em cada casa, dirigindo o negócio. Os coletores recolhiam o dinheiro das apostas dos anotadores, depois recolhiam o dinheiro dos prêmios da casa e pagavam aos anotadores, que por sua vez pagavam os jogadores, e as equipes de trabalho das casas de jogo dos números nem sequer viam os apostadores. Aliás, eles mais pareciam escriturários muito bem pagos; conseguiam crédito para comprar carros luxuosos e mansões e tinham do bom e do melhor. Seu pai era só uma figura de proa e testa-de-ferro caso alguém precisasse ser punido; o verdadeiro patrão era o Sindicato. Ele não sabia se o pai recebia salário ou comissão, mas de qualquer forma ele até vivia bem, para sua idade, só que o Sindicato levava quarenta por cento dos lucros brutos.

– Boa renda – disse Grave Digger, com secura.

– Negócio multimilionário – concordou Dick.

– Por que você não levava uma parte também? – indagou Coffin Ed, curioso.

– Sou músico – disse Dick, como se essa fosse a resposta.

Ele não sabia nada sobre Sugartit, disse. Viu-a pela primeira vez na sessão espírita, se é que se podia chamar assim. Só sabia seu nome porque ouviu Anny chamá-la de Sugartit.

– Sua esposa conhece bem o Harlem? – perguntou Grave Digger.

Pela primeira vez, Dick refletiu sobre uma pergunta.

– Sabe que eu não sei – confessou ele. – Ela fica muito em casa sozinha. A maioria das noites ela assiste ao espetáculo no The Spot e vamos para casa juntos. Mas não sei o que ela faz durante o dia. Em geral estou dormindo, ou fora de casa. Talvez Viola tenha vindo visitá-la, não sei com quem ela andou falando; era o tempo dela, e ela precisava preenchê-lo.

– Confiava nela, lá em cima, sozinha, com todos os irmãos de cor? – perguntou Coffin Ed, curioso. – O Smalls fica logo na esquina, e os malandros que passam pela avenida o dia inteiro nos seus Cadillacs e Buicks estão loucos para pegar uma lourona sulista.

– Diabo, se é para ficar preocupado imaginando o que a sua loura faz, não compensa ficar com ela – disse Dick.

– E você nunca viu a Sugartit antes da noite passada? – persistiu Digger.

– Se essa bruaca é tão importante para você, por que não vai atrás dela? – perguntou Dick, irritado.

Coffin Ed olhou o relógio de pulso.

– Três e quatorze – anunciou.

– Já é tarde demais para isso hoje – disse Grave Digger.

Dick olhou de um detetive para outro, perplexo.

– Vocês estão investigando a sério mesmo essa chacina? – perguntou.

– Não, isso foi homicídio doloso, meu caro – disse Grave Digger. – E eu e o Ed estamos tentando descobrir quem incitou o tumulto.

O riso histérico de Dick pareceu meio estranho, mesmo para um homem tão cético.

– Gente, é assim que se pega caspa – disse.

Interlúdio

Gente boa, seus alimentos são digeridos por vários sucos no estômago. Tem um suco estomacal para tudo que a gente come. Tem um suco para carne e um suco para batatas. Tem um suco para miúdos de porco e um suco para torta de batata-doce. Tem um suco para coalhada e tem um suco para feijão com arroz. Mas às vezes acontece de esses sucos se misturarem e um suco errado atacar o alimento que não devia. Ora, imagina que você vai comer milho na espiga que acabou de sair da panela e ele está tão quente que queima sua língua. Muito bem, sua boca se confunde e manda o sinal errado para o estômago. E seu estômago acaba secretando o suco para pimenta-de-caiena. De repente, você fica com o estômago virado, e o milho quente sobe à sua cabeça. Causa uma febre altíssima, e sua temperatura se eleva. Sua cabeça fica tão quente que isso faz o milho começar a estourar. E o milho estourado passa pelo seu crânio e se mistura com o seu cabelo. E aí é que se pega caspa.

Dusty Fletcher, no Teatro Apollo
125th Street, Harlem

9

Um homem entrou no Templo do Jesus Negro. Era um homem baixo, negro, gordo, com um lábio leporino. Seu rosto pingava suor, como se sua pele estivesse vazando. Seu cabelo negro curto era tão espesso que parecia artificial, feito de algum material sintético. Seu corpo parecia inflado como o de um boneco de borracha. O terno de seda azul-celeste que ele estava usando nesta noite quente cintilava com reflexos azuis. Ele parecia inflamável. Mas estava de cabeça fria.

Gente negra andando para um lado e para o outro na calçada olhava para ele com uma mistura de reverência e deferência. Ele era o último.

– É o Ham, bem – cochichou alguém.

– Não, é o Jesus Neném – foi a réplica áspera.

O negro avançou por um corredor fedendo a urina sob os pés de uma gigantesca imagem de Jesus Cristo feita de gesso negro, pendurada pelo pescoço do teto branco caindo aos pedaços de uma sala ampla e quadrada. Havia uma expressão de fúria no rosto de Cristo, cujos dentes estavam arreganhados. Seus braços estavam abertos, seus punhos, fechados, seus dedos, curvados. Sangue negro pingava de buracos vermelhos de pregos. A legenda sob ele dizia:

ELES ME LINCHARAM.

Os irmãos de fé acreditavam nisso.

O Templo do Jesus Negro ficava na 116th Street, a oeste da Lenox Avenue. Ele e todas as ruas sujas e quentes da favela seguiam paralelamente até o Harlem espanhol, repletas de moradores quentes e sujos como baratas comendo uma tigela de *frijoles*. A sujeira subia dos pés que se arrastavam. Cabelos fritos derretiam-se ao ar escuro e quente e escorriam como graxa por pescoços negros e suarentos. Gente seminua praguejava, resmungava, berrava, ria, bebia uísque forte, comia comida gordurosa, respirava ar poluído, suava, fedia e comemorava.

Ali era *O Vale*. Getsêmani era um morro. Era mais fresco. As pessoas ali comemoravam para valer. O calor mexia com seus cérebros, saía-lhe pelo crânio, produzia caspa. A vida normal era tão terrível, por causa do medo e da desgraça, que as comemorações começavam como um foguete. Dia de Nat Turner! Quem sabia quem era Nat Turner? Alguns pensavam que era um jazzista que ensinou jazz aos anjos; outros achavam que era um pugilista que ensinou o diabo a lutar. A maioria concordava que a melhor coisa que ele fez na vida foi morrer e lhes dar um feriado.

Um cafetão de meia-tigela estava empurrando sua puta de dois dólares para dentro de um conversível caindo aos pedaços para que fosse para o Central Park trabalhar. O rosto negro dela estava coberto de um pó branco, seus olhos com rímel traíam uma burrice irremediável, seus lábios grossos cintilavam vermelhos como um carro de bombeiros. Hora de pegar branquinhos trouxas enquanto passeavam ao redor da lagoa tentando mudar sua sorte.

Onze freiras negras saíram de uma casa em ruínas, toda depredada, com uma placa onde se lia: CELEBRAMOS FUNERAL. Levavam uma cama de quatro colunas como se fosse um caixão. A cama tinha colchão. Sobre o colchão via-se a cabeça encarapinhada e desalinhada de um velho, surgindo de baixo de um lençol sujo. Estava tão quieto que só podia estar morto. Ninguém perguntou nada.

No restaurante grudento Silver Moon, um gozador, já com o bucho cheio de uísque, gritou para o cozinheiro atrás do balcão:

— Me dá aí um café forte feito o Mohammed Ali e um chucrubúrguer.

– Que tipo de hambúrguer é esse?
– Um hambúrguer com chucrute, neném.

A um lado da entrada do cinema um velho adaptou uma churrasqueira portátil feita com uma bacia furada ao chassis de um carrinho de bebê. O cheiro de carne frita subia da fumaça gordurosa, enchia o ar quente e espesso, dando água na boca. Negros seminus apinhavam-se ao redor da churrasqueira, comprando carne com molho apimentado em fatias de pão branco pálido e mastigando os ossos meio cozidos.

Um outro velho, vestido de camiseta, havia subido na marquise do cinema, equipado de vara de pescar, linha, chumbada e anzol, e estava pescando costelas como se fossem peixes. Quando a cabeça do churrasqueiro se virava, ele fisgava um pedaço de carne e o puxava para fora do alcance da visão; todos, a não ser o churrasqueiro, viam o que estava ocorrendo, mas ninguém entregou o velho. Todos sorriam uns para os outros, mas quando o churrasquerio olhava para eles, os sorrisos desapareciam.

O churrasqueiro sentiu que havia alguma coisa errada. Ficou desconfiado. Depois notou que algumas das costelas estavam faltando. Passou a mão embaixo da churrasqueira e pegou um atiçador de brasas comprido.

– Quem é que roubou minhas costelas, seus miseráveis? – perguntou ele, com cara feia e ameaçadora.

Ninguém respondeu.

– Se eu pegar algum filho-da-puta roubando minhas costelas, vou quebrar a cabeça dele – ameaçou.

Eram gente feliz. Gostavam de uma boa peça. Acreditavam em um profeta chamado Ham. Tinham recebido de bom grado o Jesus negro em seu bairro. O Jesus branco não tinha feito nada por eles.

Quando o profeta Ham entrou na capela, encontrou-a repleta de pregadores negros, como já esperava.

Os rostos brilhavam de suor no calor insuportável, como máscaras negras pintadas. O ar estava carregado dos odores de mau hálito, suor e desodorantes. Mas ninguém estava fumando.

O profeta Ham sentou-se na cadeira vazia em frente ao púlpito e olhou o mar de rostos negros. Seu próprio rosto assumiu uma expressão tão benigna quanto seu lábio leporino permitia. Um silêncio de expectativa caiu sobre a congregação. O orador, um negro imponente de terno preto, fechou sua arenga como uma torneira e curvou-se para o profeta Ham, subserviente.

– E agora nosso profeta chegou – disse ele, os olhos saltando expressivamente. – Nosso Moisés dos últimos dias, que vai nos tirar do deserto. Vão ouvir agora o profeta Ham.

Os pregadores ali presentes perderam a dignidade por um momento e gritaram e bradaram améns como animadores pagos em uma assembléia de avivamento. O profeta Ham recebeu essas aclamações com uma careta de desgosto. Avançou para o estrado e olhou a assembléia com reprovação. Parecia indignado.

– Não me chamem de profeta – disse ele. Tinha uma espécie de cicio rouco, e uma tendência para babar quando zangado. Agora estava zangado. – Sabem o que é um profeta? Um profeta é um desajustado que tem visões. Todos os profetas da nossa história eram ou epilépticos, sifilíticos, esquizofrênicos e sádicos ou simplesmente monstros. Eu só tenho este lábio leporino. Não é suficiente para eu ser profeta.

Seus olhos avermelhados brilhavam, seu terno de seda azul cintilava, seu rosto negro reluzia, suas gengivas se deixavam ver acima e abaixo dos dentes amarelados.

Ninguém o contestou.

– Nem sou Moisés dos últimos dias coisa nenhuma – prosseguiu ele. – Antes de mais nada, Moisés era branco.

Eu sou preto. Em segundo lugar, Moisés não liderou seu povo para fora do deserto, até eles se revoltarem. Primeiro ele levou o povo para o deserto para passar fome e comer raízes. Moisés era um otário. Em vez de levar seu povo para fora do Egito, ele devia era ter tomado o Egito, e aí todos os problemas deles teriam sido resolvidos.

– Mas você é um líder racial – gritou um pregador do fundo da capela.

– Não sou líder racial coisa nenhuma – negou ele. – Eu pareço alguém competitivo? É esse o problema com vocês, assim chamados negros. Estão sempre procurando um líder racial. O único lugar onde a gente consegue vencer os brancos é na pista de corrida. Nós conseguimos vencê-los ali, mas só isso. E não é você nem eu que está correndo, são nossos filhos. E o que estamos fazendo para recompensá-los pela vitória? Falando essas besteiras todas de profetas e líderes raciais.

– Ora, se você não é profeta nem líder racial, o que você é? – indagou o pregador.

– Sou um soldado – disse o profeta Ham. – Sou um humilde e simples soldado nesta luta pelos nossos direitos. Chame-me apenas de general Ham. Sou seu comandante. Precisamos lutar, não competir.

Agora que eles já sabiam disso, a assembléia podia sossegar. Ele não era profeta, não era líder racial, mas eles estavam perfeitamente satisfeitos com ele como general.

– General Ham, neném – berrou um pregador jovem, entusiasticamente, expressando o sentimento de todos. – Você comanda, nós obedecemos.

– Primeiro vamos convocar Jesus. – Ele ergueu a mão para deter os comentários. – Eu sei o que vão dizer. Vão dizer que outros pretos, mais famosos e com mais seguidores que eu, estão vindo com essa de Jesus para cima deles. Vão dizer que é costume e hábito de nossa gente durante anos invocar Jesus para tudo: comida, saúde, justiça, misericórdia ou seja lá o que for. Mas tem duas diferenças. Eles andam invocando é o Jesus branco. E na maior parte das vezes pedem misericórdia. Vocês sabem que essa é a verdade. Vocês são todos homens de Deus. Todos pregadores negros. Todos culpados do mesmo pecado. Pedir misericórdia ao Jesus branco. Para resolver seus problemas. Para ficar do seu lado contra o branco. E ele só lhes diz para dar a outra face. Pensam que ele vai dizer para retribuírem a bofetada? Ele também é branco. Os branquinhos são irmãos dele. Aliás, foram os brancos que o inventaram. Acham que ele vai ficar do seu lado contra seu próprio criador?

Os pregadores riram, meio envergonhados. Mas prestaram atenção a ele.

– Nós estamos ouvindo o senhor, general Ham... Tem razão, neném... Andamos orando pro Jesus errado... Agora vamos orar para o Jesus negro.

– Exatamente como vocês, os chamados negros – o general Ham ceceou, desdenhoso. – Sempre orando. Acreditando naquela filosofia do perdão e do amor. Tentando superar tudo com o amor. É essa a filosofia do Jesus branco. Não vai funcionar para vocês. Só funciona para os branquinhos. É trapaça deles. Os brancos a inventaram exatamente como inventaram o Jesus branco. Vamos deixar de lado a oração de uma vez por todas.

Um silêncio chocado seguiu seu pronunciamento. Afinal de contas, eram pastores. Mesmo antes de começarem a pregar, já oravam. Ficaram sem saber o que dizer.

Mas o jovem pastor falou de novo. Era jovem o suficiente para experimentar qualquer coisa. A oração antiga não tinha funcionado tanto assim para ele.

– O senhor manda, general – disse outra vez. Não tinha medo de mudanças. – Vamos desistir de orar. E depois, o que faremos?

– Não vamos pedir misericórdia ao Jesus negro – declarou o general Ham. – Não vamos pedir-lhe nada. Só vamos levá-lo e dá-lo de comer aos brancos no lugar da outra comida que andamos colocando na mesa dos brancos desde o primeiro de nós ter chegado como escravo. Ele engordou e prosperou com a comida que demos a ele. Agora vamos lhe dar de comer a carne do Jesus negro. Eu não preciso lhes dizer que a carne de Jesus é indigerível. Eles nem mesmo digeriram a carne do Jesus branco nestes dois mil anos. E a comem todo domingo. Agora, a carne do Jesus negro é ainda mais indigesta. Todo mundo sabe que a carne negra é mais difícil de digerir que a branca. E isso, irmãos, É NOSSA ARMA SECRETA! – berrou ele, com uma salva de perdigotos. – Vamos continuar lhes dando a carne do Jesus negro até eles morrerem de prisão de ventre, se não morrerem engasgados antes.

Os pastores negros mais velhos ficaram escandalizados.

– Não está se referindo ao sacramento, está? – perguntou um.

– Nós vamos fabricar hóstias? – indagou outro.

– Vamos, mas como? – perguntou o pastor negro, com sensatez.

– Vamos marchar com a imagem do Jesus negro até os brancos se enjoarem – disse o general Ham.

Com a imagem do Jesus linchado pendente da entrada na cabeça, os pregadores entenderam o que ele queria.

– O que precisa para a procissão, general? – indagou o jovem pastor, que era prático.

General Ham apreciou esse espírito prático dele.

– Participantes – respondeu ele. – Nada toma o lugar dos participantes em uma marcha – disse ele. – A não ser o dinheiro. Então, se não conseguirmos encontrar participantes, arranjamos dinheiro e pagamos gente. Vou tornar você meu imediato, meu jovem. Qual é seu nome?

– Sou o reverendo Duke, general.

– De agora em diante você é coronel, reverendo Duke. Eu o promovo a coronel Duke. Quero que reúna esses participantes e os alinhe diante deste templo mais ou menos às dez horas.

– Muito pouco tempo, general. É feriado, está todo mundo comemorando.

– Então transforme a passeata em comemoração, coronel – disse o general Ham. – Arranje umas faixas onde se leia "Jesus Neném". Arranje um vinho suave. Cante "Jesus Salvador". Consiga umas garotas aí pelas ruas. Diga a elas que quer que dancem para a gente. Sempre que tem mocinhas, os homens também aparecem. Lembre-se disso, coronel. Esse é o primeiro princípio da passeata. Entendeu, coronel?

– Entendemos, general – disse o coronel Duke.

– Então, até a marcha – disse o general Ham, e saiu.

Lá fora, na 116th Street, um Cadillac Coupe de Ville cor de lavanda, conversível, com detalhes em metal amarelo que os negros pensavam ser dourados, estava estacionado junto ao meio-fio. Uma branca voluptuosa com cabelos grisalhos tingidos de azulado, olhos verdes e um nariz achatado e largo, usando um vestido de *chiffon* amarelo decotado, estava ao volante. Enormes peitos rosados brotavam do vestido laranja, como que expandidos pelo calor, e descansavam no volante. Quando o general Ham se aproximou e abriu a porta do passageiro, ela olhou em torno e lhe deu um sorriso que iluminou a noite. Seus dois incisivos superiores tinham coroas de ouro maciço com um diamante entre eles.

– Paizinho – cumprimentou. – Por que demorou tanto?

– Estava cozinhando com Jesus – ceceou ele em resposta, sentando-se no banco ao lado dela.

Ela deu uma risadinha. Era a risadinha de uma mulher gorda. Parecia gordura quente borbulhando. Ela deu uma cortada em um ônibus e desceu a rua apinhada como se os negros fossem invisíveis. Eles trataram de sair do caminho dela, correndo como o diabo da cruz.

10

O sargento Ryan subiu do subsolo para assumir o interrogatório. Trouxe seu fotógrafo, Ted, que havia terminado de tirar fotos, para que não atrapalhasse a equipe de peritos datiloscopistas, que ainda estavam trabalhando.

As salas eram pequenas. Cada qual estava equipada com uma pia, um armário para roupas e um aquecedor e mobiliada com uma cama de casal e uma penteadeira de carvalho. Todas as cortinas das janelas estavam fechadas do outro lado, e os quartos estavam quentes e sufocantes, como que vedados. Todos eram iguais, com exceção do da frente, que tinha uma segunda janela que dava para a rua, da qual o inquilino podia ter roubado os chapéus das cabeças dos transeuntes para combinar com seus ternos e camisas. Com mais quatro detetives dentro deles, os quartos ficavam apinhados.

Um casal chamado sr. e sra. Tola Onan Ramsey ocupava o quarto da frente. Tola era passador de uma tinturaria no centro, e sua esposa, Bee, passava camisas na lavanderia ao lado. Tola disse que os ternos e camisas eram dele, que ele havia comprado e pago com seu próprio dinheiro. E que não precisava de chapéu nenhum. Os detetives locais ficaram calados, mas perguntaram-se, sem nada dizer, por que os Ramseys pagavam o aluguel extra pelo quarto da frente, quando qualquer quarto dos fundos poderia servir muito bem para eles. Eles só ficavam roubando coisas dos patrões, e a janela da frente extra era uma despesa desnecessária. Bee chamou Coffin Ed para um canto, para lhe perguntar se ele queria comprar umas camisas bem baratas, enquanto Tola estava negando ao sargento Ryan ter visto, ouvido algo ou tomado conhecimento do que quer que fosse. Ele e Bee estavam em um sono pesado, tão pesado quanto havia sido seu trabalho o dia inteiro, e nem tinham ouvido os vizinhos no corredor nem as pessoas na calçada, que em geral pareciam estar passando dentro do quarto.

O sargento Ryan desistiu de interrogá-los. Era inocentes demais para ele. Eram os negros mais obedientes à lei, trabalhadores e ingênuos que ele jamais conhecera. Nem Grave Digger nem Coffin Ed pestanejaram.

O casal do quarto do meio se chamava sr. e sra. Socrates S. Hoover. Ele era um negro alto, desengonçado, dentuço, com cabelo arredondado e com aparência de estar cheio de poeira. Seus músculos salientes pulavam como cobras moribundas sob sua pele negra suada, e seus olhinhos avermelhados brilhavam de agitação sob o escrutínio dos detetives. Ele sentou-se na beira da cama, vestido apenas com o *jeans* sujo que havia posto apressadamente para abrir a porta para os representantes da lei, ao passo que a mulher estava deitada nua na cama, sob o lençol, que tinha puxado até a boca. Era uma mulher parda, grandona, cabelos ruivos, alisados a ferro, saindo da cabeça dela em todas as direções.

Ele disse que eles não precisavam ficar farejando assim tão desconfiados, que o cheiro vinha da cubeba que ele fumava para sua asma. E ela tinha alisado o cabelo, acrescentou ela, como podiam ver pelo ferro sobre a penteadeira. Como Grave Digger continuasse a fazer cara de quem não estava acreditando, ela se invocou e disse que era perfeitamente natural eles sentirem cheiro no lugar onde ela estava fazendo amor com o marido. O que eles tinham na cabeça? Pelo que sabia, só os brancos sabiam fazer amor sem cheiro.

O sargento Ryan ficou vermelho feito um pimentão.

Socrates disse que levava uma vida honesta estacionando carros no Yankee Stadium. No inverno passado?

Ele não estava aqui no inverno passado. O sargento Ryan deixou para lá e perguntou o que a mulher fazia. Ela disse que tinha compromissos. Que tipo de compromissos? Eles têm que ser de algum tipo especial? Só compromissos, e pronto. O sargento Ryan tentou olhar nos olhos um dos detetives negros, mas eles evitaram seu olhar.

O que tinha havido diante da porta deles naquela noite, ou em qualquer outra noite, eles sabiam menos que seus vizinhos da frente. Sempre mantinham as cortinas puxadas e a janela fechada para abafar o barulho da rua e os cheiros, e não podiam ouvir nada lá dentro, nem mesmo os vizinhos. O sargento Ryan calou-se um instante, enquanto todos ouviam o som de uma gaveta sendo aberta e uma conversa no quarto ao lado, mas não replicou. E quando um deles ia ao banheiro?, perguntou, em vez disso. Poon ficou tão nervosa que se sentou na cama, expondo dois seios grandes e caídos, circundados de marcas avermelhadas, onde seu sutiã havia cortado sua pele, e arrematados por dois mamilos marrons e duros como as hastes de uma abóbora cortada do pé. Ir ao banheiro? Para quê? Eles não eram nenéns, não precisavam mijar a toda hora. Grave Digger olhou de relance para a pia com uma insinuação tão óbvia que o rosto dela se inchou de indignação e o lençol voou de cima do resto dela, revelando seu ninho enorme e peludo. De repente, o quarto se inundou do forte cheiro alcaloídico de relações sexuais ininterruptas. O sargento Ryan ergueu as mãos.

Quando tudo se acalmou, ele escutou os dois negarem ter qualquer conhecimento da existência do subsolo. Talvez tivessem notado a porta lateral, mas nenhum dos dois se lembrava. Se estavam diretamente sobre o subsolo e a caldeira, nunca tinham ouvido qualquer som vindo de lá. Não estavam morando ali no inverno. Não sabiam quem morara ali antes. Não, não tinham visto nenhum branco estranho no bairro inteiro. Nem mulher branca estranha, também.

Quando o sargento foi até os inquilinos do último quarto, já estava escolado. Eles se chamavam de sr. e sra. Booker T. Washington. Booker disse que era gerente de um clube de recreação na Seventh Avenue. Que tipo de recreação? Recreação, um lugar onde as pessoas jogam. Jogam o quê? Sinuca. Então você é algum jogador de sinuca experiente que tira vantagem dos otários? Sou o gerente. Qual é o nome do clube? Ás e Dois? Como disse? "Acha o doce." Ah, você disse ases e dois. Não, senhor, eu disse Ás e Dois. Certo, tudo bem, e qual o nome da sua esposa? Madame Booker, ela mesma respondeu. Era mais uma mulher parda, de seios grandes, com cabelos ruivos alisados. E ele era magro, preto e de olhos avermelhados, como o vizinho. O sargento ficou se perguntando o que havia nesses sujeitos magros, com cara de esfomeados, de olhos vermelhos, que aquelas mulheres pardas e grandonas pareciam gostar tanto. E o que a madame Booker fazia para ganhar a vida? Ela não precisava fazer nada a não ser cuidar do marido, mas de vez em quando lia a sorte, só para passar o tempo, porque o marido trabalhava à noite. O sargento olhou o aparelho de tevê sobre a mesa de pinho ordinária, o rádio transistorizado na ponta da penteadeira ao lado da cama. Mas deixou passar. Quem eram os fregueses – digo, clientes dela? Gente. Que tipo de gente? Só gente, só isso. Homens? Mulheres? Homens e mulheres. Ela tinha algum branco entre seus clientes? Não, ela nunca lia as cartas para brancos. Por que, no Harlem os prognósticos para eles eram ruins? Ela não sabia se eram ruins nem se eram bons, simplesmente nenhum jamais tinha lhe pedido para ler a sorte.

Depois de mais algumas perguntas, descobriu-se que eles viam, ouviam e sabiam menos ainda que os dois outros vizinhos juntos. Não tinham nada a ver com as outras pessoas que moravam ali no prédio, não por serem convencidos, mas havia uns tipos que não prestavam morando ali. Quem? Eles não sabiam exatamente. Ora, então onde? Neste andar? No segundo andar? No terceiro? Eles não sabiam bem onde, em outro lugar. Ora, como sabiam que essas pessoas não prestavam se nem as conheciam? Eram capazes de apostar só olhando para elas. O sargento Ryan recordou-lhes que eles haviam acabado de jurar que nunca tinham visto as pessoas em questão. O que eles queriam dizer era em algum outro lugar; claro que eles viam gente no corredor, mas não sabiam para onde iam nem onde estavam antes. E nunca viam nenhum branco no corredor indo a algum quarto ou vindo de algum? Nunca, só que uma vez por mês o homem passava para pegar o aluguel. Ora, e o nome dele, qual é?, perguntou o sargento depressa, pensando que ia chegar a algum lugar. Eles não sabiam. Estavam querendo dizer que pagavam aluguel a alguém que nem conheciam? Eles queriam dizer que não sabiam o nome dele, mas sabiam que ele era o homem, sim; era o mesmo que vinha ali desde que eles haviam se mudado. E há quanto tempo estavam ali? Já estavam ali fazia três anos. Estavam ali durante o inverno? Dois invernos. Então, sabiam do subsolo? Sabiam o que sobre o subsolo? Que o prédio tinha subsolo? Os olhos deles quase saltaram das órbitas. Claro que havia subsolo, como é que o zelador ia alimentar a caldeira se não houvesse subsolo? Era uma pergunta, admitiu o sargento. E quem era o zelador? Um homem nativo das Bahamas ou da Jamaica, chamado Lucas Covey. Ele é de cor? De cor? Quem já ouviu falar de um jamaicano branco? O sargento admitiu que estavam com a razão. E esse tal de... sr. Covey... mora no subsolo? Morar no subsolo! Como seria possível? Não havia lugar para ele morar no subsolo, a menos que fosse ao lado da caldeira. E o quarto vago? Quarto vago! Que quarto vago? Ora, então quando tinha sido a última vez em que eles tinham estado no subsolo? Eles nunca tinham ido lá, só sabiam que devia haver alguém que alimentava a caldeira, porque tinham aquecimento central, e o calor vinha de algum lugar.

O sargento pegou seu lenço, para enxugar o suor do rosto, mas se lembrou que havia usado o lenço para abrir a porta ensangüentada no porão e o recolocou no bolso, enxugando a testa com a manga do paletó, em vez disso.

Ora, disse então, onde morava o sr. Covey, se não era no subsolo?, perguntou desesperado. Morava na casa dele, na 122nd Street. Qual era o número? Eles não sabiam o número, mas era um edifício de tijolos exatamente como aquele, só que duas vezes maior, o segundo prédio contando da esquina da Eighth Avenue Ele ia encontrar, na certa, porque o nome estava por cima da porta. Chamava-se Condomínio do Aconchego.

O sargento achou que já estava na hora de encerrar. Não via motivo para levar nenhum deles por enquanto. O próximo passo seria encontrar Lucas Covey. Mas, quando chegaram ao corredor, o fotógrafo descobriu que sua câmera de bolso tinha sumido. Eles então voltaram ao quarto dos Washingtons. Mas eles não tinham visto a câmera. Então voltaram ao quarto dos Hoovers.

– Cruz credo, eu já tava invocada aqui, pensando de onde tinha vindo essa câmera Kodak – disse Poon. – Eu fui pegar um cigarro e encontrei ela caída ali no chão, ó.

O fotógrafo, rubro de indignação, pegou a câmera e a recolocou no bolso, abrindo a boca para dizer o que pensava, mas Grave Digger impediu-o.

– Vocês podiam pegar noventa dias de cana por essa gracinha – disse a Socrates.

– Pelo quê? Eu não fiz nada.

– Ah, porcaria, deixa isso pra lá – disse o sargento. – Vamos embora.

Eles pararam na rua para esperar os peritos de datiloscopia, que estavam justamente subindo do subsolo, e ele perguntou aos detetives negros:

– Acreditaram naquelas potocas todas?

– O negócio não é acreditar ou não. Encontramos todos em casa, na cama, dormindo, pelo que sabemos. Como vamos saber se ouviram, viram alguma coisa ou sabem de algo? Só podemos aceitar a palavra deles.

– Estou me referindo àquela potoca das ocupações deles.

– Se está preocupado com isso é melhor ir para casa – disse Coffin Ed.

– Oia, é meia verdade, como todo o resto – disse Grave Digger, abrandando os ânimos. – Sabemos que Booker T. Washington fica no salão de sinuca Ás e Dois, onde ganha uns trocados pondo as bolas em ordem quando não rouba uma bolsa polpuda. E sabemos que o Socrates Hoover trabalha como flanelinha à noite nas transversais em torno do Yankee Stadium para evitar que alguém roube coisas que ele mesmo possa roubar. E o que mais podem fazer duas mulatas boazudas com pinta de puta, além de rodar bolsinha? É por isso que é difícil encontrar esses vadios em casa à noite. Mas Tola Ramsey e a esposa dele fazem exatamente o que disseram que fazem.

– Pelo menos, nenhum deles trabalha em cozinha de branco – disse Coffin Ed, asperamente.

Todos ficaram vermelhos de repente.

– Por que alguém moraria aqui se fosse honesto? – disse Grave Digger. – Ou como pode alguém viver honestamente se mora aqui? O que você queria? Este lugar foi construído para ser um submundo, para as prostitutas rodarem bolsinha e os ladrões se esconderem. E alguém obteve uma permissão para construir aqui, porque essa coisa foi construída depois que o gueto veio para cá. – Ele fez uma pausa um momento. Todos estavam calados. – Mais alguma coisa? – perguntou.

O sargento resolveu não insistir no assunto. Mandou a perícia ficar, e eles seguiram seu carro no carro deles, enquanto Coffin Ed e Grave Digger fechavam o cortejo. Os três carros de detetives tomaram a 122nd Street de assalto, como exterminadores de ratos, mas não se via vivalma, nem mesmo um rato. Coffin Ed conferiu o relógio. Eram 3h37. Ele se comunicou por rádio com o tenente Anderson, na delegacia.

– Sou eu e o Digger, patrão. Já achou alguém com fez vermelho?

– Muitos. Dezessete, para ser preciso. Mas nenhum carregava calças. Ainda está com o Ryan?

– Bem atrás dele.

– Descobriram alguma coisa?

– Nada que preste.

– Tudo bem, continue colado nele.

Quando ele desligou, Grave Digger disse:

– O que ele achava que íamos fazer, pescar?

Coffin Ed respondeu com um resmungo.

Pegue dois edifícios de tijolos caindo aos pedaços e malconservados, com gente saindo pelo ladrão, como aqueles que eles haviam acabado de deixar, bata um contra o outro com um corredor no meio como um sanduíche de ar malcheiroso, ponha duas colunas de cimento flanqueando uma porta de vidro escurecida pela poeira e as palavras CONDOMÍNIO DO ACONCHEGO acima da porta principal, e o resultado é uma incubadora de depravação. Ali se podia encontrar todos os vícios do Harlem em um microcosmo: perversões sexuais, lésbicas, pederastas, maconheiros, viciados em LSD, prostitutas e seus cafetões cretinóides dormindo nas mesmas camas onde realizavam suas façanhas, sexo grupal, circos sexuais; e tipos mais sociáveis: praticantes de *swing*, gangues de curradores, depravados – qualquer coisa imaginável se encontrava ali.

Mas os detetives encontraram só portas fechadas, odores de quarto e banheiros, o cheiro incômodo da maconha, os gemidos e suspiros dos viciados e dos homossexuais, o lamento abafado de um *blues* antigo tocado como fundo.

As pichações nas paredes da portaria davam a ilusão de pintura primitiva retratando pigmeus vítimas de elefantíase dos órgãos genitais. Um cartaz acima de uma portinha verde sob a escada dizia: ZELADOR.

Farejando os cheiros sugeridos pelas pichações, o sargento disse, cínico:

– Pecar aqui é rotina.

– Chama isso de rotina? – invocou-se Grave Digger. – Pra mim parece bem picante, isso sim!

Cinco minutos de batidas à porta fizeram o zelador subir para abrir a porta. Tinha a aparência de quem estava dormindo até agora. Vestia um roupão de flanela azul velho com um cinto desfiado sobre um pijama de algodão amassado com listras vermelhas e azuis violentamente contrastantes. A carapinha curta estava amassada pelo contato com o travesseiro, e em sua pele negra e lisa via-se uma rede de linhas, como se seu sono tivesse sido agitado. Tinha uma pistola automática Colt calibre 45 na mão, apontada para a barriga dos policiais. Ele os analisou com olhos vermelhos furiosos.

– O que vocês querem?

O sargento tratou de ir mostrando o distintivo.

– Somos da polícia.

— E daí? Me acordaram de um sono de pedra.

— Muito bem – disse Grave Digger, asperamente. – Você me convenceu.

Devagar, o homem devolveu a automática ao bolso do roupão, sem largá-la.

— O senhor é o sr. Covey, o zelador? – perguntou o sargento.

— Sou eu, sim.

— Sempre atende sua porta com uma pistola em punho?

— Nunca se sabe quem está batendo a essa hora da madrugada.

— Deixa a gente entrar, valentão.

— Vocês são a lei – reconheceu o homem, voltando-se para guiá-los escadas de tijolos abaixo.

A primeira impressão do Grave Digger foi de que ele parecia arrogante demais para ser o zelador de um pardieiro daqueles, a menos que todos os inquilinos trabalhassem para ele, como uma espécie de Fagin* negro. Nesse caso, o fato de ele ser preto explicaria sua arrogância.

Ele era um negro magro, com jeito de soberbo, um rosto comprido e liso e um crânio que era um elipsóide quase perfeito. Sua boca de lábios grossos era tão larga quanto seu rosto. Quando ele falava, seus lábios se arreganhavam, mostrando dentes uniformemente brancos. Seus olhos tinham um formato ligeiramente mongol, dando ao seu rosto uma aparência mestiça, um pouco africana, um pouco nórdica, um pouco oriental. Era orgulhoso e bonitão, mas havia um quê de efeminado no seu andar. Parecia bem autoconfiante.

---

* Fagin: personagem do romance *Oliver Twist*, do escritor inglês Charles Dickens (1812-1970), que liderava um grupo de crianças que cometiam pequenos furtos e outras transgressões. (N. do E.)

A única coisa que faltava era o sono nos cantos dos olhos.

Abrindo a porta do quarto, ele disse:

– *Entrez*.

O quarto continha uma cama de casal pequena, que estava desarrumada; uma escrivaninha com tampa de correr, com um mata-borrão verde, um telefone e uma cadeira para a escrivaninha; uma mesinha de cabeceira com cinzeiro; um aparelho de tevê em um móvel à parte e uma poltrona de couro estofada diante dele, uma penteadeira com bonecas negras e brancas ladeando o espelho. Além da caldeira, havia um quarto usado como cozinha e sala de jantar e um *box* com chuveiro, acompanhado por um vaso sanitário.

– É, parece que o aconchego aqui é grande mesmo – disse o sargento Ryan. Tinha trazido consigo um homem para fazer as impressões digitais e o fotógrafo, e ambos sorriram, submissos.

– Isso te incomoda? – provocou Covey.

O sargento deixou de lado os rodeios e começou a fazer perguntas. Covey disse que tinha ido ao teatro Apollo e visto um filme de gângsteres chamado *O dobro ou nada* e um espetáculo ao vivo estrelando The Supremes e Martha e as Vandellas e o comediante da tevê Bill Cosby, junto com a orquestra da casa. Depois disso tinha passado no bar do Frank, comido um sanduíche de feijão com carne enlatada e ido para casa pela Eighth Avenue.

– Dá para conferir esse álibi? – indagou Ryan aos detetives do distrito.

– Não é fácil – admitiu Grave Digger. – Todo mundo vai ao Apollo, e o bar do Frank vive sempre tão cheio a essa hora da noite que só os famosos chamam a atenção.

Covey não tinha visto ninguém ao entrar no apartamento. E morava sozinho. Tanto que, depois de se recolher ao seu canto lá embaixo, não via ninguém até o dia seguinte. Não fosse o fato de o lixo feder se ele não o pusesse na rua, podia morrer ali e ficar apodrecendo durante semanas que ninguém notaria. Ele não tinha outros deveres além de pôr o lixo na rua? No inverno, ele alimentava as caldeiras. Não tinha parentes? Sim, muitos, mas todos na Jamaica, e não tinha visto ninguém desde que se mudara para Nova York três anos antes. Amigos? O dinheiro é o único amigo de um homem. Mulheres?

– Que pergunta – resmungou Coffin Ed, olhando para as bonecas.

O sargento enrubesceu. Covey tratou de manter sua dignidade. Disse que havia mulheres em toda parte.

– Mas sem dúvida – disse Grave Digger.

O sargento resolveu mudar de assunto. Quem é que fazia a limpeza para ele, então? Os inquilinos limpavam a frente de suas portas, e o vento soprava a poeira da rua. Bom, tudo bem, será que ele sabia da existência do subsolo do outro prédio? Naturalmente ele sabia do quarto mobiliado, ele era o zelador ali, não era? Então quem era o inquilino dele? Ninguém ocupava o quarto no verão. A empresa havia construído aquele cômodo para quem trabalhasse ali no inverno – alguém que alimentasse a caldeira. Que empresa era essa? A proprietária, Imobiliária Acme; tinham montes de prédios no Harlem. Ele era zelador de todos? Não, só desses dois. Ele conhecia os funcionários da empresa? Não, só o síndico do prédio e o cobrador de aluguéis. Ora, e onde eles estavam estabelecidos? Em um escritório no baixo Broadway, no edifício Knickerbocker, logo ao sul da rua do Canal. E quais os nomes dos homens que ele conhecia? Tinha o sr. Shelton, que era o síndico do prédio, e Lester Chambers, que era o cobrador de aluguéis. Jamaicanos também? Não, eram brancos. O sargento resolveu parar por ali. Voltando ao quarto do subsolo do outro prédio, será que alguém podia morar ali sem ele ter conhecimento disso? Não seria fácil, ele ia até lá toda manhã para retirar o lixo. Mas seria possível? Tudo era possível, mas não era provável que alguém morasse ali sem ele saber; porque, primeiro, eles iam precisar entrar, e a porta que dava para a rua tinha uma fechadura Yale, e ele tinha as duas únicas chaves. Ele atravessou o aposento e pegou um molho de chaves imenso de um gancho na parede ao lado da porta e mostrou duas chaves Yale de bronze. E se alguém invadisse o subsolo, ele seria o primeiro a ver, quando fosse tirar o lixo. Mas eles podiam ter feito uma chave?, insistiu o sargento. Covey passou a mão sobre a carapinha amassada. Onde ele estava querendo chegar? O sargento fez sua própria pergunta em resposta. Ele tinha visitado o subsolo ultimamente? Covey olhou em torno, impaciente; seu olhar encontrou o de Ed; ele desviou os olhos. Para quê?, contra-argumentou. O lugar só era usado no inverno; era mantido fechado e trancado no verão, para evitar que os marginais levassem mocinhas lá para estuprá-las. Ele era um homem extremamente desconfiado, segundo o sargento observou. Vindo abrir a porta com uma pistola na mão, pensando que os adolescentes curravam mocinhas. Os detetives negros sorriram condescendentes, junto com Covey. O sargento notou, mas deixou passar. Será que ele, Covey, sabia que tipo de gente morava nos prédios onde trabalhava? Evidente que sim, afinal ele era o zelador; gente respeitável, trabalhadora, honesta, casada, como todos os inquilinos da Imobiliária Acme no Harlem. O rosto do sargento era o retrato da incredulidade; ele não sabia se Covey estava gozando com a cara dele ou não. Coffin Ed e Grave Digger trataram de parecer impassíveis. Ora, se alguém andasse se escondendo no quarto mobiliado do outro subsolo, os inquilinos do térreo saberiam, porque os sons podiam ser ouvidos através das paredes. Então alguém estava mentindo, disse o sargento, porque não só alguém andava morando lá, como um homem havia sido assassinado ali havia apenas algumas horas. Os olhos de Covey arregalaram-se lentamente, até todas as feições do seu rosto fino ficarem deformadas.

– Está brincando, não está? – sussurrou ele, chocado.

– Não estou – disse o sargento. – Cortaram a garganta dele.

– Eu estive lá ontem de manhã.

– E vai voltar esta manhã. Agora mesmo! Vista-se. E pode ir passando essa arma pra cá.

Covey moveu-se, como que em transe, entregando a pistola com docilidade, como se passasse uma bandeja. Parecia estar aturdido.

– Não é possível – ficava murmurando consigo mesmo.

Mas ao ver o quarto mobiliado todo ensangüentado, ficou imediatamente furioso.

– Esses miseráveis lá de cima sabem – protestou. – Não dá para matar um cara aqui embaixo sem eles ouvirem o homem gritar.

Eles o levaram lá em cima e o acarearam com os três casais. À parte os palavrões que trocaram, os mais cabeludos que ele jamais havia escutado, o sargento não descobriu nada de novo. Covey não conseguiu desmentir a alegação dos inquilinos de que não haviam escutado nada, e eles não esclareceram a alegação dele de que nada sabia sobre o quarto.

– Vamos fazer uma experiência – disse o sargento. – Ted, você e esse aí – qual é mesmo seu nome? – Stan. Você e o Stan desçam ao subsolo e berrem, e nós ficamos aqui em cada um desses quartos prestando atenção para vermos se conseguimos escutar vocês.

Aplicando os ouvidos ao assoalho, eles ouviram um débil som no quarto do meio, ocupado por Socrates e Poon Hoover, mas duvidavam que pudessem ouvir aquele mesmo som deitados na cama, embora não tivessem tentado isso. Mas não puderam ouvir nada nos quartos da frente e dos fundos, nem da cozinha, que também experimentaram. Ouviram claramente foi no corredor, e o estranho foi que conseguiram ouvir do banheiro.

– Ora, isso limita nossas testemunhas a todos que estavam acordados no Harlem inteiro – disse o sargento, desanimado. – Vocês podem voltar para a cama.

-- O que quer que façamos com esse aqui? – perguntaram os detetives que ladeavam Covey.

– Vamos levá-lo de volta e encerrar por aqui as investigações de hoje. Nenhuma dessas pessoas nos deu nenhuma pista, e talvez amanhã minha cabeça não esteja tão anuviada.

Quando Covey desapareceu na entrada do Condomínio do Aconchego, Coffin Ed saiu do carro ao lado de Grave Digger e chamou-o:

– Ei, espera aí um instante; deixei meu medidor de decibéis no seu apartamento.

Só que Covey não o ouviu.

– Vá pegar ele – disse Grave Digger. – Eu espero por você.

Os detetives brancos se entreolharam de um jeito curioso. Não tinham visto o medidor de decibéis de Coffin Ed também. Mas não era nada com que se preocupar muito; todos queriam ir para casa. O sargento, porém, queria conversar com os detetives negros do distrito antes de retornar, portanto os peritos da datiloscopia foram na frente, deixando com ele seus dois assistentes contrariados, o fotógrafo, Ted, e seu motorista, o Joe.

Coffin Ed ficou ligeiramente surpreso ao encontrar

a porta de Covey destrancada, mas não hesitou. Desceu pé ante pé e abriu a porta do quarto-sala de Covey sem bater, entrando no aposento.

Covey estava recostado na cadeira da escrivaninha, com um sorriso rasgado e provocador.

– Eu sabia que ia me seguir, sua raposa velha. Pensou que ia me pegar ao telefone. Mas não sei nada sobre esse negócio todo. Estou tão limpo quanto o pinto de um pastor.

– Mas isso é uma pena danada – disse Coffin Ed, seu rosto coberto de cicatrizes de queimaduras repuxando-se como uma versão francesa do *the jerk**, enquanto ele entrava com uma pistola niquelada de grande calibre balançando na mão. – Porque você é que vai pagar por isso, seu sacana.

Grave Digger não quis falar com o sargento naquele instante, portanto falou com o tenente Anderson pelo rádio.

– Sou eu, o Digger.
– Alguma novidade?
– Conte até noventa.

Sem dizer mais nada, Anderson começou: um, dois, três... Não muito rápido, nem muito devagar. Quando chegou aos noventa, Grave Digger deslizou sobre o assento e saiu do carro, atravessando a calçada, na direção do edifício Condomínio do Aconchego, já abrindo o coldre da pistola enquanto andava.

– Ei – chamou o sargento, mas Grave Digger fingiu não ter ouvido. Passou pela porta e atravessou a portaria.

Quando entrou no quarto de Covey, encontrou-o deitado atravessado na cama, um ferimento vermelho diagonal na testa, o olho esquerdo fechado e sangrando, o lábio superior inchado, parecendo um pneu de bicicleta,

---

* Dança dos anos 1960 que consistia de movimentos bruscos. (N. do T.)

e Coffin Ed em cima dele, com um joelho no seu plexo solar, esganando-o.

Ele agarrou Coffin Ed pelo colarinho e puxou-o para trás.

– Deixa o cara. Ele tem que ser capaz de falar.

Coffin Ed olhou para aquele rosto inchado sob ele.

– Quer falar, não quer, seu filho-da-puta?

– Aluguei para um negociante, vendedor, um homem bom – arquejou Covey. – Bom... ele queria o lugar para descansar... de tarde... John Babson... homem bom...

– Branco?

– Marrom-foca. Pele marrom...

– E o nome de guerra dele?

– Nome de guerra... nome de guerra...

– O nome de puta dele, seu imprestável?

– Eu... já disse... tudo que sei...

Coffin Ed armou um soco com o punho direito como se fosse atingir o homem, e sua mão esquerda voou para a boca dele. Atingindo-o de onde estava, perto da cabeceira da cama, com o cano pesado e comprido de sua pistola, Grave Digger atacou com tal força que bateu com as costas da mão na boca de Covey, de maneira que, quando a puxou, gritando, viu que três dos dentes da frente que Coffin Ed havia afrouxado antes estavam encravados nos ossos do dorso da sua mão.

– *Jesus Menino!* – disse, assustado.

O sargento entrou feito um furacão, seguido por seus assistentes de olhos esbugalhados.

– Mas que confusão é essa? – exclamou.

– Fascistas! – berrou Covey, ao ver os brancos. – Racistas! Brutamontes negros!

– Leva esse filho-da-mãe antes que a gente mate ele – disse Grave Digger.

11

O capitão Brice estava aguardando-os quando eles chegaram do interrogatório com Dick. Estava sentado em sua própria cadeira, recostado, com os sapatos envernizados sobre a mesa. Com seu torso volumoso envolto em um terno Brooks Brothers azul-marinho de *mohair* e com os cabelos cuidadosamente repartidos e uma gravata azul, ele parecia para todo mundo um banqueiro do centro da cidade que havia acabado de voltar da farra anual. Anderson sentou-se submissamente na cadeira dos visitantes diante da mesa dele.

– Como estava o champanhe, senhor? – alfinetou Grave Digger.

– Nada mau, nada mau – respondeu o capitão Brice, para não ficar por baixo. Mas todos sabiam que ele não tinha vindo à delegacia às três da madrugada só para passar tempo.

– O tenente Anderson me contou que andaram interrogando as duas testemunhas-chave daquela chacina da família em Sugar Hill – prosseguiu ele, com um tom sério.

– Sim, senhor, era uma cerimônia de rejuvenecimento, mas provavelmente sabe mais sobre isso que nós – disse Grave Digger.

– Bom, não tem novidade nenhuma nisso. Descobriram de onde surgiu esse negócio do rejuvenescimento?

– Sim, senhor, veio de Cristo – disse Grave Digger, com a cara mais limpa desse mundo. – Mas tem umas coisas nesse episódio todo aí que ainda não estão bem esclarecidas.

– Deixa a Homicídios resolvê-las – disse o capitão Brice. – Vocês são aqui da delegacia.

– Talvez eles é que devam recomendar isso – interveio Anderson.

– Já houve muito disso até agora, interferência no trabalho da Homicídios – disse o capitão Brice. – Nossa delegacia tem a péssima reputação de fazer isso.

– Eu os registrei como testemunhas materiais, e vamos mantê-los aqui até o juiz determinar a fiança – disse Anderson, ficando de pé para apoiar seus homens. – Eu os mandei interrogar as testemunhas.

O capitão Brice decidiu que não estava a fim de bater de frente com o tenente.

– Pois então – acedeu, virando-se para Grave Digger –, o que precisa de resposta que a Homicídios ainda não saiba?

– Não sabemos o que a Homicídios sabe – admitiu Grave Digger. – Mas gostaríamos de saber que fim levou o dinheiro.

O capitão Brice tirou os pés de cima da mesa e sentou-se.

– Que dinheiro?

Grave Digger relatou o que suas testemunhas haviam dito sobre uma mala de viagem cheia de dinheiro.

O capitão Brice inclinou o tronco para a frente e ficou olhando para os dois dogmaticamente.

– Podem esquecer o dinheiro. Sam não tinha dinheiro, a menos que fosse roubado, e se for esse o caso, vai acabar aparecendo.

– Alguma das testemunhas chegou a ver esse dinheiro? – persistiu Anderson.

– Não, mas ambos acreditaram, por outros motivos, que vou lhes contar se quiserem escutar – Anderson balançou a cabeça –, que a mala estava cheia de dinheiro – continuou Grave Digger.

– Podem esquecer esse dinheiro – repetiu o capitão Brice. – Acham que eu podia ser capitão dessa delegacia durante tanto tempo sem saber quem é dono do que no meu distrito?

— Então o que houve com a tal mala de viagem?
— Se é que existia uma. A gente só tem a palavra de duas testemunhas, e elas estavam envolvidas — uma era o filho e a outra, a nora dele; e agora são os herdeiros das propriedades dele, se descobrirmos que tinha alguma.

— Se a tal mala existia, vai aparecer — disse Anderson.

O capitão Brice tirou um charuto grosso de um estojo de couro que trazia no bolso interno. Ninguém lhe ofereceu um isqueiro. Observaram-no morder a ponta, cuspi-la e rolar o charuto entre os lábios. Deixaram-no procurar nos próprios bolsos, até achar uma carteirinha de fósforos de papel, e depois assistiram enquanto ele acendia a ponta do charuto. Anderson tirou o cachimbo do bolso e encheu-o com a mesma deliberação, mas Coffin Ed avançou e segurou um fósforo aceso para ele. O capitão Brice enrubesceu, mas agiu como se não tivesse percebido nada. Grave Digger deu a seu parceiro um olhar de reprovação. Anderson escondeu-se por trás de uma nuvem de fumaça.

— Qual era a outra pergunta? — indagou o capitão Brice, num tom frio.

— Quem matou o doutor Mubuta?

— Foi o motorista, droga. Não tente transformar a chacina dessa negrada em mistério.

— Johnson X não podia tê-lo matado — contradisse Coffin Ed, mais pelo prazer de contradizer o capitão do que por qualquer conclusão proveniente do raciocínio lógico.

— A Homicídios está satisfeita com essa versão — disse o capitão Brice, tentando evitar um bate-boca com os dois detetives negros.

— Eles iam se satisfazer com qualquer cara que tivesse um X no nome — observou Coffin Ed.

— De qualquer forma, ainda é muito cedo para se

ter certeza – disse Grave Digger, em tom conciliador. – Acho que a Homicídios está mandando analisar o fluido, certo?

– Mas está na cara, né? – disse Anderson. – Eu mesmo o cheirei. É cianeto.

– Nem é veneno de preto – resmungou Coffin Ed.

– Serviu ao seu objetivo – disse o capitão Brice, com rudeza. – Sam era mesmo um saco.

– Servindo de testa-de-ferro do Sindicato? Por que deixava? É seu distrito, como acabou de dizer – questionou Grave Digger.

– Ele tinha uma empresa de financiamento imobiliário com alvará de funcionamento. Tinha o direito de funcionar como muitos dos escritórios desse tipo, como desejasse. Eu estava de mãos atadas.

– Ora, mas parece que o dr. Mubuta resolveu esse problema, não? Agora você só tem que aturar o Sindicato – observou Grave Digger.

O capitão Brice bateu com o punho com tanta força na mesa que o charuto voou de seus dedos e aterrissou no chão, aos pés de Coffin Ed.

– O Sindicato que vá para o inferno! Eu vou acabar com essa pouca-vergonha de jogo dos números no Harlem em menos de uma semana.

Grave Digger fez cara de cético.

Coffin Ed pegou o charuto do capitão e o devolveu a ele, com uma educação tão grande que parecia estar de gozação. O capitão jogou o charuto na escarradeira sem nem mesmo olhar para ele. Anderson espiou de trás da sua cortina de fumaça para ver se tudo estava bem.

– O que quer que façamos esta noite? – Grave Digger perguntou, de propósito, recordando-lhe que o jogo dos números era uma coisa que acontecia em sua maior parte durante o dia.

– Quero que vocês dois continuem a diligência do tumulto que o tenente lhes passou – disse o capitão. – Vocês são meus dois melhores homens e eu quero que limpem esta delegacia. Sinto, como o tenente, que esses tumultos persistentes estão sendo instigados, e quero que vocês peguem o instigador.

– Campanha de limpeza, hein? – disse Coffin Ed, desdenhoso.

– Já era hora, não? – disse Anderson.

O capitão Brice olhou meditabundo para Coffin Ed.

– Não gostou? – disse, provocador.

– É uma missão – disse Coffin Ed, enigmaticamente.

– Por que não nos deixa falar com as outras testemunhas, capitão? – interveio Grave Digger.

– A promotoria pública tem um departamento de homicídios só dela para recolher provas no caso de homicídios – explicou o capitão Brice, pacientemente. – São advogados, detetives e técnicos de laboratório – tudo que é necessário. O que acha que vocês dois, detetives de delegacia, vão poder descobrir que eles não possam?

– Por esse motivo mesmo. É nossa delegacia. Talvez a gente descubra alguma coisa que para eles não ia significar porra nenhuma.

– Por exemplo, quem é o instigador desses tumultos impertinentes.

– Talvez – disse Grave Digger.

– Ora, eu não estou para isso. Conheço vocês dois. Vocês vão logo rachando um monte de crânios por aí e atirando nas pessoas com base em uma mera hipótese, e, quando descobrem que estavam errados, o que é bastante provável, o comissário pega pesado, e a imprensa cai em cima de mim. Pode ser que isso não incomode a vocês, que são dois caras durões, talvez consigam aturá-los, mas eu é que vou ficar com a ficha manchada. No ano que vem pretendo me aposentar, e não quero sair daqui com uma nuvem preta sobre a cabeça e um par de valentões que gostam tanto de um tiroteio que atiram a torto e a direito em Deus e todo mundo. Quero deixar uma delegacia limpa quando me aposentar. E homens disciplinados, dispostos a obedecer ordens, e não a tentar mandar na porra da delegacia eles mesmos.

– Está querendo dizer que quer que nós saltemos fora antes de descobrirmos alguma coisa que não quer que descubramos? – atiçou Grave Digger.

– Ele está querendo dizer é que quer que vocês saiam da diligência agora, antes de enrolarem todo mundo e também se meterem em algum rolo – disse Anderson.

Grave Digger lançou-lhe aquele olhar de "até-tu".

O capitão Brice disse:

– Quero que trabalhem na missão que o tenente lhes deu e deixem pessoas mais preparadas tratar dos homicídios. Sua missão é muito mais difícil, já que vocês precisam bancar os durões, e antes de terminarem não vão se sentir mais tão inclinados a criarem caso.

– Tudo bem, capitão – concordou Grave Digger. – Então não reclame se nós chegarmos à resposta errada.

– Não quero respostas erradas.

– A resposta certa talvez seja a resposta errada.

O capitão Brice fuzilou Anderson com os olhos.

– Vou responsabilizá-lo por isso, tenente. – Aí ele se virou e olhou de um detetive para o outro. – E tem mais, se vocês fossem brancos, eu os suspenderia por insubordinação.

Ele não podia ter dito nada que enfurecesse ainda mais os detetives. Eles entenderam por fim que ele pretendia tolher a liberdade de agir deles durante o tempo em que permanecesse no cargo. Parecia um jogo de mão dupla. Anderson, seu amigo, havia lhes dado essa missão impossível; o capitão só precisava acompanhar o andamento das investigações. Anderson, conforme a hierarquia, era quem iria substituir o capitão quando ele se aposentasse, sem dúvida com os bolsos cheios de dinheiro roubado. Nunca houve um capitão de delegacia que morresse falido. Era interesse dele, tanto quanto do capitão, que eles não derramassem o caldo.

– Não vai fazer objeção se a gente sair para jantar, vai? – perguntou Grave Digger sarcasticamente. – Comidinha simples, tudo dentro da lei?

O capitão não respondeu.

Anderson olhou de relance para o relógio elétrico na parede atrás da mesa do capitão e disse:

– Aproveitem para registrar sua saída.

Eles subiram para a sala dos detetives e registraram a saída, seguindo para a porta dos fundos, passando pelo guarda do turno e descendo as escadas para o pátio de tijolos onde ficava a garagem. Anderson estava esperando por eles. O pátio era feericamente iluminado desde que Deke O'Malley havia fugido por ele, e Anderson pareceu-lhes frágil e estranhamente vulnerável sob aqueles raios de luz intensos e verticais.

– Perdoem-me – disse ele. – Eu já previa isso.

– Claro, o plano foi seu – acusou Coffin Ed, na lata.

– Eu sei o que está pensando, mas não vai ser por muito tempo. Tenha um pouquinho de paciência. O capitão não quer sair daqui com a delegacia conturbada, só isso. Não pode culpá-lo.

Os dois detetives entreolharam-se. Seus cabelos curtos estavam salpicados de fios grisalhos, e ambos já estavam criando pança. Seus rostos mostravam as saliências e cicatrizes que tinham colecionado durante o patrulhamento do Harlem. Depois de doze anos trabalhando como detetives em uma delegacia, eles ainda não tinham sido promovidos. Seus aumentos salariais não haviam acompanhado a inflação. Não haviam terminado de pagar suas casas. Seus carros particulares tinham sido comprados com financiamento a perder de vista. E, mesmo assim, não recebiam um tostão de suborno. Toda a sua carreira de detetives tinha sido um longo período conturbado. Quando não levavam na cabeça dos marginais, levavam na cabeça dos delegados. Agora estavam restringindo seu direito de cumprirem seus deveres. E não esperavam que isso mudasse.

– Não estamos querendo culpar o capitão – disse Grave Digger.

– Só estamos com inveja.

– Vou assumir em breve – disse Anderson, para consolá-los.

– Disso não tenho a menor dúvida – retrucou Coffin Ed, rejeitando a comiseração do tenente.

Anderson enrubesceu e deu-lhe as costas.

– Bom apetite – disse, olhando para trás, mas não recebeu resposta.

12

Na ponta dos pés, eles semicerraram os olhos.
– Deixa eu ver.
– Então olha, ora.
– O que está vendo?

Essa era a questão. Ninguém estava vendo nada. Então, simultaneamente, três grupos distintos de manifestantes se tornaram visíveis.

Um vinha descendo a 125th Street da direção do leste, outro, das bandas do norte, marchando para oeste, na direção do Block. Era liderado por um veículo parecido com alguns que muitos tinham visto e tão enlameado quanto se tivesse saído do East River. Um jovem negro de pernas à mostra vinha agarrado ao volante. Podiam ver claramente que estava de pernas de fora porque o veículo não tinha porta. Ele, por sua vez, estava sendo abraçado por uma jovem branca de pernas de fora sentada a seu lado. Era um abraço fraternal, mas, vindo de uma jovem branca, parecia sugestivo. Embora o negro parecesse estar apenas com as pernas de fora, a branca de pernas de fora parecia estar nua em pêlo. Tal é a forma como essas duas cores afetam os olhos dos cidadãos do Harlem. No Sul é exatamente o oposto.

Atrás desses jovens fraternais estava sentado um rapaz muito bonito e jovem de cor sépia com cara agoniada de quem está com os intestinos em movimento. Com ele via-se uma branca de meia-idade vestida como uma adolescente, que parecia estar sentindo o mesmo, com a exceção de que sofria de prisão de ventre. Eles seguravam uma enorme faixa entre eles onde se lia:

"FRATERNIDADE! *O Amor Fraterno é o Maior!*"

Seguindo o veículo vinham doze fileiras de manifestantes de braços e pernas expostos, quatro em cada coluna, dois brancos e dois negros, em uma procissão organizada, cada fila com sua própria faixa idêntica à do veículo. Os jovens negros pareciam de certa forma inacreditavelmente negros, e os brancos, desnecessariamente brancos.

Estes se faziam seguir por uma horda de negros e brancos de todas as idades e sexos, rindo, dançando, abraçando-se e beijando-se, a maioria dos quais eram estranhos entre si meia hora antes. Pareciam o pesadelo de um segregacionista. O engraçado era que os cidadãos do Harlem ficaram escandalizados.

– É uma orgia! – gritou alguém.

Para não ficar para trás, um outro engraçadinho berrou:

– Mamãe não deixa fazerem essas coisas aqui, não.

Uma senhora negra muito distinta torceu o nariz.

– Escória branca.

Seu consorte igualmente distinto conteve um sorriso.

– O que mais seriam, andando com essas latas de lixo negras?

Mas ninguém parecia demonstrar nenhuma animosidade. Nem ninguém ficou surpreso. Era feriado. Todos estavam preparados para qualquer coisa.

Só que quando a atenção dos manifestantes se desviou para os manifestantes que vinham do sul, muitos olhos pareceram saltar das órbitas dos rostos negros. Os manifestantes do sul estavam vindo para o norte pelo lado leste da Seventh Avenue, passando em frente ao bar e restaurante Sherazade e à igreja interdenominacional que tinha o seguinte texto escrito em um cartaz do lado de fora:

"OS PECADORES SÃO IDIOTAS! NÃO BANQUE O OTÁRIO!"

O que fez os olhos desses cidadãos espantados se

esbugalharem foi a aparição que vinha bem na frente. Apoiada bem ereta no pára-choques dianteiro de um Cadillac conversível cor de lavanda com detalhes em ouro, dirigido por um negro gordo com lábio leporino, vestido de terno azul-metálico, vinha uma imagem de um Jesus negro pingando sangue negro de suas mãos estendidas, uma corda branca pendendo de seu pescoço quebrado, os dentes arreganhados em uma expressão de tal fúria e horror que gelava até um sangue misturado com tanto álcool quanto o deles. Seus pés pretos superpostos estavam pregados a uma faixa na qual se lia: ELES ME LINCHARAM! Enquanto isso, dois homens de pé na traseira do conversível erguiam bem alto uma outra faixa que dizia: NÃO TEMAIS!

Atrás do Cadillac vinha uma procissão desorganizada, composta de um número impressionante de moças negras em trajes sumários, de todas as formas e tamanhos, agarradas aos braços de ébano de mais jovens de camiseta do que eles jamais haviam visto fora do exército. Os dentes brilhavam nos rostos negros, os olhos brancos cintilavam. Alguns carregavam faixas nas quais se lia: JESUS NEGRO. Outras diziam: ESGANA ELES. Eles vinham cantando: "Não temais... os mortos... segura a sua cabeça, neném, segura a sua cabeça". Pareciam excessivamente felizes para estar seguindo atrás de um Jesus tão horrendo. Mas fechando o cortejo vinha uma massa desordenada de solenes pregadores com sua própria faixa em que se lia:

"VAMOS ALIMENTÁ-LOS COM JESUS!" *Eles vão sempre vomitá-lo!*

Um bêbado cristão devoto que saía do Sherazade olhou para o alto e viu a aparição negra sendo impelida pelo que lhe pareceu uma carruagem em chamas dirigida pelo próprio demo em terno à prova de fogo e levou um tremendo susto.

– Eu sonhei com isso! – gritou ele. – Que eles iam fazer isso outra vez.

Mas a maioria dos turistas levou tamanho susto que se calou. Ficaram sem saber o que pensar entre o espasmo de náusea diante da visão da aparição do Jesus negro e a alegria contagiante do mar de jovens negros, seus rostos contorcidos em caretas grotescas para todo o mundo ver, como bons cidadãos do Harlem, experimentando uma nova dança francesa.

Foram poupados de prosseguir treinando esses novos passos pelo som de trovão vindo da parte da Seventh Avenue ao norte do cruzamento. Os manifestantes do norte eram liderados por dois negros altos e robustos com casacos de couro arrematados com um cinto, parecendo perfeitos soldados da SS nazista, só que negros. Atrás deles vinham marchando os dois clérigos caladões que haviam sido vistos cozinhando no apartamento sem mobília do dr. Moore. Mais atrás vinha o homem suarento e seboso que tinha sido visto pela última vez em cima de um barril no cruzamento da 135th Street com a Seventh Avenue, vociferando histericamente sobre o Poder Negro. Seguindo-os a uma distância segura, dois homens de aparência vigorosa, nus até a cintura, estavam empurrando uma geringonça semelhante à caldeira de uma locomotiva, que ribombava e estourava com o som do trovão, enquanto emitia lampejos, iluminando as meias-luas brancas dos olhos dos negros, seus escudos de marfim dos dentes, e os músculos reluzentes e negros de seus torsos nus, como caleidoscópios do inferno. Uma faixa branca imensa, sustentada bem alto por dois homens, um de cada lado dela, também era iluminada pelos fortes lampejos e tremulava ao som do trovão, proclamando:

TROVÃO NEGRO! PODER NEGRO!

Atrás deles vinha uma massa compacta de homens

e mulheres vestidos de preto, que, mais de perto, pareciam ser de um tamanho extraordinário. Suas faixas diziam apenas: Poder Negro. À luz mortiça, eles pareciam sérios. Suas expressões pareciam graves. Se o Poder Negro vinha da força física, eles pareciam possuí-la.

Os maconheiros diante do salão de sinuca do lado norte da 126th Street foram os primeiros a tecer comentários.

– Ô neném, esses otários aí fumaram foi muita erva – disse um. – Já estou viajando só de olhar pra eles.

– Neném, tu já tá pra lá de Bagdá.

– Mais além. Mas estão tão calados. Por que isso?

– Ei, nenéns! -- gritou o primeiro maconheiro. – Digam alguma coisa.

– Cês ainda têm um restinho aí? – perguntou o segundo.

– Deixa esses babacas pra lá – disse o homem seboso.

– Ah, vai, nenéns. Falem pra gente alguma coisa na língua do Poder Negro – adulou o primeiro maconheiro.

Um dos manifestantes, que era mais robusto, saiu da formação para responder.

– Eu vô dizê uma coisa procês sim, seus viciado, imprestávil! Vou é baixá o porrete nocês.

– Poder Negro! – exclamou uma mulher, rindo.

– É isso mesmo. Vô mostrá só pra eles. Vô mostrá o poder que eu tenho de enrabá eles.

– Acalmem-se! – admoestou o homem seboso. – O inimigo são os branquelos.

– Fominhas de uma figa! – berrou o maconheiro. – Podem ficá com essa erva estragada. Tomara que ela arrebente essa sua caldeira.

As pessoas que estavam por perto dele começaram a rir, tinham bom humor. Era tudo apenas uma grande piada. Três tipos diferentes de passeatas de protesto.

— Feito a minha tia Lu dizia: três bandas tocam marcha no enterro do tio Bu – disse uma irmã de cor, às risadas.

Era tudo mesmo muito engraçado, de uma forma grotesca. Lincharam o Jesus negro, que parecia um escravo fugido. O jovem alinhado com a mulher estrangeira branca, em um carro construído para a guerra, pregando fraternidade. E por último, mas igualmente importante, esse pessoal do Poder Negro, parecendo forte e perigoso, como fanáticos religiosos, produzindo trovão negro e pregando o Poder Negro.

Era o melhor espetáculo que eles já haviam presenciado em todos os domingos do mês. Claro que quem era sério estava franzindo a testa diante daquelas momices, mas a maioria dos cidadãos, que estava mais para comemorar o dia, simplesmente se divertiu.

Dois pretos grandões, que podiam até estar na passeata do Poder Negro, encontravam-se sentados a observá-la no banco dianteiro de um sedãzinho amassado estacionado junto ao meio-fio diante da Livraria Memorial Africana. O carrinho preto e sujo parecia deslocado entre todos os carros de cores vivas nas ruas naquela noite. E duas pessoas quaisquer sem fazer nada a não ser ficar de lado observando pareciam simplesmente suspeitas. Ainda por cima se eram negros com ternos pretos e chapéus pretos, com a aba puxada por cima dos rostos, de modo que mal se podia vê-los na luz fraca que se filtrava através do pára-brisas, e muito menos reconhecê-los, a menos que alguém já os conhecesse. Para o cidadão comum, sem curiosidade, eles pareciam dois marginais esperando uma oportunidade de assaltar a joalheria.

Um homem ligeiramente distinto de pé ao lado deles na calçada resolveu comentar de livre e espontânea vontade:

– Ainda não acabou; tem mais dois.
– Mais o quê? – perguntou Coffin Ed.
– Desfiles.

Coffin Ed saiu do carro e ficou de pé ao lado do homem na calçada, fazendo-o parecer um anão. Grave Digger saiu de trás do volante, abrindo a porta do lado da rua. Dava para verem a passeata vindo pela Seventh Avenue.

– Rapaz, aquilo é um carro alegórico! – exclamou Grave Digger.

Nesse momento Grave Digger viu o velho carro-comando passar pela esquina da joalheria.

– Não é carro alegórico coisa nenhuma.

Grave Digger viu-o e soltou risadinhas.

– Esses são o general e sua senhora.

Coffin Ed falou com o homenzinho ao seu lado.

– Para que esse carnaval todo, afinal, Lomax?

– Não é carnaval, não.

– Ora, então que diabo é isso? – perguntou Grave Digger em voz bem alta do outro lado do carro. – É seu bairro. Você sabe de tudo aqui.

– Não conheço esses grupos – disse Lomax. – Não são daqui não. Mas me parecem sérios.

– Sérios? Esses palhaços? Está vendo mais do que eu vejo.

– Não é o que eu vejo; não. É o que eu sinto. Dá pra sentir que são sérios. Eles não estão brincando.

Coffin Ed grunhiu. Sem nada dizer, Grave Digger subiu no pára-choques esquerdo do carro e ficou de pé no capô para ver melhor os desfiles. Olhou da imagem do Jesus negro linchado atada à frente do Cadillac conversível até o rosto do rapaz na traseira do carro-comando. Viu as primeiras colunas de brancos e negros passarem sob a faixa da Fraternidade. Viu o motorista de lábio leporino do Cadillac e os rostos risonhos dos jovens seguindo atrás de suas faixas de JESUS NEGRO. Ele olhou para os soldados vestidos de couro do outro lado da rua liderando a procissão do Poder Negro. Ouviu Lomax exclamar empolgado:

– Eles vão bater de frente uns contra os outros.

Coffin Ed estava subindo no pára-lamas da frente do outro lado. Temendo que o capô cedesse sob o peso de ambos, Grave Digger subiu no teto do carro.

– Mas o que foi que deu nessa gente assim de repente? – ouviu Coffin Ed perguntar.

– Não foi de repente, não – disse Lomax. – Eles vêm sentindo isso faz muito tempo. Feito o resto de nós. Agora resolveram se manifestar.

– Manifestar? Manifestar o quê?

– Cada um deles manifesta uma coisa diferente.

Grave Digger ouviu os soldados de casaco de couro gritarem:

– Vamos moer esses bichas de pancada – e gritou para Coffin Ed:

– O que eles estão dizendo é que vai haver rolo se eles começarem alguma coisa. É melhor ligar para o tenente.

Normalmente ele teria dado um tiro para o alto e acenado com a pistola para os soldados da SS do Poder Negro, mas tinha ordens estritas de não sacar a pistola sob nenhuma hipótese, exceto para evitar crimes violentos, o mesmo que tinha sido recomendado a todos os policiais brancos.

Coffin Ed pulou do carro e entrou nele de novo. Não deu para entrar em contato com a delegacia imediatamente. Nesse meio-tempo, os dois soldados de casaco de couro, seguidos por um grupo de vinte homens negros corpulentos, já haviam pulado a mureta de concreto que cercava o parque no centro da Seventh Avenue e estavam correndo para a fileira de jovens brancos e negros que se aproximava pela 125th Street. Grave Digger pulou para o chão e correu para impedi-los, erguendo as mãos e gritando:

– Voltem! Em ordem!

De algum lugar, algum engraçadinho gritou:

– Fujam em ordem!

Nesse momento Coffin Ed conseguiu contato com a delegacia:

– Tenente! Sou eu, Ed!

Simultaneamente, os carros-patrulha começaram a se mover. Os motores se aceleraram, as sirenes tocaram. Vendo os carros da polícia em ação, as pessoas nas calçadas começaram a gritar e a invadir a rua.

A voz metálica do tenente Anderson fez-se ouvir bem alta.

– Não consigo ouvir você. O que está acontecendo?

– Mande os homens retrocederem! As pessoas estão entrando em pânico!

– O que foi? Não dá para escutar o que você está dizendo. O que está havendo?

Coffin Ed ouviu o pandemônio começar em toda a parte ao seu redor, arrematado pelo barulho das sirenes dos carros da polícia.

– Mande os homens recuarem! – berrou ele.

– Que foi que você disse? Que barulhão é esse?...

– Mande os policiais recuarem!

– O que está acontecendo? Que barulho é esse?

– Os policiais brancos...

– Trabalhe aí com os homens... Mantenha a calma...

– ... usar nossas pistolas... emergência...

– ... certo... nada de pistola... mantenha a ordem...

– VOCÊ ESTÁ SURDO?

– ... COMISSÁRIO... INSPETOR... VÃO PARA AÍ...

– Agora sim é que fodeu tudo mesmo! – resmungou Coffin Ed consigo mesmo, desligando o rádio e pulando na rua. No meio do cruzamento, lá longe, ele viu homens rolando pela rua engalfinhados, como em luta de valetudo. Dois deles usavam casacos de couro. Um parecia o Grave Digger. Ele saiu correndo na direção deles.

Homens do desfile do Poder Negro estavam em grupos dando socos em jovens brancos e negros da Fraternidade. Vários deles haviam cercado o carro-comando e arrastado os dois jovens do banco da frente para fora. Outros estavam tentando arrastar a mulher branca e o negro do banco de trás. O rapaz estava de pé, chutando a cabeça deles. A mulher estava dando pauladas a torto e a direito com um cabo de madeira.

– Deixa esses coitadinhos em paz – berrava uma gorda.

– Baixa o cacete neles!

Os jovens brancos e negros estavam lutando lado a lado. Seus oponentes tinham o peso, mas eles tinham a habilidade. Os irmãos do Poder Negro estavam arremetendo, mas ficando com os olhos roxos e as narinas ensanguentadas ao fazer isso.

A multidão de foliões havia invadido a rua e parado todo o trânsito. Os carros dos policiais estavam presos em um mar de seres humanos suados. Essas pessoas não estavam escolhendo lados na luta principal, só queriam caçar os tiras brancos. Os tiras relutavam em deixar os carros sem poder usar as pistolas.

Ajudado por um bando de mocinhas negras risonhas, o homem de lábio leporino estava tentando arrastar a imagem do Jesus negro para o caminho dos carros-patrulha. Mas os carros não conseguiam se mexer mesmo, e Jesus estava vagarosamente sendo desmembrado pelo embate entre os corpos. Em breve o empurra-empurra se tornou tão grande que os policiais não poderiam abrir as portas dos seus carros nem que quisessem. Um abaixou o vidro da janela e meteu a cabeça para fora, sendo imediatamente acertado pela bolsa de uma senhora.

A única briga que mostrava ter algum objetivo era entre o Poder Negro e os componentes da Fraternidade. E quando os lutadores do Poder Negro penetraram as defesas da Fraternidade e alcançaram a multidão inter-racial de seguidores, o resultado foi uma debandada. Eles procuravam bichas e prostitutas para surrar. E os surraram com tamanha vontade que chegou a ser até indecente.

Só que a luta séria mesmo estava sendo de Grave Digger e Coffin Ed com os soldados de casaco de couro, os clérigos mudos e vários outros brigões do Poder Negro. Os detetives a princípio caíram, mas depois se aproveitaram de seus oponentes, dando pontapés para que tropeçassem. Tinham se levantado, as roupas rasgadas, o nariz sangrando, galos na cabeça e no rosto, e começado a dar socos em seus oponentes, costas contra costas. Suas longas pistolas, ainda nos coldres, ficaram expostas, mas eles tinham ordens de não sacá-las. Nem poderiam tê-las sacado mesmo, no meio daquela chuva de murros que os castigava. Eles, porém, levavam uma vantagem. Toda vez que um irmão de cor atingia uma das pistolas, seu punho se quebrava. Estavam dando murros sobre murros, sim. Mas ninguém tinha caído.

– Um... – disse Grave Digger, arquejante.

Depois de um intervalo, Coffin Ed imitou-o.

– Dois...

Em vez de dizerem três, eles cobriram a cabeça com as mãos e saíram correndo para a calçada, abrindo caminho na chuva de socos. Uma vez conseguindo chegar lá, diante da joalheria, ninguém tentou segui-los. Seus oponentes pareceram satisfeitos em tirá-los do caminho e voltaram a atenção para os jovens da Fraternidade, que tentavam proteger o carro-comando.

Lomax estava ainda ao lado do carro estacionado dos policiais. Enquanto assistia à luta com interesse, um grupo de Muçulmanos Negros da livraria havia se reunido em torno dele. Observaram os detetives se aproximarem, notando cada detalhe de sua aparência: olhos inchados, cabeça coberta de galos, rosto machucado, nariz sangrando, roupas rasgadas, respiração difícil e pistola no coldre. Seu olhar era fixo, seus rostos, graves.

– Por que diabos não atiraram? – disse Lomax, quando eles se aproximaram.

– Não dá para atirar em gente que está protestando – disse Grave Digger, asperamente, tirando um lenço do bolso.

– Louvado seja Alá – disse um Muçulmano Negro.

– Protestando uma ova – disse Lomax. – Todos esses aí são uns fingidos.

– Engraçado – disse um Muçulmano Negro.

– É um ponto de vista – disse Grave Digger.

– Vamos, depressa – disse Coffin Ed. – O tempo está se esgotando.

Mas Lomax estava a fim de uma discussão.

– Que ponto de vista?

– Eles querem justiça como todo mundo – replicou Grave Digger.

Lomax riu, desdenhoso.

– Esse tempo todo no Harlem e você ainda acredita nessa besteira. Estes palhaços lá parecem que tão procurando justiça?

– Pelo amor de Deus, Digger! Você ainda discute com esse palerma – berrou, furioso, entrando no carro e batendo a porta. – Ele só está tentando nos atrasar.

Grave Digger correu para o carro e sentou-se ao volante.

– Ele é o povo – disse, defensivamente.

– Dane-se o povo! – disse Coffin Ed, acrescentando: – E a justiça não é o que interessa. O que interessa agora é a ordem.

Antes que o carro partisse, Lomax gritou, com má intenção:

– Pode ser, mas que eles deram porrada em vocês pra valer, deram!

– Não deixa ele te enganar – disse Coffin Ed, rangendo os dentes.

– Vamos nos aproximar por trás deles – disse Grave Digger, referindo-se aos grupos em luta.

A única pista aberta era a que ia para o norte. Ele havia decidido ir para o norte, para a 130th Street, que pensava estar aberta ao tráfego, depois para leste, para a Park Avenue, seguindo depois pela ponte da ferrovia de volta à 125th Street, aproximando-se da Seventh Avenue daquela direção.

Mas quando se afastou do meio-fio, avistou pelo retrovisor o carro-comando dirigido pelo líder do grupo da Fraternidade avançando em cima do restante do grupo do Poder Negro. Tinha disparado pelo lado esquerdo da Seventh Avenue, o motor acelerado, espalhando os manifestantes do Poder Negro, e subido o meio-fio, abrindo caminho à força no meio dos espectadores diante da charutaria, em direção à frente envidraçada do salão de sinuca e aos maconheiros, em debandada. A branca no banco de trás estava se agarrando ao carro com todas as forças.

Mas ele e Coffin Ed não tinham como ajudá-los. Portanto, ele correu para o norte e dobrou para leste na 130th Street, cantando pneu, torcendo para eles voltarem a tempo. No meio do quarteirão entre a Seventh Avenue e a Lenox, passaram por um furgão de entregas que ia na mesma direção. Olharam para ele por força do hábito e leram o anúncio na sua lateral: Lyndon Lunático... Entrego e Instalo Aparelhos de Tevê a Qualquer Hora do Dia ou da Noite, em Qualquer Lugar. Telefone Murray

Hill 2... Coffin Ed dobrou e olhou a placa, mas não deu para distingui-la na luz mortiça. Só conseguiu ver que era de Manhattan.

– Gente do céu – disse ele. – Comprar uma televisão no meio da noite...

– Talvez o homem esteja devolvendo alguma – disse Grave Digger.

– Dá na mesma.

– Peraí, o Lunático não é bobo. As pessoas precisam trabalhar durante o dia para pagar o serviço dele.

– Não estava pensando nisso. Estava pensando que a noite é horário de trabalho no Harlem.

– Por que não? São pretos, não são? Os brancos fazem as sujeiras deles durante o dia. É aí que são mais invisíveis.

Coffin Ed soltou um grunhido.

Os saques na 125th Street começaram no exato momento em que eles estavam dobrando na Park Avenue ao lado da ponte ferroviária. O carro-comando desgovernado havia causado tamanha confusão que os policiais brancos tinham se virado para sair dos carros e começado a dar tiros para o alto. Vários rapazes aventureiros aproveitaram a distração para começarem a quebrar as vitrines das lojas do Block e a roubar a primeira coisa que podiam pegar. Vendo-os correrem com o produto do saque nos braços, os espectadores trataram de fugir, o olhar desvairado de pânico, para se afastarem deles.

13

– Assim não dá. Um branco depravado desses vem se meter com quem não devia aqui, matam o cara em plena gandaia, e nós é que pagamos o pato, dois policiais da raça inferior, tendo que nos virar do avesso para descobrir quem matou esse sacana – desabafou Grave Digger, ao volante de seu carro particular, a caminho da delegacia naquela noite.

– É uma pena que não tenha nem uma porra de uma lei contra esses anormais.

– Epa, alto lá, Ed, seja tolerante. As pessoas chamam a gente de anormal.

A pele coberta de cicatrizes do rosto de Coffin Ed começou a repuxar-se.

– É, mas pelo menos não somos anormais do ponto de vista sexual.

– Que diabo, Ed, não temos nada que ligar para a tal da moral social – disse Grave Digger, em tom apaziguador, procurando consolar o amigo. Sabia que o chamavam de Frankenstein negro, e ele se sentia culpado por isso. Se não tivesse apertado tanto aquele marginal, ele não teria jogado ácido no rosto de Coffin Ed. – Deixa isso pra lá.

Na noite anterior, eles tinham ido direto para casa, depois de saírem do Condomínio do Aconchego, e não tinham se visto até aquele momento. Não sabiam o que tinha acontecido com Lucas Covey, o zelador do prédio, que tinham espancado até quase a morte.

– De qualquer maneira, o pessoal da Acme provavelmente já lhe deu o bilhete azul a essa altura – disse Coffin Ed, em resposta a seus pensamentos.

– Ele já tinha confessado mesmo, tanto faz.

– John Babson! Acha que isso é um nome, rapaz? Achei que o Covey estivesse só gaguejando.

– Pode ser. Quem sabe?

Faltavam dez minutos para as oito da noite quando eles pararam no vestiário dos detetives para trocar de roupa, pondo os velhos casacos que usavam no trabalho. Encontraram o tenente Anderson sentado à mesa do capitão, com jeito de estar extremamente preocupado, como sempre. Em parte isso se devia ao fato de o tenente ficar tanto tempo dentro de recintos fechados que sua pele era de um branco doentio, como a de um homem que andou enfermo, e em parte ao fato de o rosto de Anderson ser sensível demais para o trabalho de policial. Mas eles estavam acostumados a isso. Sabiam que o tenente não estava tão preocupado quanto parecia estar. E que era um cara esperto.

– Uma sorte danada o comissário não gostar de pederastas – disse ele, à guisa de cumprimento.

Grave Digger fez cara de encabulado.

– Que foi, tem alguém esquentando por causa disso?

– Estão é pegando fogo.

Coffin Ed falou de um jeito desafiador:

– Quem foi que criou caso?

– Os advogados da Acme Company. Eles reclamaram, disseram que aquilo foi uma brutalidade, uma anarquia, e tudo o mais que vocês possam imaginar. Exigiram a abertura de uma comissão de inquérito e, se não der em nada, ameaçaram botar na justiça.

– E o velho, o que disse?

– Disse que ia ver o que podia fazer, piscando para o promotor público.

– Ai de nós – disse Grave Digger. – Toda vez que roçamos os nós dos dedos com toda a delicadeza em algum cidadão, alguém na platéia se levanta clamando contra a crueldade, que nem um coro grego.

Anderson abaixou a cabeça para esconder seu sorriso.

— Você não precisa fazer papel de Teseu.

Grave Digger meneou a cabeça, concordando, mas os pensamentos de Coffin Ed estavam voltados para outra coisa.

— Eles deviam era querer que prendêssemos o assassino – disse ele. – Uma vez que o homem foi morto na propriedade deles.

— Quem era o cara, afinal? – perguntou Grave Digger. – Os colegas lá do centro da cidade descobriram?

— Descobriram, sim, era um tal de Richard Henderson, que tinha um apartamento no início da Fifth Avenue, perto da Washington Square. – De repente, Anderson tinha ficado completamente impessoal.

— Ele não descobriu nada que quisesse por lá? – indagou Coffin Ed.

— Casado – continuou Anderson, como se não tivesse ouvido. – Sem filhos...

— Não é surpresa.

— Produtor de novas peças teatrais para o circuito *off*-Broadway. Para isso ele teria que ter dinheiro.

— Mais um motivo para eles quererem encontrar o assassino do homem – disse Grave Digger, pensativamente.

— Se com "eles" está se referindo ao comissário, ao promotor e ao tribunal, "eles" querem. São os donos da cabeça-de-porco que estão criando caso. Não querem que seus funcionários sejam assassinados durante a investigação, não vale a pena para eles.

— Ora, chefe, como dizem os franceses, não dá pra fazer ragu sem picar carne.

— Picar não é moer, não é.

— Ah, bom, mas quanto mais a gente mói, mais rápido ela cozinha. Nosso rapaz, imagino, deve ter ficado bem passado, não?

— Bem passado até demais. Eles tiraram o cara da

panela. Soltaram o cara esta manhã, com um *habeas corpus*. Acho que o internaram em algum hospital particular.

Os detetives olharam para ele solenemente.

– Não sabe onde? – indagou Grave Digger.

– Se eu soubesse, não diria a vocês. Saiam da aba desse cara. Para seu próprio bem. Esse rapaz ainda vai causar problema.

– E daí? A gente está aí é para isso mesmo.

– Mas vai dar problema para todo mundo.

– Ah, bom, a Homicídios vai querer ele. Precisam dele.

– Vocês podem tentar arrancar alguma coisa das outras testemunhas.

– Não joga osso pra gente roer não, chefe. Se qualquer uma dessas outras pessoas que recolheram ontem à noite soubesse de alguma coisa, já estaria bem longe daqui.

– Então podem falar com os tais caras de fez vermelho.

– Tenente, deixa eu dizer uma coisa. A maioria dos negros do Harlem que usa fez vermelho é Muçulmano Negro, e eles são contra essa depravação toda até a raiz dos cabelos. Ou então esses caras estão fazendo de conta que são Muçulmanos Negros e, assim, arriscando as suas vidas, correndo pela rua com calças roubadas na mão.

– Talvez sim, talvez não. Por via das dúvidas, sejam discretos. Não remexam o esterco mais do que o necessário.

O pescoço de Grave Digger começou a inchar, e o tique disparou no rosto de Coffin Ed.

– Escute aqui, tenente – disse Grave Digger, engrossando a voz. – Esse branco filho-da-mãe inventa de ser morto na nossa ronda, enquanto está procurando veados pretos pra foder, e o senhor quer que a gente encubra provas na diligência?

O rosto de Anderson ficou cor-de-rosa.

– Que é isso, não quero que encubram coisa nenhuma – negou ele. – Só não quero que o esterco feda, só isso.

— Já entendemos: os brancos não fedem. Pode confiar na gente, chefe, vamos dar uma volta pelos jardins públicos e ficar só assistindo enquanto as florzinhas se abrem todas.

— Sem esterco — garantiu Coffin Ed.

Às nove da noite eles estavam sentados ao balcão do bar do edifício Theresa, assistindo ao desfile de cidadãos do Harlem ao longo do cruzamento da Seventh Avenue com 125th Street.

— Dois sanduíches de filé — pediu Grave Digger.

O balconista mulato afetado, com uma carapinha de cachinhos lustrosos, olhou-os de cima a baixo e pestanejou. Só precisava dar dois passos até a chapa, mas conseguiu desmunhecar, mesmo assim. Tinha um pescoço esguio e gracioso, braços marrons bem lisos e uma bunda grande apertada em um *jeans* branco. Grelhou dois hambúrgueres e os colocou entre pães tostados sobre pratos de papel, servindo seus clientes graciosamente. Chucrute ou *ketchup*?, perguntou sedutoramente, abaixando os longos cílios negros sobre os olhos castanhos úmidos.

Grave Digger olhou dos sanduíches para os cílios baixos do balconista.

— Pedi sanduíches de filé — disse ele, em tom beligerante.

O balconista pestanejou graciosamente.

— Isso é filé — disse ele. — Filé moído.

— Quero filé inteiro.

O balconista o olhou de rabo de olho, como se o avaliasse.

— E estou me referindo a filé de carne bovina mesmo, viu — acrescentou Grave Digger. — Não estou usando linguagem figurada.

O balconista arregalou os olhos e fitou Grave Digger direto nos olhos.

– Não temos filé inteiro.

– Não pergunte a ele – avisou Coffin Ed, pelo canto da boca.

O balconista lançou um sorriso rasgado, branco, cintilante.

– Gostei de você – murmurou.

– Então traz aí um *ketchup* e café puro pra me agradar – retrucou Coffin Ed, de maus modos.

Grave Digger piscou para ele, enquanto o balconista se afastava. Coffin Ed fez cara de nojo.

– Não foi má idéia chamar esta praça aqui de Malcolm X Square – disse Grave Digger bem alto, para desviar a atenção do balconista.

– Podiam muito bem ter lhe dado o nome de Largo do Khrushchev ou Esquina do Castro – respondeu Coffin Ed, entendendo a manobra.

– Não, o Malcolm X era preto e mártir da causa negra.

– Você sabe perfeitamente, Digger. Ele estava seguro enquanto odiasse os brancos – eles não teriam nem sequer encostado o dedo nele, provavelmente o enriqueceriam; ele só foi assassinado depois que começou a incluí-los na raça humana. Isso deveria ter lhe ensinado alguma coisa.

– Mas ensinou. Ensinou que os brancos não querem ser incluídos na raça humana junto com gente negra. Deixam a raça humana todinha só pra eles, pra não serem incluídos. Mas você não me disse a quem se referia quando disse eles.

– *Eles*, cara. Eles. *Eles* te matam e me matam também, se a gente deixar de ser tiras pretos.

– Eu não os culparia – disse Grave Digger. – Isso ia dar uma tremenda confusão. – Notando que o balconista estava prestando uma atenção incrível, ele lhe perguntou: – O que acha, hein, Sugar Baby?

O balconista ergueu o lábio superior e olhou para ele desdenhoso.

– Meu nome não é Sugar Baby, eu tenho nome, sabia?

– Então qual é?

O balconista deu um sorriso manhoso e disse, provocador:

– Está louquinho pra saber, não está?

– Doce como você é, por que precisa de nome? – alfinetou Grave Digger.

– Não me venha com essa conversa mole. Sei quem são vocês, seus filhos-da-mãe. Estou aqui cuidando estritamente da minha vida.

– Beleza pra você então, Honey Baby; seria bem melhor se todos fizessem isso. Mas nosso negócio é nos meter na vida dos outros. Por isso é que estamos querendo saber da sua.

– Pode vir quente que eu tô fervendo, tá!

Com essa, Grave Digger vacilou um instante, mas Coffin Ed tomou a dianteira.

– Quais os Muçulmanos Negros que vêm comer aqui?

O balconista hesitou.

– Muçulmanos Negros?

– É, quais os seus fregueses daqui que são Muçulmanos Negros?

– Aqueles quadrados? Eles só comem a comida deles, porque alegam que qualquer outro tipo de comida é contaminado.

– Tem certeza de que não é porque eles objetam contra alguma outra coisa?

– Como assim?

– Parece estranho eles não comerem aqui, quando sua comida é tão barata e higiênica.

O balconista não sacou. Tinha a ligeira impressão de que Coffin Ed estava querendo lhe dizer alguma coisa nas entrelinhas e franziu o cenho, zangado por não entender, dando-lhe as costas. Foi para o outro extremo do balcão servir um freguês no lado da 125th Street. Havia apenas três fregueses sentados ao balcão, mas ele procurou ficar longe dos dois detetives. Olhava para os rostos dos passantes; olhava o trânsito que fluía. Depois, de repente, mudou de idéia e veio se colocar bem na frente dos rostos deles com as mãos nos quadris, olhando bem nos olhos de Coffin Ed.

– Não é isso, é a religião deles – disse.

– O quê?

– Estou falando dos Muçulmanos Negros.

– Isso. Você deve ver um monte de marginais por aí que se parecem com Muçulmanos Negros.

– Claro. – Ele ergueu os olhos e indicou a livraria do outro lado da rua diagonalmente em relação ao balcão. Vários homens negros usando barretes vermelhos estavam reunidos na calçada. – Olha lá alguns deles, por exemplo, à sua disposição.

Coffin Ed olhou ao redor rapidamente e tornou a olhar para o balconista.

– Não queremos esses, estamos procurando falsos.

– Falsos o quê?

– Falsos Muçulmanos.

O balconista desatou a rir de repente. Seus olhos de cílios longos os fitaram de um jeito indulgente.

– Vocês, tiras, não sabem o que querem. Café? Torta? Sorvete?

– Já temos café.

A atenção deles voltou-se para duas mulheres em um carro estrangeiro esporte que dobrou a esquina da 125th Street e passou devagarinho na direção sul, pela

Seventh Avenue. Ambas eram corpulentas, tipo amazonas, com fisionomias fortes e ousadas e cabelos cortados à joãozinho. Seus rostos mulatos eram belos. A que dirigia usava uma camisa de homem de crepe de seda verde e uma gravata amarela de malha de seda; a outra, ao seu lado, usava um vestido tomara-que-caia tão decotado que parecia estar nua dentro do carro. Eles olharam naquela direção, do balcão da lanchonete.

– Gente conhecida? – perguntou Grave Digger.

– Aquelas transviadas?

– Não me pareceram transviadas. Uma era homem; e bem bonito.

– Homem uma ova, eram dois sapatões.

– Como sabe? Saiu com eles?

– Não me insulte. Não me dou com esse tipo de gente.

– Não freqüenta o baile do Beaux Arts? Festinhas de fundo de quintal?

O balconista arreganhou o lábio superior. Era bom nisso.

– Você é tão vulgar – disse.

– Onde está todo mundo? – perguntou Coffin Ed para tirar Grave Digger daquele apuro.

Querendo encerrar o papo, o balconista respondeu, sério:

– Sempre é mais traqüilo a esta hora.

Mas Coffin Ed não largou o osso.

– Não foi isso que eu perguntei.

O balconista ficou olhando para ele, irritado.

– O que quer saber, então?

– Sabe do que estou falando, *todo mundo*.

Então subitamente o balconista ficou encabulado.

– Eu estou aqui – arrulhou. – Não basta?

– Basta pra quê?

— Não se faça de desentendido.

— Está esquecendo que somos tiras.

— Eu gosto de tiras.

— Não tem medo?

— Ainda não me pegaram, ora.

— Policiais são brutos.

O balconista ergueu as sobrancelhas, desdenhoso.

— Como disse?

— BRUTOS!

— Está só atiçando o interesse dele — disse Grave Digger.

Ele olhou para Grave Digger com um sorriso matreiro.

— Sabe-tudo, me diz o que eu estou pensando?

— A que horas você larga? — indagou Grave Digger.

Os cílios dele adejaram incontrolavelmente, quando ele ficou instantaneamente desconcertado.

— Meia-noite.

— Então não estava mais aqui ontem à noite depois das doze?

Ele ficou decepcionado.

— Seu sádico, filho-da-puta!

— Portanto não podia ter visto o Jesus Neném quando ele passou?

— Como disse?

— *Jesus Neném*?

Nenhum dos dois detetives percebeu qualquer vacilação dele que traísse reconhecimento.

— Jesus Neném? É uma pessoa?

— Amigo seu.

— Meu não, eu não conheço ninguém chamado Jesus Neném.

— Claro que conhece. Só está com medo de admitir.

— Ah, *Ele*! Eu adoro *Ele*. E ele me adora também.

– Tenho certeza disso.

– Sou religioso.

– Está bem, está bem, pode parar de se fazer de desentendido. Sabe exatamente de quem estou falando. Daquele de cor. Que mora bem aqui no Harlem.

Eles notaram uma sutil mudança de atitude da parte dele, mas não dava para dizer o que significava.

– Ah, *ele*?

Esperaram, desconfiados. Estava sendo fácil demais.

– Está se referindo ao que mora na 116th Street? Não está na dele, está?

– Onde na 116th Street?

– Onde? – O balconista tentou parecer desalentado. – Sabe onde. Aquela portinha ao lado do cinema; entre o cinema e o bar. Está de brincadeira comigo?

– Que andar?

– É só passar por dentro do edifício que você o encontra.

Eles estavam com a forte impressão de que o cara estava de conversa mole para cima deles, mas não tiveram escolha.

– Qual o nome real dele?

– Nome real? Jesus Neném, só isso.

– Se não o encontrarmos, vamos voltar – ameaçou Coffin Ed.

O balconista lhe lançou seu sorriso mais sedutor.

– Ah, vão encontrá-lo, sim. E dar um beijo bem carinhoso nele, que eu mandei. Mas voltem mesmo se o encontrarem, viu?

Eles acharam a porta exatinho onde ele havia dito; era a entrada de um conjunto habitacional de seis andares, a escada de emergência de ferro na frente descia até a janela de vidro da lanchonete onde se viam costelas de porco assando em uma grelha elétrica. Mas eles superaram a tentação e entraram. Deram com o tipo de corredor usual nesses prédios, paredes arranhadas com pichações, cheiro de urina desprendendo-se chão, comida e ar da semana passada. A portaria levava ao Templo do Jesus Negro. Pendurado pelo pescoço do teto apodrecido de gesso de uma sala ampla e quadrada estava uma imagem gigantesca de gesso do Jesus negro. Havia naquele rosto, de dentes arreganhados, uma expressão de pura fúria. Os braços estavam abertos, as mãos fechadas, formando punhos, os artelhos contraídos. Sangue negro de gesso pingava de buracos de prego pintados de vermelho. A legenda sob a estátua dizia: ELES ME LINCHARAM.

Os dois policiais entraram. Um homem logo à porta examinava as pessoas que entravam e recebia o dinheiro. Era um negro baixo, gordo, de lábio leporino. Seu rosto escorria suor, como se sua pele estivesse vazando. Seu cabelo negro curto era tão espesso ao redor da cabeça inflada que parecia um monte de náilon. Seu corpo parecia inflado como o de um boneco de borracha. O terno azul-celeste que ele estava usando cintilava como se fosse de metal.

– Dois dólares – disse.

Grave Digger lhe deu dois dólares e passou.

Ele deteve Coffin Ed.

– Dois dólares – disse.

– Meu amigo já pagou.

– Isso. Pagou a entrada dele. Agora, a sua. Dois dólares, por favor. – Os perdigotos voaram-lhe da boca quando ele falou.

Coffin Ed recuou e deu dois dólares ao homem.

Lá dentro estava tão escuro, e tão profundo era o negrume das paredes, das roupas, das pessoas, das suas peles, de seus cabelos, que Ed e Grave só conseguiam distinguir as meias-luas dos olhos flutuando no escuro, como se fossem uma obra de op-art. E aí viram o brilho metálico do homem de lábios leporinos, quando ele subiu ao púlpito e começou a arengar:

– Agora vamos alimentá-lo com a carne do Jesus negro até ele engasgar...

– Jesus Neném! – gritou alguém. – Eu te escuto!

– Porque eu vou lhes dizer, a carne de Jesus é indigerível – continuou o homem metálico. – Porque eles nem conseguiram digerir a carne do Jesus branco nestes dois mil anos, e olha que a comem todo domingo...

Eles se viraram e voltaram por onde tinham entrado. Porque tinham tempo para matar antes da meia-noite, pararam na lanchonete e comeram duas porções de churrasco cada um, com repolho cru com molho adocicado de maionese e salada de batata.

Era meia-noite quando voltaram à lanchonete da Malcom X Square, e a cena já havia mudado. A rua estava cheia de gente vinda do último espetáculo do teatro Apollo e do programa duplo do Leow's e RKO. As ruas estavam entupidas de trânsito indo em todas as direções. A lanchonete estava repleta de gente faminta, homens e mulheres, casais, héteros que queriam só se alimentar. Havia mais um garçom e duas garçonetes de pele escura. As garçonetes pareciam malvadas, mas não havia nelas nada de esquisito, a não ser seus motivos para fazerem cara de más, porque precisavam trabalhar. O novo garçom do balcão parecia que desmunhecava também, e eles teriam gostado de conversar com ele, mas o garçom com o qual haviam conversado antes os avistou e se aproximou, parando diante deles com uma das mãos no quadril. Ele estava saindo, e já havia tirado o avental e desabotoado o casaco branco, de forma que suas mamas estavam quase à mostra. Ele umedeceu os lábios, pestanejou e sorriu. Eles notaram que ele já havia aplicado nos lábios um batom marrom-claro.

– Encontraram ele, direitinho? – perguntou, com meiguice.

– Claro, exatamente como você nos falou – respondeu Grave Digger.

– Deram meu beijinho nele?

– Não deu. Esquecemos de lhe perguntar seu nome.

– Mas que pena. Eu não disse a vocês.

– E agora, amoreco? Não vai dizer seu nome verdadeiro? Aquele que precisa dizer aos policiais que não gostam de você.

Ele piscou os olhos.

– Ooooh, vocês não gostam de mim?

– Claro que gostamos. Por isso é que voltamos.

– John Babson – disse ele, timidamente.

Os detetives ficaram paralisados.

– John Babson! – repetiu Coffin Ed.

– Pois então, John Babson, minha santa, pode vestir a calcinha mais bonitinha que você tiver aí – disse Grave Digger. – Temos um programinha pra fazer com você, amor.

14

O caminhão de entregas parou diante do Condomínio Amsterdã na 126ᵗʰ Street, entre a Madison e a Fifth Avenue. Palavras nas laterais, pouco discerníveis na luz fraca da rua, anunciavam: Lyndon Lunático... Entrego e Instalo Aparelhos de Tevê a Qualquer Hora do Dia uu da Noite em Qualquer Lugar.

Dois entregadores uniformizados apareceram e ficaram parados na calçada, examinando uma agenda de endereços à luz de uma lanterna. Rostos escuros se iluminaram um momento, como máscaras em exposição num museu, e apagaram-se com a luz. Olharam para um lado e para outro da rua. Ninguém à vista. As casas eram vagos contornos geométricos negros contra o negrume mais claro do céu. As transversais da cidade eram sempre escuras.

Acima deles, nos quadrados negros das janelas, meias-luas brancas de olhos e quartos de luas de dentes amarelados floresceram como abóboras do Dia das Bruxas. De repente, vozes borbulharam na noite.

– Procurando alguém?

O motorista olhou para o alto.

– Condomínio Amsterdã.

– É aqui.

Sem responder, o motorista e o ajudante começaram a tirar um engradado do caminhão. Do lado dele se viam as palavras: Televisão Satellite A.406 Acme.

– Qual é o número mesmo? – perguntou alguém.

– Quatro-zero-seis – respondeu o Sharp-eyes*.

– Vou fazer uma fezinha lá na casa de jogo, se inda der tempo.

– O que tá carregando aí, hein, neném?

---

* Literalmente, "olhos aguçados". (N. do E.)

— Uma televisão – respondeu o motorista, secamente.
— Quem é que tá recebendo uma televisão a esta hora, hein?

O entregador não respondeu.

Uma voz masculina arriscou:

— Pode ser que seja aquele xuxuzinho do terceiro andar que tem aquele zome todo.

Uma mulher disse, zombeteira:

— Filezinho! Se ela é xuxuzinho, eu sou peixe com ovo, ó que eu tenho uma filha com idade pra ter esses zome todo.

— ... Ah é?! – Reboou uma voz masculina. – Com o que ela tem, eu dô pra ela uma televisão, enquanto tu, sua bruxa ciumenta, fica aí rezingando com esse esfregão e esse balde.

— Ah, escuta só esse metido a gostoso! Quando foi a última vez que tu trepou, hein?

— Aposto que não trepou com ninguém, nem com xuxu, nem com trubufu.

— Nesta vida, não, quem sabe na otra, né?

— Vocês estão é me deixando com nojo – disse uma mulher de um grupo na calçada, que havia acabado de chegar. – Nós procurando o morto, e vocês falando de safadeza.

Os dois entregadores estavam tentando segurar a caixa contendo o aparelho de tevê o melhor que podiam, mas os recém-chegados se atravessaram bem no caminho deles.

— Será que as senhoras podiam fazer o favor de dar um passinho pra trás e ir procurar morto em algum outro lugar? – disse o motorista. Sua voz saiu agressiva.

— Cença, moço – disse a mulher. – Ele não tá aí dentro, não, tá?

— Será que tenho cara de quem carrega morto no bolso?

— Morto! Que morto? Tem alguém jogando aí? – gritou um homem do prédio lá para baixo. – Buraco?

— Tão jogando buraco? Onde?

— Ninguém tá jogando buraco aqui, não — disse a senhora, desanimada. — É gente, um de nós.

— Quem?

— O morto, é dele que eu tô falando.

— Um de *nóis?* Onde ele tá?

— Onde ele tá? Ele tá morto, é aí que ele tá.

— Diz aí, pra eu fazer uma fezinha no número do túmulo dele.

— Num é tu que vai jogar no quato-zero-meadúzia?

— É só nisso que cês nego tudo pensa — disse a mulher, desgostosa. — Muié e jogo!

— E o que mais tem pra pensar?

— Onde é que tá o orgulho de vocês? Os tira branco mataram um de nóis e cês só conseguem pensar nisso!

— Mataram ele onde?

— A gente não sabe onde. Por que acha que a gente tamo procurando?

— Tu é mesmo uma muié decidida. Eu te ajudo a prucurar, mas tem uma coisa, não me xinga de macaco, hein?

Os entregadores tinham conseguido levar a caixa até a metade do caminho e pararam para recuperar o fôlego.

— Será que alguém pode dar uma mãozinha aqui? — disse o motorista. — Já que estão participando mesmo.

Ninguém realmente acreditava naquela história de homem morto, mas o aparelho de tevê era concreto. Um negro grandalhão e musculoso de macacão azul pulou a janela do térreo.

— Deixa que eu ajudo. Sou o zelador. Para onde?

— Terceiro andar, apartamento da frente. Srta. Barbara Tynes.

— Eu sabia! — gritou uma mulher, em tom de triunfo.

— Por que é que não vai ganhar uma, então, hein? — disse a mulher, desdenhosa. — Tu tem tudo que ela tem, é?

– He, he, não tem mesmo – observou outra voz de mulher.

– Deixa a minha velha em paz – resmungou uma voz masculina no escuro. – Ela tem tudo que precisa.

– Tu é que diz.

Uma silhueta esbelta, envolta em uma camisa luminosa e branca, surgiu no corredor da portaria.

– Eu ajudo vocês.

Os cabelos eram como metal polido, reluzindo em uma cabeça em formato de ovo.

– Vai com calma, Slick – disse uma voz feminina vinda de algum ponto lá em cima. – Ela é perigosa.

– Então tem alguma coisa em comum entre a gente – respondeu o Slick.

– Muito bem, pessoal, todo mundo faz força junto agora – disse o motorista, aplicando todo o seu peso à caixa.

Os quatro homens a empurraram pelos degraus acima e ergueram-na acima do parapeito, colocando-a na portaria.

O zelador musculoso foi o primeiro a reclamar.

– Esse aparelho deve ser feito de chumbo maciço, sô.

– Anda trabalhando muito à noite – observou o motorista, brincando.

– Dona Maria sugou toda a tua força.

– Talvez não seja televisão nenhuma, quem sabe é tudo barra de ouro – brincou um espectador. – Talvez os negócios dela estejam mesmo indo de vento em popa.

– Vamos abrir pra ver – sugeriu um agitador invisível.

– Vamos abrir a caixa quando ela estiver lá em cima, e aí todo mundo pode ver – disse o motorista. – Tem uma tevê velha para levar de volta.

– Sinceramente, nunca ouvi falar numa coisa dessa, trocar aparelhos de tevê no meio da noite. – A mulher parecia estar pessoalmente ofendida.

– Não é um pecado? – alfinetou alguém.

– Não foi isso que eu falei – negou a mulher. – Quem mandou isso pra ela, afinal?

– O Lunatic Lyndon – respondeu o motorista.

– Não admira – disse a mulher, em voz mais branda. – Entregar um aparelho novo aqui no Harlem a essa hora da noite.

O elevador não estava funcionando, como sempre, de modo que os quatro homens tiveram que carregar aquela caixa pesadíssima pelas escadas, suando, gemendo e xingando, com os espectadores curiosos desfilando atrás deles como se esperassem testemunhar algum fenômeno.

– Ufa! Vamos pôr a bicha no chão um instante – disse o Slick quando chegaram ao primeiro pavimento. Olhou em torno, para os espectadores de boca aberta, e disse, desdenhoso: – Olha só pra essa gente! Um cara não pode abrir a braguilha nesta cidade que tem sempre um monte de curiosos se amontoando para ver o que ele vai pôr pra fora!

Um homem disse sarcástico:

– Que culpa a gente tem? O cara pode tirar uma faca!

– Queremos ver a lábia do Slick – disse outro homem.

– Bom, faca, eu não uso – avisou o Slick.

Uma mulher escarneceu:

– Seria melhor usar. Para onde estão indo?

– Se é que ele vai meter essa faca em alguém – brincou o segundo homem.

A mulher da rua que tinha anunciado que estava procurando o morto resolveu se manifestar.

– Vocês são mesmo um bando de muns negro sujoacaco, ficam aí falando o que tem embaixo das roupa uns dos outro quando tem um de nóis caído morto nalgum lugar.

– Ai, mulher, vai procurar no papa-defunto, é pra onde vão os presunto, ora.

– Essa mulher precisa de um homem vivo pra calar a boca dela.

– Vivinho da silva.

– Então tá, rapazes, vamos em frente – disse o motorista para incentivar os carregadores, atacando a caixa pesada como se fosse um lutador de sumô. – Essa confabulação toda não vai nos levar a lugar algum.

– Ih, escuta essa, malandro, o mestre aí tá falando difícil.

Mas aquela insinuação de uma inteligência superior fez com que se calassem durante um instante, e a essa altura eles já haviam começado a carregar a caixa de novo. Quando chegaram ao corredor do terceiro andar, o motorista voltou a olhar a agenda.

– Ia ser engraçado se o endereço não fosse este – disse uma mulher.

Fingindo não ter ouvido, o motorista bateu a uma porta pintada com verniz em tom de carvalho.

– Quem é? – perguntou uma voz feminina lá de dentro.

– O Lunatic Lyndon. Temos uma entrega de um aparelho de tevê para a srta. Barbara Tynes.

– Sou eu – admitiu a voz. – Só um minutinho, vou me vestir.

– Não precisa – disse um dos espectadores.

Uma risada tilintou lá dentro. Do lado de fora surgiram sorrisos.

– Vai preparando essa faca, aí, hein, Slick – disse alguém.

– Mas já tá pronta – disse o Slick.

– Muito bem, pessoal, venham aqui perto – disse o motorista. – Vamos abrir ela e olhar para ver se tem ouro.

– Eu estava só brincando – recuou o homem que tinha feito a piada do ouro.

O motorista lançou-lhe um olhar enfezado.

– Ah, sim. Feito a metade dos otários que está lá no cemitério.

No alto da caixa haviam sido pintadas as palavras: ESTE LADO PARA CIMA. O motorista tirou um pé-de-cabra de baixo do uniforme e levantou as ripas do lado do engradado em frente dos espectadores. Uma tela de vidro escura apareceu.

– Isso aí é uma televisão? – indagou o zelador musculoso. – Parece mais a frente de um banco.

– Se ela ficar cansada de olhar pra isso aí pode entrar lá dentro e olhar para fora – disse um espectador.

Os entregadores pareciam tão orgulhosos quanto se tivessem acabado de realizar um milagre. Todos olharam. Toda a suspeita de que houvesse algum morto ali dentro se foi.

A tranca estalou na porta pintada com verniz cor de carvalho. A porta começou a se abrir. Todos aguardavam. Os dedos com unhas pintadas de vermelho de uma mulher seguraram-na, mantendo-a aberta. A cabeça de uma mulher passou pelo batente. Era a cabeça de uma jovem com rosto de mulata viçoso e cabelos bem alisados, puxados de viés sobre a testa, sobre o olho direito dela. O rosto era bonito, com uma boca larga e grossa, sem batom, com lábios marrons. Olhos castanhos, aumentados por lentes de óculos sem aro, ficaram maiores ao ver os espectadores boquiabertos. De seu lado ela não podia ver o que havia na caixa, a tela não era visível para ela. Ela só podia ver os pedaços de engradado no chão e o homem de olhar enfezado.

– Minha tevê! – exclamou ela e desmaiou sobre o carpete que revestia o chão do seu apartamento. O robe de seda cor-de-rosa, enrolado bem justo sobre seus quadris voluptuosos, subiu pelas suas pernas lisas e cor de chocolate, revelando um espesso triângulo de pêlos encaracolados e negros.

Os olhos se esbugalharam.

Os entregadores pularam para dentro do quarto e se atiraram sobre ela, como cães selvagens sobre um osso suculento.

– Enfarte! – gritou o motorista.

Os espectadores estremeceram.

– Deixa ela respirar! – gritou o ajudante.

Os espectadores entraram no quarto, de qualquer maneira.

Um longo sofá se estendia sob a janela da frente. Uma mesa de coquetel com tampo de vidro se encontrava diante dele. A um lado havia uma poltrona. Do outro, uma mesa de televisão de carvalho claro. No meio da sala tinha uma mesa com quatro cadeiras de espaldar reto. Vários abajures se encontravam espalhados pelo aposento, todos acesos. Via-se um chapéu de palha de homem sobre o sofá, mas não havia ninguém à vista. Quatro outras portas levavam a algum lugar, mas todas estavam fechadas.

– Alguém chame um médico! – gritou o motorista.

Os espectadores procuraram um telefone, mas não se via nenhum.

– Onde é que fica o armário de remédios, pombas? – perguntou o ajudante, em uma voz apavorada como se fosse um árbitro vendo uma garganta cortada.

Os espectadores foram correndo procurar. Encontraram todas as portas trancadas, menos a da frente.

Só o zelador musculoso teve a presença de espírito de perguntar:

– O que a senhora toma quando tem esses enfartes, moça?

Os outros estavam ocupados demais olhando a xota dela.

165

Talvez ela tivesse escutado. Talvez não. Mas, de repente, ela conseguiu articular:

– Uísque!

O alívio se fez sentir em toda a platéia. Se era uísque que podia lhe salvar a vida, ela estava salva. Em uma questão de minutos, a sala parecia uma adega.

Ela agarrou a primeira garrafa que viu e bebeu do gargalo, como se fosse água. O rosto dela adquiriu expressões diferentes, uma após a outra, e depois ela disse, arquejante:

– Minha tevê? Tá quebrada.

– Não, moça! – gritou o motorista. – Não, moça, não tá quebrada não. Eu acabei de abrir a caixa.

– Abriu? Abriu minha tevê? Eu vou chamar a polícia. Alguém aí, chame a polícia.

Os espectadores sumiram. Talvez eles tivessem ido mesmo chamar a polícia. Talvez não. Em um minuto a sala estava lotada, todos lhe oferecendo uísque, olhando a xota dela. As mulheres, para se comparar, os homens, por outros motivos. No minuto seguinte, todos haviam desaparecido.

Só restaram ela e os entregadores. Os entregadores trancaram a porta. Meia hora depois, eles a abriram. Começaram a tirar a caixa da televisão. Já havia sido pregada de novo. Um ia na frente, e outro ia atrás. Não parecia mais leve que antes. Eles cambaleavam, por causa do peso.

Ninguém veio ajudá-los. Ninguém apareceu para olhar. Ninguém apareceu mais. O corredor do terceiro andar estava vazio. As escadas estavam desertas. A portaria estava vazia. Eles não encontraram ninguém na calçada, ninguém na rua. Não pareciam surpresos. A palavra polícia tem um poder mágico no Harlem. Pode fazer casas cheias de gente se esvaziarem em um segundo.

15

– Senta aqui, entre nós dois, neném – disse Grave Digger, dando palmadinhas no assento ao seu lado.

John Babson olhou dele para a figura alta de Coffin Ed ao seu lado e disse, brincalhão:

– Isso é uma reunião social, ou estão me prendendo? – Estava resplandecente, de camisa branca de seda com colarinho abotoado e calças de algodão cor da pele, bem apertadas, que brilhavam como pele nua. Ele não havia pensado nem por um momento que aqueles policiais podiam estar era querendo prendê-lo.

Grave Digger olhou-o com interesse, do assento do motorista.

– Entra logo, vai – disse Coffin Ed, pegando o braço dele como se fosse o de uma mulher. – Disse que gostava de tiras.

Ele entrou exatamente como uma mulher e deslizou para perto de Grave Digger, para deixar espaço para Coffin Ed.

– Porque, se estiverem me levando para o xilindró, eu quero ligar para o meu advogado – continuou ele, ainda brincando.

Grave Digger parou antes de apertar o botão do afogador.

– Você tem advogado?

Já estava cansado daquilo.

– A empresa tem.

– Quem?

– Ah, sei lá. Nunca precisei dele.

– Não precisa dele agora, a menos que prefira a companhia dele.

– Ele é branco.

– Não gosta de brancos?

– Gosto mais de vocês.

– Vai gostar mais ainda de nós mais tarde – disse Grave Digger, dando partida no carro.

– Aonde vão me levar, hein, gente?

– Para um lugar que você conhece.

– Vocês podem vir para a minha casa.

– Mas é a sua casa. – Ele foi até a frente do prédio onde o branco havia sido assassinado.

Coffin Ed saiu e da calçada ajudou John a sair. Mas ele se encostou em Grave Digger, assustado.

– Não é aqui que eu moro – protestou. – Que tipo de lugar é este?

– Sai logo – disse Grave Digger, empurrando-o. – Vai gostar.

Com um jeito intrigado e curioso, ele deixou Coffin Ed puxá-lo para a calçada.

– É um subsolo – explicou Coffin Ed, pegando o braço dele, enquanto Grave Digger contornava o carro e pegava seu outro braço.

Ele se sacudiu, mas não lutou.

– E essa agora! – exclamou ele, baixinho. – É limpinho?

– Fica calado – sussurrou Grave Digger sugestivamente, enquanto o levavam pela ladeirinha do beco estreito até a porta verde, no meio dele. Encontraram a porta trancada e lacrada.

– Está trancada – murmurou John.

– Psiu! – avisou Grave Digger.

Uma voz rouca, de uma janela aberta no edifício ao lado, sussurrou:

– Seus crioulos, é melhor irem embora. A polícia está de olho em vocês.

John enrijeceu-se de repente, desconfiado.

– O que estão tentando fazer comigo?

– Não é esse o seu quarto? – perguntou Coffin Ed.

Os brancos dos olhos de John apareceram subitamente no escuro.

– Meu quarto? Eu moro no Hamilton Terrace. Nunca vi este lugar antes.

– Então nos perdoe – disse Grave Digger, segurando-lhe o braço com firmeza. Dava para sentir a tremura do corpo dele subindo pelo braço.

– Talvez ele goste lá do Condomínio do Aconchego – disse Coffin Ed. Pretendia dizer isso de forma persuasiva, mas em vez disso, sua voz saiu sinistra.

John perdeu completamente a empolgação. Sentia-se desanimado e um pouco assustado. Não queria viver mais aquela aventura.

– Não estou mais a fim – disse ele, contrariado. – Me deixem em paz.

– Deixa o garoto – disse a voz vinda da janela escura. – Vem comigo que eu te protejo, neném.

– Não estou interessado em nenhum de vocês dois, seus safados – disse John, bem alto. – Só me levem para o lugar de onde me trouxeram.

– Ah, que é isso... – disse Grave Digger, puxando-o de volta para a calçada.

– Pensei que tinha dito que gostava de nós – disse Coffin Ed, atrás dos dois.

John sentiu-se mais seguro na calçada e tentou se soltar da mão de Grave Digger. Sua voz também saiu mais alta.

– Não disse nada disso. Estão pensando que sou o quê? Não sou isso que vocês estão pensando.

Grave Digger entregou-o a Coffin Ed e contornou o carro.

– Entra aí – disse Coffin Ed, aplicando um pouco de força.

Grave Digger sentou-se ao volante, estendendo o braço e puxando John para o banco, ao seu lado.

– Não tenta fugir não, neném – disse ele. – Só vamos passar pelo Condomínio do Aconchego e depois a gente te leva para casa.

– Onde pode se sentir mais calmo – acrescentou Coffin Ed, empurrando-o para poder se sentar.

– Não quero ir ao Condomínio do Aconchego – gritou John. – Me deixem sair daqui. Acham que sou veado? Não sou...

– Então é só alegre...

– Sou hétero. Sou só um cara descontraído. As moças gostam de mim. Não sou bicha. Vocês estão cometendo um erro.

– Por que é que está ficando tão nervosinho, hein? – disse Grave Digger, agressivo como se estivesse invocado. – Qual é o seu problema? O que tem contra o Condomínio do Aconchego? Tem alguém lá que não quer ver?

– Nunca ouvi falar do Condomínio do Aconchego, nem mora ninguém lá que eu saiba. E me larga, você está me machucando.

Grave Digger deu partida no carro e saiu.

– Me perdoe – disse Coffin Ed, soltando o braço de John. – É que sou muito forte, sabe.

– Não está conseguindo me excitar – disse John, desdenhoso.

Grave Digger parou o carro diante do Condomínio do Aconchego.

– Reconhece este lugar? – perguntou Coffin Ed.

– Nunca vi.

– Lucas Covey é o zelador.

– E daí? Não conheço nenhum Lucas Covey.

– Ele te conhece.

– Não conheço todo mundo que me conhece.

– Aposto que não.

– Ele disse que te alugou o quarto – disse Grave Digger.

– Que quarto?

– Aquele que acabamos de te mostrar.

– Está falando daquele subsolo que estava trancado? – Ele olhou de um rosto preto para outro. – O que é isto? Alguma armadilha? Eu devia saber que havia alguma coisa errada com vocês dois, seus miseráveis. Tenho o direito de falar com o meu advogado.

– Não sabe o nome dele – recordou-lhe Grave Digger.

– Vou ligar para o departamento de pessoal.

– Não tem ninguém lá a essa hora da noite.

– Seus sádicos desgraçados!

– Não faz malcriação pra gente, não. Não temos nada contra você, pessoalmente. Foi o Lucas Covey que nos entregou você. Disse que alugou o quarto para um rapaz mulato chamado John Babson. Ele disse que o John Babson era bonito e gentil. É a sua descrição.

– Não me venha com essa besteira – disse John, mas ficou todo envaidecido com os elogios. – Está inventando isso. Nunca ouvi falar de ninguém chamado Lucas Covey. Vamos entrar, eu quero ver a cara desse homem.

– Eu pensei que você não quisesse entrar – disse Coffin Ed. – Conosco, pelo menos.

– Talvez o conheça por algum outro nome – disse Grave Digger.

– Por que não podem me acarear com ele?

– Ele não está aí.

– Como ele é?

– Um cara magro, negro, com rosto fino e cabeça em formato de ovo. Jamaicano.

– Não conheço ninguém assim.

– Não mente, neném. Eu vi pelos seus olhos que o reconheceu.

– Merda! Vê tudo pelos meus olhos.
– Não gosta assim?
– Mas o cara que você descreveu pode ser qualquer um!
– Esse é bicha, feito você.
– Não vá passar vergonha, eu já disse que não sou bicha.
– Vá lá, mas sabemos que conhece esse cara.

John ficou sedutor.

– O que posso fazer para convencer você?
– Pensei que tivesse dito que não é bicha.
– Não me referia a isso.
– Muito bem, então vamos negociar.
– Negociar, como?
– Feito o Oriente e o Ocidente. Queremos informações.

John deu um sorriso amarelo e se esqueceu de bancar o machão.

– Então você é o Ocidente, e o que eu ganho com isso?
– Tem dois aqui, você ganha o dobro do que cobra.

Ele se derreteu todo, como se fosse chorar. Toda vez que tentava dar uma de hétero, eles não deixavam. Queria sucumbir ao desejo, mas não tinha certeza. Aquilo tudo estava deixando-o frustrado e um pouco amedrontado.

– Mas que merda, seus dois sádicos, desgraçados – disse ele.
– Escuta, neném, nós queremos que nos fale desse cara, e se não nos contar, nós vamos te espancar.
– Não excita ele – acautelou Coffin Ed. – Ele ia gostar. – Virando-se para John, disse:
– Vê se entende, belezinha, eu vou quebrar esses seus dentinhos bonitos e arrancar seus olhinhos sedutores das órbitas. Quando eu acabar, você vai ficar conhecido como a bruxinha feia.

John ficou realmente assustado Pôs as mãos entre as pernas e as apertou uma contra a outra. Sua voz saiu suplicante.

– Não sei de nada, eu juro. Vocês me trazem para lugares que eu nunca vi e me perguntam de um homem de que nunca ouvi falar que parece com qualquer um...

– Richard Henderson, então?

John descontrolou-se no meio do que estava falando e ficou boquiaberto.

– Já vi que conhece esse nome.

Estava tentando controlar-se de um jeito ridículo. Não conseguiu acompanhar aquela manobra súbita. Não sabia se ficava aliviado ou aterrorizado; se admitia que conhecia o homem ou negava qualquer conhecimento.

– Hã, está se referindo ao sr. Henderson, o produtor?

– Esse mesmo, o produtor branco que gosta de rapazes negros bonitos.

– Não o conheço assim tão bem, não. Sobre ele só sei que ele produz peças. Fiz um papel em uma peça que ele produziu na Second Avenue, lá no centro, chamada *Pretty People*.

– Aposto que você era o protagonista.

Ele sorriu, modestamente.

– Agora pára de sorrir feito um boboca e nos conta onde podemos encontrá-lo.

– Na casa dele, suponho. Ele tem esposa.

– Não queremos falar com a esposa dele. Onde é que ele vai quando está sozinho?

– Qualquer lugar no Village, embora a essa hora da noite talvez ele possa estar em algum ponto do St. Marks Place.

– Onde mais no St. Marks Place, a não ser no The Five Spot?

– Ah, tem muitos lugares, para quem conhece, só precisa saber onde eles ficam.

– Então nos mostre.
– Quando?
– Agora.
– Agora? Não dá. Preciso voltar para casa.
– Tem alguém te esperando?

Ele pestanejou e fez cara de encabulado outra vez. Tinha olhos lindos e sabia disso.

– Sempre – disse.
– Então vamos ter que te raptar – disse Grave Digger.
– E vê se não encosta essas suas mãos em mim, seu safado – zombou Coffin Ed.
– Hipócrita! – disse ele, desdenhoso.

Eles atravessaram o Central Park e dobraram na direção da Third Avenue pela 59th Street, passando primeiro pelo bairro exclusivo, onde os imóveis tinham altos aluguéis e a vida era de alto nível, por volta da 59th Street com Fifth Avenue, e depois pela parte artística e ostensivamente elegante das lojas de antigüidades, restaurantes franceses, dos pederastas caros da Third Avenue, na altura das ruas cinqüenta e quarenta e tantos, até atingirem o largo pavimentado, amplo, negro e liso que passava pela Cooper Square, e aí tinham chegado ao fim de sua jornada. Lembraram-se do tempo em que a Third Avenue era elevada, a rua escura calçada de paralelepípedos lá embaixo, onde os vagabundos do Bowery mijavam nos carros que passavam à noite, mas nenhum dos dois tocou no assunto por medo de perturbarem a excitação estranha e faiscante que havia tomado conta do John. Pelo que podiam ver, St. Marks Place em si não era causa para empolgação. Externamente, era uma rua tão sombria quanto podia ser, sem nada de novo, suja, estreita, sinistra. Era a continuação da Eighth Avenue, entre a Fifth e a Sixth Avenue. Do lado oeste, entre a Fifth e a Sixth Avenue, a Eighth era o coração do Greenwich Village, e Richard Henderson morava no novo bloco de apartamentos de luxo na esquina com a Fifth Avenue. Só que St. Marks Place era uma coisa totalmente diferente.

Um bar de jazz em uma esquina, aberto para o público, The Five Spot. Uma *delicatessen* na outra, fechada, latas de cerveja na vitrine. Mercedes branca passando diante do The Five Spot, mulher branca com casaco branco e cabelos brancos reluzentes ao volante. Homem negro ao lado dela, com barbicha *à la* Thelonius Monk, chapéu de palhaço. Beijou-a, saiu. Entrou no The Five Spot. Ela foi embora. Ricaça branca depravada... murmurou John. Em outra esquina diante das latas de cerveja na vitrine da *delicatessen*, dois rapazes negros de *jeans*, tênis cinzentos, camisas pretas. Rostos bexiguentos. Cabelos carapinha. Dentes brancos. Caras repletas de cicatrizes de corte de navalha. Cabelos feito algodão, emaranhados, descuidados. Todos jovens, pouco mais de vinte. Três jovens brancas parecendo bruxas modernas. Cabelos castanhos longos e embaraçados. Descendo-lhes pelas costas. Rostos sujos. Olhos pretos. Bocas moles. *Jeans* pretos manchados. Todas movimentando-se devagar, como se estivessem drogadas. Aquilo fez os detetives se sentirem meio zonzos só de olhar para elas.

– Quem era o teu pai, hein, pretinho? – pergunta uma moça branca.

– Meu pai é um caipira – responde o rapaz. – Mas ele arranjou um emprego pra mim.

– Na plantação dele – diz a branca.

– O velho feitor McBird! – diz o rapaz negro.

Todos desataram a gargalhar sem conseguir se conter.

– Querem ir ao The Five Spot? – perguntou John.

– Acha que ele está aí? – perguntou Grave Digger, pensando: só se for uma porra de um fantasma.

– O Richard vem aqui às vezes, mas ainda é cedo para ele chegar.

— Richard? Se o conhece assim tão bem, por que não o chama de Dick?

— Ai, Dick parece tão vulgar.

— Muito bem, então, aonde mais ele vai, seja lá qual for o nome?

— Conhece gente em toda parte. Escolhe muitos atores para as peças.

— Não estou nem um pouco surpreso – disse Grave Digger, depois apontou para um prédio ao lado do The Five Spot, perguntando: – E aquele hotel ali? Você o conhece?

— O Alicante? Lá atrás? Só quem mora lá são viciados, putas, traficantes e talvez alguns marcianos também, pela aparência deles.

— Henderson vai lá de vez em quando?

— Não sei por que ele iria. Não tem ninguém lá que ele quisesse ver.

— Não tem ninguém do Gente Bonita, hein? Ele não era viciado?

— Não, pelo que eu saiba. Ele só dava uma viajadinha de vez em quando.

— E você?

— Eu? Eu nem mesmo bebo.

— Quero dizer, você já esteve ali?

— Mas claro que não. Eu, hein?

— Foi isso mesmo que eu pensei.

John sorriu e deu uma palmada na perna dele.

Ao lado do prédio, na direção da Second Avenue, via-se uma casa de banhos a vapor chamada Banhos Noturnos das Arábias.

— Aquilo é algum aquário?

John pestanejou, mas não respondeu.

— Ele vai lá?

Ele deu de ombros.

– Muito bem, então vamos ver se ele está lá.

– É melhor eu te avisar – disse ele: – os "marquistas" vão lá.

– Está querendo dizer "masquistas" – corrigiu Grave Digger. – M-a-s-q-u-i-s-t-a-s.

– Não, marquistas, m-a-r-q-u-i-s-t-a-s. Eles se mordem!

– Mas é isso que eles fazem? Ficam se mordendo?

John soltou uma risadinha abafada.

Eles subiram os degraus, passaram por um corredor estreito e curto, iluminado por uma lâmpada manchada de moscas. Um homem gordo de rosto oleoso estava sentado atrás de um balcão em uma cabine gradeada diante do vestiário. Usava uma camisa branca suja sem gola, da qual as mangas haviam sido rasgadas, suspensórios manchados de suor ligados a calças de anarruga desbotadas e manchadas grandes o bastante para caberem em um elefante. Sua cabeça sumia em dobras de gordura molhadas de suor penetrando em uma bolha com braços. Seu rosto eram apenas lentes grossas em um aro preto sustentando olhos vivos e bem abertos.

Ele pôs três chaves sobre o balcão.

– Ponham suas roupas no armário. Se tiverem algo de valor, deixem comigo.

– Só queremos dar uma espiada – disse Grave Digger.

O gordo revirou os olhos vivos diante dos trajes de John.

– Precisam tirar a roupa.

A mão de John voou até a boca, como se ele estivesse chocado.

– Você não entendeu o que eu disse – falou Grave Digger. – Somos da polícia. Detetives. Está vendo? – Ele e Coffin Ed mostraram os distintivos ao homem.

O gordo não se deixou impressionar.

– Os policiais são meus melhores fregueses.

– Pelo jeito, sim.

Eles estavam falando de duas coisas diferentes.

– Diga-me quem está procurando; conheço todo mundo aqui dentro.

– Dick Henderson – disse John Babson.

– Jesus Neném – disse Grave Digger.

O gordo sacudiu a cabeça. Os detetives avançaram para a sauna.

John hesitou.

– Eu tiro as minhas roupas, não quero estragá-las. – Olhou para um detetive, depois para o outro. – Não vai levar nem um minuto.

– Não queremos perder você de vista – disse Grave Digger.

– O que pode acontecer, se você mostrar seu corpo – acrescentou Coffin Ed.

John ficou amuado. Naquela cena familiar, ele sentia que podia dizer o que quisesse.

– Seus malvados.

Corpos nus saíram do vapor branco tão espesso quanto neblina; corpos gordos e magros, negros e brancos, muito pouco diferentes, a não ser pela cor. Os olhos fitavam ofendidos os três homens trajados.

– O que eles fazem com as correntes? – perguntou Grave Digger.

– Você, para policial, é bem ingênuo.

– Já ouvi dizer que usam varas.

– Deve ter sido antes dos marquistas.

Se John viu alguém que conhecia, não deixou escapar nada. Os detetives não esperavam reconhecer ninguém, mesmo. De volta à calçada, ficaram de pé um momento olhando para a Second Avenue. Na esquina via-se uma placa anunciando sorvete e balas de chocolate. Mas ao lado se via uma vitrine escura de algum tipo de auditório. Cartazes nas janelas anunciavam que Martha Schlame ia se apresentar ali cantando músicas folclóricas israelenses e Bertolt Brecht.

— O Circo Gangler costuma se apresentar aqui — disse John.

— Circo?

— Mas que mente suja a sua — acusou John. — E não é o tipo que tem leão nem elefante, também. São só os irmãos Gangler e um cachorro, um galo, um burro e um gato. Eles viajam em um furgão vermelho e dourado.

— Deixa esses caras para lá e vamos acabar com isso — disse Coffin Ed, impaciente.

Ali as pessoas eram diferentes da gente do Harlem. Até mesmo os negros. Pareciam mais perdidos. Gente do Harlem parecia ter algum objetivo, fosse bom ou mau. Mas as pessoas ali pareciam estar perambulando sem destino, a esmo, sem saber onde estavam, nem para onde iam. Movimentando-se em câmera lenta. Sujas e indiferentes. Sem se importar, sem se limpar. Rejeitando a realidade, rejeitando a vida.

— Isso aqui faz o Harlem parecer uma feira agropecuária — disse Grave Digger.

— Faz a gente parecer caipira, mesmo.

— Estou me sentindo assim.

Eles atravessaram a rua e voltaram pelo outro lado, dando de cara com um enorme edifício de madeira pintado de vermelho com detalhes em verde. A placa sobre a entrada dizia: *Dom Polsky Nardowy*.

— Que pardieiro é este, neném?

— Esta coisa horrorosa? É o Lar Nacional Polonês.

— Para gente idosa?

— Eu sempre vi ciganos morando aí — confessou John, acrescentando depois de um instante: — Adoro ciganos.

De repente, os três se encheram daquela rua. De comum acordo, atravessaram rumo ao The Five Spot.

Interlúdio

– Entendo que você descobriu quem começou o tumulto – disse Anderson.

– Sabemos quem ele era o tempo todo – disse Grave Digger.

– É que não podemos fazer nada contra ele – disse Coffin Ed.

– Por que não, meu Deus?

– Ele já morreu – disse Coffin Ed.

– Quem?

– Lincoln – disse Grave Digger.

– Ele não devia ter nos libertado, se não queria se dar ao trabalho de nos alimentar – disse Coffin Ed. – Qualquer um podia ter lhe dito isso.

– Concordo, concordo, muitos de nós vêm questionando se ele pensou nas conseqüências – admitiu Anderson. – Mas agora é tarde demais para pôr a culpa nele.

– Nem mesmo daria para condená-lo – disse Grave Digger.

– Ele só ia precisar alegar boa intenção – explicou Coffin Ed. – Nunca houve branco que ficasse preso depois de alegar boa intenção.

– Está bem, está bem, quem foi o culpado esta noite, aqui, no Harlem? Quem está incitando essas pessoas a essa anarquia sem sentido?

– A pele – disse Grave Digger.

16

De onde estavam sentados, o tumulto parecia o ensaio de um balé moderno. Os jovens pulavam de repente das portas dos edifícios escuros, becos, de trás de carros estacionados e escadas de subsolos, atacavam a polícia, jogavam legumes podres, torrões de terra, pedras e tijolos, se pudessem encontrar algum, e alguns ovos podres, mas não muitos, porque um ovo precisava estar muito ruim para poder ser considerado podre no Harlem; provocando a polícia, fazendo caretas, mostrando as línguas, cantarolando: "Vão para o inferno, branquelos!". Seus corpos movendo-se a um ritmo grotesco, gracioso, leve, ágil e fluido, carregados de uma excitação histérica que os fazia parecer doentiamente animados.

Os policiais suarentos e vermelhos, de uniforme azul e capacete branco, cortavam o ar quente da noite com seus longos cassetetes também brancos, como que numa versão policial do musical *Amor Sublime Amor,* e desviavam-se dos mísseis que voavam, principalmente para evitar a terra nos olhos; então era sua vez, e eles perseguiam os jovens negros, que se viravam e corriam facilmente para as trevas de onde haviam surgido.

Porta-vozes dos escritórios da 125th Street da NAACP* e do CORE** vinham em caminhões de som do Departamento de Polícia, pedindo aos jovens para voltarem para casa, dizendo que seus pobres e infelizes pais é que iam

---

* *National Association for the Advancement of Colored People*, ou "Associação Nacional pelo Progresso das Pessoas de Cor". Uma das mais antigas instituições de direitos civis norte-americana, fundada em 1909. (N. do E.)

** *Congress of Racial Equality*, ou "Assembléia da Igualdade Social": fundada em 1942, é uma das mais importantes instituições norte-americanas de defesa dos direitos civis. (N. do E.)

pagar o pato. Apenas os policiais brancos prestavam alguma atenção. Os jovens do Harlem nem lhes davam ouvidos.

– Para eles é só uma brincadeira – disse Coffin Ed.

– Não é não – contradisse Grave Digger. – Eles estão querendo se manifestar.

Enquanto a polícia se desviava momentaneamente para um grupo de rapazes e moças que atacavam na 125th Street, uma gangue de rapazes mais velhos atacou das sombras, correndo para um supermercado no meio do quarteirão, com garrafas de cerveja e pedaços de ferro tirados de sucata. A vidraça estilhaçou-se. Os jovens começaram a entrar para roubar as mercadorias, como pardais tirando migalhas debaixo dos bicos de pássaros maiores.

Coffin Ed olhou de soslaio para Grave Digger.

– E essa manifestação aí, o que significa?

Grave Digger se endireitou no banco. Era a primeira vez que um deles se movia. Notou os policiais brancos de rostos vermelhos se voltarem naquela direção.

– Significa que vai dar merda se eles começarem a saquear.

Um policial sacou a pistola e atirou para o ar.

Até ali os mais velhos na beira da calçada estavam olhando tudo com indiferença, alguns parando para observar, a maioria passeando calmamente, sem mostrar desaprovação, recusando-se antes de mais nada a apoiar qualquer dos lados. Mas de repente todos pararam de andar e se envolveram.

Os jovens fugiram de novo para as sombras da 124th Street. Os policiais os seguiram. Ouviu-se o som de latas de lixo sendo jogadas na rua.

Outro tiro soou, vindo da escuridão da 124th Street. Os mais velhos começaram a andar naquela direção, parecendo não estar muito interessados, mas agora tudo neles demonstrava que desaprovavam a reação dos policiais.

Grave Digger pôs a mão na maçaneta da porta do carro. Estava sentado do lado da calçada, longe do tumulto, do outro lado da rua, e Coffin Ed estava ao volante.

Quatro jovens negros magrinhos convergiram para o carro, vindos da calçada.

– O que vocês estão fazendo aqui, otários? – provocou um deles.

Na sombra da portaria do outro lado da calçada, atrás deles, Grave Digger viu um homem atarracado de meia-idade, negro, de terno preto e um fez vermelho característico dos Muçulmanos. Ele afastou a mão da porta.

– Estamos aqui sentados – disse.

– Ficamos sem gasolina – acrescentou Coffin Ed.

Um outro um rapaz murmurou.

– Não tem graça, otário.

– É uma pergunta ou uma conclusão? – disse Grave Digger.

Nenhum dos rapazes sorriu. Sua solenidade preocupou os detetives. Parecia que a maioria dos outros jovens envolvidos na provocação aos tiras estava gostando do que estava rolando, mas esses caras estavam a fim de encrenca.

– Por que é que não estão brigando com os brancos, hein? – provocou o rapaz.

Grave Digger abriu as mãos.

– Estamos com medo – disse ele.

Antes que o rapaz respondesse, ele olhou para trás. Grave Digger não viu o menor movimento do homem de fez, mas os jovens saíram de perto sem dizer mais nada.

– Algo me diz que tem mais atrás desse episódio do que parece – disse Grave Digger.

– Não tem sempre?

Grave Digger chamou a delegacia do Harlem pelo rádio.

— Quero falar com o tenente.

Anderson veio até o rádio.

— Estamos tendo umas idéias.

— Queremos fatos — disse Anderson.

O olhar de Grave Digger atravessou a rua a esmo. Os mais velhos estavam se reunindo em grupinhos nas duas esquinas do cruzamento da 124th Street, os tiras brancos estavam recuando vagarosamente das trevas, de mãos vazias, mas cautelosos. O arco flamejante de um coquetel molotov riscou o ar, vindo do telhado de um edifício. A garrafa espatifou-se inofensivamente no meio da rua. A gasolina em chamas ardeu brevemente por um momento, e gente escura surgiu dentro de um instante, os rostos reluzindo, os olhos brilhando, antes de mergulhar outra vez nas trevas como pedras no mar, quando o brilho do fogo bruxuleou e se extinguiu.

— Não vai haver nenhum fato — informou Grave Digger a Anderson.

— Alguma coisa vai acontecer — disse Anderson.

Coffin Ed olhou para Grave Digger e sacudiu a cabeça.

— Ora, você quer que nós circulemos um pouquinho e vejamos o que podemos descobrir? — perguntou Grave Digger.

— Não, finjam-se de mortos e deixem os líderes raciais tratar do assunto — disse Anderson. — Queremos chegar ao âmago da questão.

Grave Digger abafou o impulso de dizer: "Que porra é essa?" e então percebeu o olhar de Ed. Anderson causava-lhes vontade de rir quando dizia o que considerava ser a gíria do momento, mas eles jamais o deixavam perceber isso.

— Falou e disse, chefe — disse Grave Digger, de um jeito tão quadrado quanto o dele, mas Anderson não pescou.

Depois de desligar o rádio, Grave Digger disse:

– Não é mesmo uma merda, rapaz! Esse tumulto todo aqui, mil policiais espalhados pelas ruas e não sabem como tudo começou.

– Nem nós.

– Ora, nós não estávamos aqui.

– O tenente quer que a gente fique sentadinho aqui até a resposta aparecer.

Um pau-de-virar-tripa preto, usando um chapéu branco de abas caídas, veio cautelosamente pela 125th Street com uma mulatona, de vestido sem mangas. Eles passaram como se estivessem atravessando uma terra-de-ninguém. Quando se aproximaram, espiaram furtivamente os dois negros imóveis no carro estacionado, olharam disfarçadamente a fileira de tiras brancos do outro lado e abaixaram os olhos.

Patrulhinhas e policiais montados a cavalo estavam desviando o trânsito. Ouviam-se vozes vindas dos caminhões de som. Gozadores estavam reunidos na porta de um bar. Lá dentro a vitrola automática berrava canções populares.

– Não está muito feia a coisa – observou Coffin Ed.

– Fora de época.

– Nesse paisinho de merda da IBM, não vejo por que eles ainda precisam de você e de mim.

– Cacete, cara, a IBM não tem nada a ver com isto aqui.

Coffin Ed seguiu o olhar de Grave Digger.

– Ele sumiu.

Estavam procurando o homem de fez vermelho.

De repente, uma briga começou no lado da rua onde eles estavam. Os cinco rapazes que haviam provocado os detetives antes reapareceram vindos da direção da 125th Street, empurrando um sexto jovem na sua frente. Um segurava o braço do rapaz torcido atrás do corpo enquanto os outros tentavam lhe arrancar as calças. Ele se contorcia, tentando soltar-se, e dava marradas com o traseiro nos seus atacantes.

– Me larga! – berrava. – Me larga! Não sou maricas!

Dois ou três homens adultos, cujas silhuetas se recortavam sob a luz dos postes da esquina, observavam avidamente.

– Vamos cortar os culhões dele – disse um dos torturadores do rapaz.

– E dá-los aos branquelos – disse outro.

– Caras, os branquelos querem é pau!

– Vamos cortar isso também.

– Solta ele – disse Grave Digger, como um negro mais velho.

Dois dos jovens recuaram e abriram canivetes.

Grave Digger saiu do carro e soltou o braço do rapaz.

Três outros canivetes reluziram na noite, quando os rapazes se espalharam.

O som da outra porta do carro se abrindo rompeu o silêncio, chamando a atenção deles um instante.

Grave Digger moveu-se, colocando-se diante do jovem que estava sendo atacado, suas mãos enormes pendentes e ainda vazias.

– Qual é o problema dele? – perguntou em um tom apaziguador.

A gangue estava ainda sem saber o que responder, quando Coffin Ed apareceu ao lado do colega.

– Ele é maricas – disse um.

– O que querem que ele faça?

– Jogue pedra nos brancos.

– Rapaz, sai dessa, esses tiras têm armas.

– Estão com medo de atirar.

Um outro rapaz exclamou:

– Esses covardes disseram que estavam com medo.

— Isso mesmo – confirmou Coffin Ed. – Só que não temos medo de vocês.

— Têm medo dos branquinhos. Não passam de uns merdas.

— Quando eu era da sua idade, se dissesse isso prum homem mais velho, levava uma bofetada.

— Se nos bater, metemos a navalha em você.

— Tá legal, eu acredito – disse Grave Digger, impaciente. – Então vão para casa e deixem este menino aqui em paz.

— Você não é nosso pai.

— Com certeza, porque se eu fosse, vocês não estariam aqui na rua.

— Somos tiras – disse Coffin Ed para acabar com o bate-boca de vez.

Seis pares de olhos arregalados cercados de branco olharam-nos acusadores.

— Então estão do lado dos brancos.

— Estamos do lado do seu líder.

— Eles são Pai Tomás – disse um jovem, desdenhoso. – Também estão todos do lado dos brancos.

— Vão para casa – avisou Grave Digger, empurrando-os para tirá-los dali, ignorando os canivetes reluzentes. – Vão para casa crescer. Vejam se conseguem descobrir que não existe outro lado nenhum.

Os rapazes recuaram, amuados, enquanto ele os empurrava para a 125th Street, como se tivesse se zangado de repente. Um carro-patrulha encostou no meio-fio, e os policiais brancos pareciam ansiosos para ajudá-lo, mas ele fingiu não vê-los e voltou para o lado de Coffin Ed. Por um momento, eles se sentaram calados lado a lado, observando a noite amuada do Harlem. Todos os desordeiros próximos deles haviam desaparecido, deixando para trás os cidadãos santarrões passeando com uma virtude aparentemente inabalável sob o escrutínio furibundo dos policiais frustrados.

– Todos esses marginais devem ter ido para casa fazer a lição de casa – disse Coffin Ed, amargurado.

– Eles marcaram presença – defendeu Grave Digger.

– Como vão aprender a esquecer o que já sabem?

– Roy Wilkins e Whitney Young não vão gostar nada desse comportamento.

– Não vão, claro, mas mesmo assim puxa a brasa para a sardinha deles.

De trás das cortinas fechadas da fachada de uma sinagoga, o rosto negro de um rabi de barba encaracolada espiou-os furtivamente. Eles não o viram, porque algum objeto pesado caiu no alto do carro, e de repente chamas surgiram em todas as janelas.

– Não se mexa! – berrou Grave Digger.

Coffin Ed abriu a porta do seu lado e mergulhou com as mãos nuas na calçada, arranhando-as no cimento, enquanto rolava ao mesmo tempo. Um pouco de gasolina em chamas havia pingado na barriga das pernas de Grave Digger, mas quando ele abriu o cinto e o zíper para arrancá-las, viu Coffin Ed contornando a frente do carro com as costas do paletó em chamas. Pôs-se de pé apenas com a força das pernas e agarrou a gola do paletó de Coffin Ed quando pôde alcançá-la, jogando-o de volta na rua, só que estava com as calças já arriadas em torno dos tornozelos, ardendo e soltando fumaça, e soltando aquela catinga de lã queimada. Ele fez uma dança grotesca e lenta para libertar os pés e ficou de pé, de cuecas roxas, de olho em Coffin Ed para ver se as roupas dele ainda estavam em chamas. Coffin Ed tinha metido a pistola no cinto e estava freneticamente puxando os braços para fora das mangas do paletó.

– Ainda bem que não pegou fogo no seu cabelo – disse Grave Digger.

– Esta carapinha aqui é à prova de fogo.

Eles pareciam dois babacas de pé ao brilho das chamas do carro incendiado, um de casaco, camisa, gravata e cuecas roxas acima das meias com liga e dos seus pés grandes, e o outro em mangas de camisa e coldre de ombro vazio, com a pistola metida no cinto.

Do outro lado da rua, policiais a pé e pequenas patrulhas estavam convergindo para eles, e alguém gritava:

– Afastem-se! Afastem-se!

De comum acordo, eles se afastaram do carro em chamas e procuraram o telhado mais próximo com os olhares a fuzilar. As janelas do prédio de repente haviam se enchido de cidadãos do Harlem a observar o espetáculo, mas não dava para ver ninguém na beira do telhado.

17

De fora, o The Five Spot era despretensioso. Tinha vitrines que davam tanto para a St. Marks Place quanto para a Third Avenue, ao nível da calçada, como um supermercado. Mas havia uma segunda parede, afastada das vidraças, contendo aberturas elípticas irregulares, que permitiam visões picassianas do interior do estabelecimento, a curva de uma corneta, dentes brancos contra lábios vermelhos, cabelos cor de caramelo e um olho pintado, um copo alto flutuando na ponta de uma manga, dedos negros curtos e grossos deslizando sobre as teclas de um piano.

Pelo lado de dentro, essas aberturas eram cobertas por vidros espelhados, através dos quais os convidados não podiam ver nada senão reflexos de si mesmos.

Mas era à prova de som. Nem um pinguinho de ruído saía para a rua a não ser quando a porta se abria. E ninguém do lado de fora podia ouvir os sons caros que se produziam ali dentro. E isso era exatamente o objetivo. Aqueles eram sons caros demais para se desperdiçar.

Quando os dois detetives com cara de durões entraram com seu amiguinho, não estava se produzindo nenhum som senão o ritmo excêntrico, moderno e quente dos músicos de cara fechada. Os convidados estavam tão solenes quanto se estivessem presenciando um funeral. Mas não foi a visão dos dois negros com uma bichinha extrovertida que causou o silêncio. Os detetives sabiam o suficiente sobre o centro da cidade para saber que gente branca gostava de ouvir jazz em silêncio profundo. Porém, nem todos os presentes eram brancos. Havia um número considerável de rostos negros, como na Assembléia das Nações Unidas. Só que esses negros tinham se acostumado a ouvir jazz como os brancos. Os três viram-se cercados de gente calada.

Um louro de terno negro, que era alguma coisa no estabelecimento, os levou até uma mesa de pista sob o gongo. O lugar era tão visível que eles souberam instantaneamente que estava reservado para pessoas suspeitas. Sorriram consigo mesmos, perguntando-se como o homem havia conseguido sacar qual era a do seu amiguinho homossexual. Será que pareciam tanto assim com homossexuais?, pensaram.

Mas assim que eles se sentaram, começou a festa. As duas mulheres que tinham passado pela lanchonete no Harlem em um carrinho esporte, antes naquela mesma noite, e que seu amigo havia dito que eram lésbicas, estavam em uma mesa próxima. Como se a entrada deles tivesse sido um sinal, uma das lésbicas subiu na mesa e começou a dançar freneticamente uma dança do ventre, como se estivesse lançando na platéia raios invisíveis de um revólver escondido sob sua minissaia. A saia não era muito maior que uma tanguinha. Era de lamê dourado, parecendo indecente contra sua pele lisa cor de camurça. Suas pernas longas e sem músculos aparentes estavam nuas até as argolas de lamê prateadas dos tornozelos e as sandálias douradas sem salto. Estava com a barriga de fora, o umbigo piscando sugestivamente, os seios balançando sob a rede dourada como foquinhas tentando amamentar-se.

Ela era mais esguia do que parecia ser quando a viram no carro. Vista de baixo, era impecável, alta, voluptuosa, como uma escultura de sereia. Seu rosto em formato de coração era arrematado por lábios grossos e audaciosos. Seus cabelos encaracolados e curtos reluziam como aço azulado. Ela usava sombra azul-celeste nas pálpebras dos olhos cor de âmbar, de longos cílios, maquiados com rímel preto. Tinha levado a imagem sensual tão longe, que quase chegava às raias do exibicionismo.

— Joga tudo isso pro ar! — Dava para notar que tinha sido um negro que tinha dito isso. Um branco não ia querer jogar todas aquelas coisas bonitas no ar.

— Aí, Cat, diz no pé! — Era uma amiga. Provavelmente branca. Alguém que sabia o nome dela, pelo menos.

Ela já havia aberto o zíper da minissaia e estava sacudindo os quadris para que ela caísse. Com o rosto virado, o amiguinho de Ed e Grave ficou de pé em um pulo. Eles olharam para ele, assustados. Por conseguinte, não conseguiram ver que a outra lésbica na mesa da mulher que estava fazendo *striptease* havia se levantado no mesmo momento.

— Com licença — disse ele. — Preciso sair para resolver um assunto meu.

— Eu sabia — disse Coffin Ed.

— Não está dando para agüentar? — provocou Grave Digger.

Ele fez uma careta.

— Deixa ele ir — resmungou Coffin Ed. — Ele está só com inveja.

O louro de terno preto estava tentando empurrar a saia dela para o lugar, como um bobo. Os clientes davam gritos de exaltação. A mulher que estava tirando a roupa passou uma longa perna marrom ao redor do pescoço dele, prendendo-lhe a cabeça com a minissaia, e empurrou a xota contra seu rosto.

Os músicos, de cara fechada, nem pestanejaram. Continuaram tocando algo com um ritmo moderno de *Don't Go Joe* como se a cabeça de um louro presa contra uma xota de preta fosse coisa que acontecesse ali o tempo todo. Ao fundo o pianista estava andando pela plataforma em uma camisa de seda verde de mangas compridas, calças de linho laranja e chapéu de tirolês xadrez preto e vermelho na cabeça e toda vez que passava pelo homem ao piano, estendia o braço por cima do ombro dele e tocava um acorde.

O lugar havia se tornado um verdadeiro hospício. Aqueles que tinham dignidade a perderam. Aqueles que não a tinham ficaram ridículos. Todos estavam felizes, exceto os músicos. A gerência devia estar feliz também. Mas, em vez disso, um careca de mau humor veio correndo socorrer o louro que estava com o rosto preso contra a xota da dançarina. Se ele estava querendo ser socorrido ou não, era discutível. Estivesse ele gostando daquilo ou não, os outros brancos da platéia estavam uivando de tanto rir.

O careca agarrou uma perna marrom bem-torneada. Imediatamente ela prendeu o pescoço dele também. Depois ficou com as cabeças dos dois presas sob a minissaia.

– Vai fundo! – berrou alguém.
– Divide ela! – disse um outro.
– Mas deixa um pouquinho pra gente! – alertou uma terceira voz.

A mulher que estava dançando ficou histérica. Começou a sacudir os quadris de um lado para outro como se tentasse bater as cabeças sob sua minissaia uma contra a outra. Com um esforço combinado, os dois se libertaram, vermelhos como lagostas fervidas. A minissaia caiu na mesa. As pernas marrons se livraram dela, os homens vermelhos recuaram. Com um movimento hábil, a mulata suada tirou a calcinha de renda, agitando-a triunfante no ar. Os pentelhinhos bem crespos e negros desciam até seu sexo, formando um triângulo do tamanho de uma luva de beisebol contra a cor mais clara da pele da sua barriga.

As pessoas urravam, berravam, aplaudiam.

— Hurra! Olé! Bravo!

A porta que dava para a rua se abriu. De repente, os gritos altos e urgentes de sirenes da polícia invadiram o recinto. Grave Digger e Coffin Ed ficaram de pé num pulo e olharam em torno de si, procurando seu amiguinho. Só viram gente à beira do pânico. A música alegre tocada pelos músicos de cara fechada subitamente cessou. A dançarina nua gritou:

— Pat, Pat! — De muitas gargantas veio um lamento semelhante a um choro de ansiedade. Um novo som. Mesmo antes de terem atingido a rua, Grave Digger disse:

— Tarde demais.

Eles sabiam. Todos pareciam saber. O rapazinho bonito, John Babson, jazia morto na sarjeta, todo enrodilhado como um feto, cortado a navalhadas pela lésbica, Pat, que o seguira até a rua. Ele tinha levado tantas facadas que nem parecia a bicha exibicionista de alguns minutos antes.

A mulher estava sendo levada para uma ambulância que tinha encostado no meio-fio. Ela também tinha levado cortes, nos braços e no rosto. Rios de sangue desciam-lhe pelo suéter e pelas calças pretas. Era uma mulher grandona, mais escura que sua parceira, com a constituição de um chofer de caminhão que pudesse fazer as vezes de ama-de-leite. Mas tinha perdido tanto sangue que estava fraca. Movia-se como se estivesse em delírio. Dois socorristas da ambulância tinham fechado os cortes maiores e estavam deitando-a ao comprido na maca dentro da ambulância.

Carros-patrulha estavam estacionados ao longo do meio-fio na Third Avenue e no St. Marks Place. Tinha vindo gente de todos os cantos; de dentro das casas, das ruas, de carros particulares parados na rua. O cruzamento estava intransitável, o trânsito tinha sido interrompido.

Policiais uniformizados gritavam e xingavam, sopravam freneticamente seus apitos, tentando abrir caminho para o legista, o assistente do promotor público, o homem da Homicídios, que tinham vindo registrar a cena, procurar testemunhas e declarar o assassinado morto antes que pudesse ser removido.

Grave Digger e Coffin Ed seguiram a ambulância até Bellevue, mas não tiveram permissão para entrevistar a mulher. Apenas um detetive da Homicídios teve permissão para falar com ela. Ela só dizia:

– Cortei ele. – Os médicos a levaram.

Os detetives voltaram para a delegacia da Cooper Square, na Lafayette Street. O corpo havia sido levado para o necrotério, mas as testemunhas estavam sendo interrogadas. Quando se ofereceram como testemunhas, o capitão da delegacia os deixou sentarem na sala de interrogatório. Os cinco jovens que os detetives tinham notado ao chegarem, os dois rapazes negros e as três moças brancas que pareciam bruxas espaciais, eram as melhores testemunhas. Estavam voltando para St. Marks Place da Second Avenue quando ele saiu pelos fundos do The Five Spot e partiu rua abaixo, rebolando a bundinha. Sabiam que ele ia para os Banhos Noturnos. Para onde mais? Ele andava como se estivesse indo para lá. Depois ela saiu pelos fundos do The Five Spot também, correndo atrás dele como uma mãe ursa furiosa e berrando: "Seu cagüete filho-da-puta... Seu veado descarado, espião!" – e outras coisas que não podiam repetir. Que coisas? Sobre os hábitos sexuais dele, sua mãe, sua anatomia – já dava para imaginar. Nada que ajudasse. Ela só tinha corrido atrás dele e passado a navalha na bunda dele com toda a força. O traseiro dele se abriu feito uma lingüiça fatiada. Então ela começou a esfaqueá-lo a torto e a direito, e quando ele conseguiu sacar sua própria navalha, e começou a tentar se defender dela, já era tarde demais.

– Ela fez de tudo com ele, menos soltar o cara – disse um dos rapazes, assombrado.

– Cortou de um lado para outro e da frente para trás – corroborou o outro.

– E vocês dois, por que não impediram, rapazes? – indagou o tenente.

Grave Digger olhou para Coffin Ed, mas não disse nada.

– Eu fiquei com medo – confessou o rapazinho negro, com voz de quem está arrependido.

– Não precisa ter vergonha – disse seu amigo negro. – Ninguém se mete entre um homem e uma mulher que estão se esfaqueando.

O tenente olhou para o outro negrinho.

– Foi engraçado – disse ele, simplesmente. – Ela estava fatiando a bunda do cara como se marcasse um ritmo e ele estava dançando para todos os lados feito um dançarino de balé.

– O que vocês fazem, meninos? – perguntou o tenente.

– Estudamos – disse o rapaz negro.

– Na Universidade de Nova York – explicou a moça branca.

– Todos vocês?

– Claro. Por que não?

– Chamamos a polícia – disse a outra moça.

A dançarina foi a próxima testemunha, de novo com sua minissaia. Mas sentou-se com as pernas tão juntas, que eles não puderam dizer se ela tinha voltado a vestir a calcinha. Ela parecia estar com frio, embora estivesse quente. Disse que se chamava Catherine Little e morava no Condomínio Clynton, na Lenox Avenue. Seu marido era comerciante. Que tipo de comércio? Indústria de carnes, como Cudahy e Swift. Ele fazia e embalava lingüiça ao estilo campestre para vender nas lojas a varejo.

Ela e a amiga, Patricia Davis, tinham vindo de uma festa de aniversário no Dagger Club, na parte norte da Broadway, e pararam no The Five Spot para ouvir Thelonius Monk e Leon Bibb. Grave Digger e Coffin Ed conheciam aquela espelunca, no Harlem era chamada o clube dos "Bulldaggers"; mas não disseram nada, estavam ali só para observar. Nada havia acontecido que explicasse por que a amiga tinha esfaqueado o homem; não havia homens presentes; tinha sido uma festa fechada para o "Mainstreamers" – esse era o nome do clube delas. Ela não tinha idéia por que a amiga tinha passado a navalha no rapaz, ele devia ter atacado ou talvez ofendido a amiga, ela acrescentou, instantaneamente, dando-se conta de como devia ter soado ridícula a primeira afirmação. Sua amiga era muito esquentada, sempre se ofendia com facilidade. Não, ela não sabia de nenhum caso no qual Pat houvesse esfaqueado alguém antes, mas já tinha visto a amiga puxar a faca para homens que a insultaram. Ora, o tipo de insulto que os homens em geral reservam para mulheres do tipo dela, como se ela pudesse evitar ser assim. Era problema dela a forma como se vestia, ela não precisava se vestir para agradar aos homens. Não, não diria que ela era masculinizada, era só independente. Não, ela pessoalmente não conhecia a vítima, não se lembrava de tê-lo visto antes em lugar nenhum. Não podia imaginar o que exatamente ele havia dito ou feito para começar aquela briga, mas achava que Pat não havia começado, por que ela – a Patricia – sacava a faca, mas não atacava ninguém, a menos que a pessoa atacasse. Sim, ela já a conhecia fazia um bom tempo; já eram amigas antes de ela se casar. Ela já estava casada fazia nove anos. Quantos anos ela tinha? Não era de bom-tom perguntar, além disso, que diferença isso faria?

Os detetives suburbanos só fizeram uma pergunta. Grave Digger lhe perguntou:

– Ele era o Jesus Neném?

Ela o fitou com olhos arregalados e assustados.

– Está brincando? Isso é nome de gente? Jesus Neném?

Ele deixou passar.

O tenente disse que ia ter que detê-la como testemunha material. Mas antes que tivessem tempo de trancafiá-la, o marido apareceu com um advogado e um *habeas corpus*. Era um negro idoso, baixo, gordo, com a pele desbotada, de um tom de marrom manchado, por falta de luz, devido à sua intensa vida noturna e falta de sol. Estava ficando calvo na parte de trás do crânio, e em torno dessa área calva a carapinha grisalha estava tosada. Seus olhos castanhos sem brilho eram vidrados como frutas cristalizadas, com pálpebras grossas e enrugadas. Ele via o mundo por esses olhos inexpressivos, velhos e semicerrados, como se nada o surpreendesse mais. Sua boca era larga, de lábios finos, mole, conectada com uma mandíbula em ângulo agudo, como a de um porco, e saliente como a de um macaco. Mas parte dessa flacidez estava oculta pelo terno transpassado aparentemente muito caro que ele trajava. Falava com uma voz baixa, oscilante, negróide. Parecia incisivo e inculto; e seus dentes eram estragados.

18

Quando Grave Digger e Coffin Ed chegaram ao apartamento de Barbara Tynes, no Condomínio Amsterdã, descobriram que ela tinha andado fazendo faxina. Estava com um lenço verde atado no alto da cabeça e usando um roupão de seda rosa suado quando abriu a porta. Trazia nas mãos um pano de prato.

Ficaram tão assustados ao vê-la assim quanto ela ficou ao vê-los. Coffin Ed tinha dito que podiam se limpar na casa da prima de sua esposa; não esperava encontrar Barbara parecendo uma faxineira. E Grave Digger não acreditava que sua esposa tivesse uma prima que morasse no Condomínio Amsterdã, muito menos alguém que tivesse uma aparência assim e um cheiro tão indiscutivelmente próprio do seu ofício. Ela cheirava a suor também, que estava grudando seu roupão rosa a seu corpo marrom voluptuoso, e de um perfume que tanto combinava com sua profissão quanto com seu suor.

Aparentemente, sua feminilidade vaporosa não surtia efeito algum em Coffin Ed. Ele só ficou assustado por vê-la esfregando o chão no meio da noite. Mas, ao vê-la, Grave Digger ficou excitadíssimo, como se uma explosão acontecesse dentro dele.

Ela jamais tinha visto Grave Digger e não tinha reconhecido ainda Coffin Ed. Aquele rosto queimado por ácido, aterrorizante, com os enxertos de pele que o remendavam, estava ali, mas não fazia sentido. Estava arrebentado, ensangüentado, machucado. Tinha um corpo com roupas rasgadas. Vinha acompanhado por outro homem que parecia o mesmo à primeira vista. Os olhos dela arregalaram-se de horror. Sua boca se abriu, mostrando os gritos que estavam se preparando para brotar de sua garganta.

Mas eles não passaram por seus lábios. Coffin Ed meteu um soco pela porta entreaberta, que a pegou no plexo solar. O ar explodiu, saindo por sua boca, e ela caiu, prostrada. Seu roupão rosa se abriu e suas pernas se afastaram, como se fosse sua reação natural ao levar um soco. Grave Digger notou que os pentelhinhos na dobra das coxas estavam cor de ferrugem, seja de sabão que ainda não tinha sido enxagüado, ou de suor ainda não lavado.

Coffin Ed apanhou uma meia garrafa de uísque na mesa de coquetel e levou-a aos lábios da moça. Ela se engasgou e cuspiu uma nuvem de uísque no rosto dele. Mas não viu nada, porque seus olhos estavam cheios de lágrimas e seus óculos estavam embaçados.

Grave Digger entrou na sala e fechou a porta. Olhou para o parceiro, sacudindo a cabeça.

Nesse momento, Barbara disse:

– Não precisava ter me dado um soco.

– Você ia gritar – disse Coffin Ed.

– O que é que você esperava? Deviam se olhar no espelho.

– A gente só quer se lavar um pouco – disse Grave Digger, acrescentando desnecessariamente: – Ed disse que não tinha problema.

– Tudo bem – disse ela. – Só que podiam ter me avisado. Essa aparência de vocês, mais essas pistolas, não está contribuindo para mostrar que são inofensivos. – Ela não estava mostrando a menor inclinação para se levantar do chão; parecia gostar de estar deitada ali.

– Pelo menos, não causamos maiores prejuízos – disse Coffin Ed, fazendo as apresentações. – Meu parceiro, Digger; a prima da minha mulher, Barbara.

Grave Digger fez cara de quem tinha sido insultado.

– Rapaz, vamos nos lavar logo e nos mandar. Não estamos de férias.

– Sabe onde é o banheiro – disse Barbara.

Coffin Ed deu a impressão de que ia negar, mas só falou:

– Sei, sim. Talvez possa nos emprestar umas camisas limpas do seu marido também.

Grave Digger lançou-lhe um olhar azedo.

– Deixa de besteira, homem; se essa mocinha tem marido, eu também tenho.

Coffin Ed deu a impressão de quem tinha sido ofendido.

– Por que não? Não somos clientes.

Ignorando todo esse papo entre os dois, ela disse de onde estava, no chão:

– Podem pegar todas as roupas que quiserem. Ele foi embora.

Coffin Ed fez cara de assustado.

– De verdade?

– De mentira é que não foi – disse ela.

Grave Digger tinha entrado na cozinha, procurando o banheiro. Notou que o linóleo preto e branco havia sido recentemente limpo. Ao lado da pia havia um balde cheio de água suja, e, ao lado dele, uma escova enrolada em uma toalha que havia sido usada para secar. Mas isso não lhe pareceu estranho naquele tipo de apartamento. Uma piranha estava sujeita a fazer qualquer coisa, pensou ele.

– Por aqui – ouviu Coffin Ed dizer, e seguiu-lhe a voz até o banheiro.

Coffin Ed havia pendurado a pistola na maçaneta da porta e tirado a camisa, e estava se lavando ruidosamente na pia, jogando água suja por todo o chão cuidadosamente esfregado.

– Está molhando tudo feito esses bicos de irrigação de rua – reclamou Digger, tirando as roupas.

Quando terminaram, Barbara levou-os até um

armário embutido no quarto. Cada um escolheu uma camisa esporte com listras coloridas e um casaco esporte xadrez. Não havia outro tipo de roupa. Mas eles eram grandes o suficiente para permitir que usassem os coldres de ombro e ainda tinham folga suficiente para os lados para parecerem gafanhotos gigantes.

– Você está parecendo até um cavalo com essa manta – disse Coffin Ed.

– Não estou não – contradisse Grave Digger. – Nenhum cavalo ia ficar quietinho para ser coberto com isso.

Barbara voltou da sala de estar. Tinha um pano de pó na mão.

– Ficaram bem em vocês – disse ela, estudando-os criticamente.

– Agora eu sei por que o teu marido te abandonou – disse Grave Digger.

Ela fez cara de intrigada.

– Está quente para fazer faxina esta noite – disse Coffin Ed.

– Por isso mesmo é que estou limpando a casa.

Foi a vez dele de ficar intrigado.

– Porque está quente?

– Porque ele foi embora.

Grave Digger soltou uma risadinha abafada. Eles haviam ido para a sala de estar e, ao ouvirem uma voz negróide dizendo bem alto, "Fiquem calmos..." todos se viraram e olharam para a televisão em cores. Um branco estava de pé sobre a plataforma de um caminhão de som da polícia, exortando a quem o escutava:

– Vão para casa. Já terminou. Foi só um mal-entendido...

Exatamente nesse momento, ele apareceu bem de perto, para todos verem suas feições nitidamente caucasianas dirigindo-se aos telespectadores. Mas de repente a perspectiva mudou, mostrando o cruzamento da 125th Street com a Seventh Avenue, mostrando um mar de rostos de cores diferentes. Se não fosse pela predominância de rostos negros, de cores vibrantes e de policiais de uniforme, poderia ser uma cena de multidão de qualquer filme bíblico de Hollywood. Mas não há tantos negros assim na Bíblia. E nem policiais como aqueles. Era uma cena de tumulto no Harlem. Mas ninguém estava fazendo tumulto. O único movimento eram as pessoas tentando se colocar diante das câmeras, aparecer na tevê.

O branco estava dizendo:

– Não há como protestar com justiça. Nós, os negros, precisamos ser os primeiros a apoiar a lei e a ordem.

As câmeras mostraram brevemente os espectadores vaiando, depois cortaram mostrando outros caminhões de som, ocupados por gente de cor que sem dúvida eram líderes raciais e vários homens brancos que Grave Digger e Coffin Ed reconheceram como o inspetor-chefe de polícia, o comissário de polícia, o promotor público, um vice-comissário de polícia, um congressista branco e o capitão Brice, da delegacia do Harlem, o chefe deles. Não viram o tenente Anderson, o seu subchefe. Mas notaram três pessoas em um caminhão que pareciam estátuas de negros de um museu de cera. Um era um negro de lábio leporino de terno azul-metálico, o segundo, um jovem de crânio estreito, que talvez tivesse feito uma manifestação sobre a falta de oportunidades para os jovens negros, e o terceiro, um homem muito bem-vestido, bonito, de cabelos brancos e cara de próspero, certamente o tipo bem-sucedido. Todos eles pareciam vagamente conhecidos, mas não dava para se lembrar de onde, no momento. Os pensamentos de Grave e Ed estavam voltados para outra coisa, naquela hora.

– Por que será que o chefão não está dizendo aquelas

baboseiras de sempre, que não pode ser assim, que o crime não compensa, blá, blá, blá? – disse Grave Digger.

– Pois devia – disse Coffin Ed. – Ele jamais vai ter um público desses outra vez.

– Estou vendo que deixaram o subchefe segurando as pontas na delegacia.

– Mas não é sempre o que fazem?

– Vamos descer e falar com ele pelo rádio.

– Não, é melhor a gente voltar pra lá.

No caminho, nas escadas, Grave Digger perguntou:

– Onde achou essa aí?

– Na cadeia. Onde mais?

– Você, hein, escondendo o leite de mim!

– Ora, eu não te conto tudo.

– Está se vendo que não. Qual foi o lance?

– Delinqüência.

– Porra, Ed, essa mulher nunca foi delinqüente nem aqui nem na China.

– Foi muito tempo atrás. Eu dei um jeito nela.

Grave Digger virou a cabeça, mas estava escuro demais para se enxergar alguma coisa.

– Estou vendo – disse.

– Quer que ela esfregue chão o resto da vida? – perguntou Coffin Ed, impaciente.

– Não era isso que ela estava fazendo?

Coffin Ed deu uma risadinha.

– Nunca se sabe o que uma piranha faz depois da meia-noite.

– Eu estava pensando em você, Ed.

– Diabo, Digger, eu não sou moralista a esse ponto, tá? Eu só salvei ela de um aperto na juventude, não sou responsável pelo resto da vida dela.

Os dois saíram na rua parecendo trabalhadores braçais tentando dar uma de cafetões, cheios de reclamações contra suas mulheres.

– Agora vamos voltar para a delegacia, antes que alguém nos veja – disse Grave Digger, enquanto contornava o carro e se sentava ao volante.

– Só me faça um favor, não me passe perto daquele tumulto, hein? – pediu Coffin Ed, sentando-se ao lado dele.

O tenente Anderson entrou na sala dos detetives enquanto eles estavam revirando seus armários em busca de uma muda de roupa. Ele parecia assustado.

– Não diga nada – avisou Digger. – Somos os últimos humoristas dos conjuntos de menestréis negros.

Anderson sorriu de orelha a orelha.

– Sentem-se, cavalheiros.

– Ainda não demos nosso show – acrescentou Grave Digger.

-- Nós perdemos nossos instrumentos, isso sim – explicou Coffin Ed.

– Muito bem, senhores, apareçam no meu escritório quando estiverem prontos.

– Estamos prontos agora – disse Grave Digger, e Coffin Ed confirmou:

– Como sempre estaremos.

Ambos haviam terminado de transferir a parafernália do seu ofício para os bolsos de seus próprios casacos sobressalentes. Seguiram o tenente Anderson para o escritório do capitão. Grave Digger apoiou uma nádega na beirada da escrivaninha grande de tampo liso, e Coffin Ed encostou-se contra a parede no canto mais escuro, como se estivesse escorando o prédio.

Anderson sentou-se atrás da luminária verde de mesa, mas afastado dela, na cadeira do Capitão, parecendo um representante da raça verde.

– Muito bem, muito bem, vão desembuchando – disse ele. – Estou vendo pelos sorrisinhos maliciosos nos rostos de vocês que sabem de alguma coisa que não sabemos.

— Sabemos — confirmou Grave Digger.

— Só que não sabemos o quê, entende? — corroborou Coffin Ed.

O breve diálogo sobre a prostituta havia feito eles sintonizarem suas mentes uma com a outra de forma tão aguçada que um era capaz de ler os pensamentos do outro como se fossem os seus próprios.

Mas Anderson já estava acostumado com isso.

— Vamos parar de fazer graça... — começou, mas Coffin Ed o interrompeu:

— Não estamos fazendo graça.

— Não tem graça — acrescentou Grave Digger, dando uma risadinha.

— Muito bem! Muito bem! Eu acho que vocês sabem quem começou esse tumulto.

— Tem gente que chama o cara por um nome, outros, por outro — disse Coffin Ed.

— Alguns o chamam de falta de respeito pela lei e pela ordem, alguns, de falta de oportunidade, alguns, de ensinamentos da Bíblia, outros, os pecados de seus pais — expôs Grave Digger. — Alguns o chamam de ignorância, alguns, de pobreza, alguns, de rebelião. Já eu e o Ed o encaramos com compaixão. Somos vítimas.

— Vítimas de quê? — perguntou Anderson, feito um palerma.

— Vítimas da sua pele — berrou Coffin Ed, brutalmente, seu próprio remendo de pele negra enxertada repuxando-se de emoção.

A pele de Anderson ficou vermelha como sangue.

— Ela é a grande culpada — disse Grave Digger. — É ela que está fazendo essas pessoas provocarem desordem nas ruas.

— Está certo, está certo, vamos deixar de lado as questões pessoais...

– Não tem nada de pessoal. Não estamos falando de você, pessoalmente, chefe – disse Grave Digger. – É a sua cor...

– Minha cor, então...

– Você quer que nós encontremos o instigador – argumentou Grave Digger.

– Está bem, está bem – disse Anderson, resignado, jogando as mãos para cima. – Admito que a balança não pesa muito para o lado de vocês na hora de tentar a sorte...

– Tentar a sorte? Não estamos falando de jogo de dados. Estamos falando da vida! – exclamou Coffin Ed. – E se é justo ou injusto, não vem ao caso.

– É uma questão de lei: se a lei não nos alimenta, quem vai nos alimentar? – Grave Digger acrescentou.

– É preciso fazer cumprir a lei para se ter ordem – disse Coffin.

– O que é isso, afinal, algum número de menestrel? – perguntou o tenente Anderson. – Vocês dois disseram que eram os últimos humoristas do coro de menestréis negros, não precisam provar isso. Eu acredito.

– Não é número nenhum – disse Coffin Ed. – Não da nossa parte, pelo menos. Estamos apresentando os fatos.

– E um fato é que a primeira coisa que os negros fazem em todas essas perturbações da ordem é o saque – disse Grave Digger. – Deve haver algum motivo para o saque além da instigação, porque acontece sempre, em qualquer lugar.

– E a quem se vai culpar por incitá-los ao saque? – quis saber Coffin Ed.

19

Os detetives do Harlem o conheciam bem. Olharam para ele. Ele os olhou através dos seus olhos idosos e vidrados. Ninguém disse nada. Eles mantinham seus registros atualizados.

Jonas "Fats*" Little tinha vindo para o Harlem de Columbus, Georgia, trinta anos antes, com 29 anos. Na época, era uma cidade aberta. Os brancos vinham aos magotes para ver os negros felizes e exóticos, ouvir o jazz empolgante de New Orleans, ver as danças animadas dos algodoais. Os negros queriam agradar. Trabalhavam nas cozinhas dos brancos, sorrindo felizes o tempo todo; mudavam a sorte dos brancos e aceitavam os filhos mulatos resultantes sem protestos ou vergonha. Faziam o melhor que podiam de suas favelas infestadas de ratos, seus vestidos de tecido xadrez e macacões de denim, seus miúdos de porco e ossos cozidos, sua ignorância e Jesus. Desde o início, o Fats sentiu-se em casa. Entendia aquela vida; era a única que conhecia. Entendia as pessoas; eram seus irmãos e irmãs de cor.

Seu primeiro emprego foi engraxar sapatos em uma barbearia da estação de metrô de Times Square. Só que os provincianos da casa de pensão onde ele morava, na 117th Street, adoravam a lingüiça caseira que ele fazia para a titia Cindy Loo, sua senhoria, de pedaços de carne de porco que ele arranjava nas concessionárias de carne suína dos West Forties, nos arredores da linha de trens de carga de Nova York, nas tardes de sábado, quando eles fechavam para o fim de semana. Outros proprietários de imóveis e irmãos de cor que eram gerentes de restaurantes de comida caseira ouviram falar de suas lingüiças, que eram

---

* Gorducho. (N. do E.)

cinza-escuras por causa da pimenta e dos temperos e derretiam na boca como pão doce quando fritas. A senhoria dele entrou com o capital e forneceu sua cozinha e moedor de carne, e eles começaram a fabricar comercialmente a "Lingüiça Campestre Cindy Loo", que vendiam em sacos de papel pardo para restaurantes do Harlem e lojas especializadas em produtos suínos e para organizadores profissionais de festas realizadas em casas de pessoas. Ele logo criou fama e passou a circular em uma limusine La Salle com um escudo com uma cabeça de porco pintado em cada uma das portas dianteiras, um anel grosso de ouro com brilhante amarelo. Era conhecido no Harlem inteiro como o "rei da lingüiça". Isso foi bem antes de os negros se revoltarem, dos direitos civis e do Poder Negro. Um negro com uma mulher branca e um carrão já tinha poder suficiente. Mas o Fats não tinha mulher branca – gostava de rapazes.

Foi perfeitamente natural ele se transformar em banqueiro de números. Quando "apagaram" o Dutch Schultz, todos os malandros do Harlem que tinham duas moedinhas no bolso abriram uma casa de apostas nos números. A diferença era que a do Fats deu certo, principalmente porque ele não parou de fazer lingüiça. Em vez disso, expandiu a firma, conseguindo arrematar um galpão de armazenagem de carvão, situado ao norte da Park Avenue, sob a ponte ferroviária de Nova York, para lá montar sua fábrica. E quando Cindy Loo morreu, tudo passou a ser dele. E ele durou mais do que a maioria dos outros irmãos de cor, porque imediatamente passou a pagar mensalidade ao Sindicato, entregando mais de 40% de sua renda bruta ao branco que o deixava viver, sem discutir. O Fats levava vantagem sobre os irmãos ambiciosos, porque sempre soube quem era. Mas o Sindicato passou a pedir demais, e logo o Fats estava ganhando mais com a lingüiça do que com a loteria de números. Só que o Sindicato não estava a fim de perder um cara bom como o Fats, que não criava problema e sabia qual era o seu lugar, portanto resolveram fazer dele sua conexão do tráfico de heroína no Harlem. Foi aí que ele se casou com a morena lésbica que estava no coro do Small's Paradise Inn, que era sua esposa até hoje. Por causa das suas outras atividades: manter seus rapazes longe, fora do caminho da sua esposa lésbica, e supervisionar a fabricação e vendas das lingüiças, preparar e distribuir heroína para os pontos de todo o Harlem era arriscado demais; e ele escapou por um triz dos federais jogando todo o carregamento de heroína do mês no moedor de carne com sua lingüiça momentos antes de eles porem a porta abaixo. Fats sabia que seu coração não ia agüentar muitas dessas peripécias, portanto procurou alguma coisa menos agitada, e foi assim que começou a traficar LSD. Agora, o máximo que fazia em termos de travessura era viajar com seu garotão predileto.

Consolava-se como um cidadão respeitável e digno. Mas nunca ia a nenhuma delegacia sem seu advogado. Seu advogado, James Callender, era branco, rápido e eficiente.

O dr. Callender entregou o *habeas corpus* ao tenente, e o Fats disse:

– Vamos, Katy –, e pegou aquela gostosona de minissaia, seminua, ouriçada e frígida pelo cotovelo e saiu marchando porta afora com ela. Eles pareciam até a Bela e a Fera.

Os detetives Grave Digger e Coffin Ed prestaram testemunho, dizendo que tinham levado o falecido para o centro da cidade na esperança de que ele os ajudasse a encontrar um depravado chamado Jesus Neném. Mas não encontraram sinal de nenhum Jesus Neném, nem conseguiam encontrar algum motivo para John Babson ter sido assassinado, confessou Grave Digger, o porta-voz dos dois. Não sabiam que o homem e sua assassina se conheciam; ele havia negado conhecê-la e ela não dera sinal de conhecê-lo, a não ser de vista. Eles não tinham visto a mulher sair do The Five Spot, porque sua atenção estava voltada para a mulher que se dizia sra. Catherine Little, a qual estava fazendo um *striptease*. Certamente ela tinha feito aquilo para encobrir a saída da amiga, mas como se poderia provar isso? Ou se ela sabia que a amiga ia atacar a vítima, ou até mesmo se imaginou isso? Eles só sabiam com certeza que John Babson tinha morrido a navalhadas dadas pela mulher, Patricia Bowles, que havia confessado o crime. Mas se tinha sido autodefesa ou homicídio doloso, ninguém poderia dizer ao certo até a mulher ser considerada suficientemente fora de perigo para ser interrogada pela polícia.

Receberam instruções de comparecer na manhã seguinte ao tribunal para testemunhar e os mandaram de volta à delegacia, no Harlem.

Grave Digger e Coffin Ed voltaram. O tenente Anderson estava sentado no escritório do capitão, lendo os tablóides matinais. Eles traziam uma visão geral do último homicídio, bem como um resumo sobre o caso Henderson. Um editorial intitulado "A Noite Perigosa" acusava a polícia do Harlem de ser negligente nas investigações sobre a morte do branco.

– Preciso ler os jornais para descobrir o que vocês andam fazendo – cumprimentou-os o tenente.

– Só estamos perdendo pistas – confessou Grave Digger. – Estamos feito duas putas do Harlem, descalças e grávidas. Primeiro foi o tal do Lucas Covey, que achamos que alugava o tal quarto onde o Henderson foi morto, que foi solto com um *habeas corpus* e agora está inacessível. Depois é o tal do John Babson, que tinha o mesmo nome do cara para o qual o Covey disse que alugou o tal quarto, que bate as botas também; assassinado a navalhadas por uma lésbica que andava com a esposa do Fats Little, um notório contraventor do Harlem e também um degenerado. A nenhum deles temos permissão de dizer nem sequer um bom-dia. E os jornais aí nos acusando de estar "sendo negligentes". Dá mesmo no saco.

– É para isso mesmo que são nossos detetives – disse Anderson. – Se todo mundo fosse logo confessando seus crimes, só íamos precisar ter carcereiros.

– Está certo, chefe, mas é por isso também que os detetives têm tenentes, para lhes dizer o que fazer.

– Não têm informantes?

– Esse é um outro mundo.

– Todo mundo é outro mundo. Seus homens já estão no Harlem faz tempo demais, esse é que é o problema. Crime aqui é simples. Todos são violentos. Se estivessem fazendo ronda no coração de Nova York, sim, é que iam ver, lá existe uma dúzia de mundos do crime.

– Pode até ser. Mas isso não é aqui nem lá. Quem matou o Charlie é o nosso problema. Ou a Charlotte? E precisamos falar com as nossas testemunhas. As que ainda estão vivas.

– Estou começando a desconfiar que vocês detestam brancos – disse Anderson, surpreendentemente.

Eles gelaram, como se estivessem ouvindo um som tão vago que talvez jamais pudesse ser ouvido de novo, mas que alertava sobre um perigo tão grande que era imperativo que o ouvissem. Anderson agora tinha conseguido captar toda a atenção deles.

– É a moda – acrescentou ele, entristecido.

– Não esteja assim tão certo – avisou Grave Digger.

Anderson sacudiu a cabeça.

— Então por que não podemos falar com o Covey? — persistiu Grave Digger. — Ele precisa ver o corpo, de qualquer maneira, goste ele ou não.

— Vocês falaram com o Covey, lembra? Esse é que foi o problema.

— Ah, nem vem! Ele ainda enxerga. Deviam ter lhe mostrado o corpo do Henderson.

— Ele viu as fotos do corpo do Henderson, tiradas pelo fotógrafo da Homicídios, e disse que não reconhecia o homem.

— Então mande a Homicídios nos enviar algumas fotos do Babson que vamos levá-las e pedir a ele que dê uma olhada nelas, onde quer que ele esteja.

— Não, isso não é da conta de vocês. Deixem a Homicídios fazer isso.

— Sabe que podemos achar o Covey se quisermos — se ele estiver no Harlem.

— Eu já lhe disse para largarem do pé do Covey.

— Está bem, vamos trabalhar no tal do Fats Little então. A mulher que matou o Babson estava com a mulher dele no The Five Spot.

— Deixa o Little e a mulher dele em paz. Não existe nada que prove que ela estava envolvida na briga de faca, nem mesmo que sabia dela, pelo que me disseram. E o Little é um cara muito proeminente na política, mais alto do que qualquer um sabe.

— Nós sabemos.

— Então sabem que ele é um dos maiores contribuintes para as campanhas dos parlamentares.

— Certo, então nos dê umas férias de duas semanas, que vamos para Bimini pescar um pouco.

— No meio de todos esses assassinatos? Piada de mau gosto, essa sua, hein?

— Bolas, chefe, não dá para a gente ficar se esquentando com esses crimes. Toda hora pinta uma coisa para nos impedir de agir.

– Façam o melhor possível.

– O senhor está até parecendo um estadista, chefe.

– Procurem usar o bom senso e não façam muita onda.

– Pode dizer com todas as letras, chefe, que não tem mais ninguém para ouvir, além dos bundões aqui. Está querendo dizer que ninguém realmente quer que o assassino do Henderson vá a julgamento porque isso pode revelar um escândalo inter-racial homossexual que ninguém quer que venha a público.

O rosto de Anderson ficou rosado.

– Entendam como quiserem – disse.

O rosto de Grave Digger deixou transparecer desdém, e Coffin Ed desviou o olhar, envergonhado. Coitadinho do chefe deles. O que tinha de aturar da raça dele.

– Te pegamos, chefe – disse Grave Digger.

E aí consideraram o dia encerrado.

No dia seguinte, foram até o tribunal e ouviram Patricia Bowles ser indiciada diante do Grande Júri e uma carta de fiança de cinco mil dólares ser apresentada em seu nome, estando ela ausente. Eles só apareceram para trabalhar na delegacia naquela noite às nove, e o tenente Anderson os recebeu.

– Enquanto vocês dormiam, o caso foi encerrado. Seus problemas acabaram.

– Como assim?

– Lucas Covey apareceu aqui com o advogado dele, mais ou menos às dez desta manhã, e disse que tinha lido no jornal que um homem chamado John Babson tinha sido assassinado e queria ver o corpo para confirmar se era o mesmo John Babson para quem ele havia alugado o tal quarto onde o Henderson foi morto. O capitão levou-os ao necrotério, e ele identificou o corpo como o mesmo John Babson, conhecido como Jesus Neném, que se sabia que levava homens brancos para seu quarto. Portanto, o capitão, a Homicídios e todos que estavam envolvidos agora estão satisfeitos, certos de que foi ele quem matou o Henderson.

– Satisfeitos? Está querendo dizer é felizes da vida!
– Então, o caso está encerrado.
– Se você está satisfeito, a quem vamos reclamar? A mulher matou-o em defesa própria, não foi?
– Não, pelo que sabemos. Mas foi solta devido à fiança depositada de cinco mil dólares, paga por Fats Little, e saiu da prisão de Bellevue para um quarto particular, ao custo de 48 dólares por dia.
– Mas que coisa, não?
– A única mosca na sopa é um homem chamado Dennis Holman, que veio aqui, mais ou menos às sete da noite, hoje, dizer que era o senhorio de John Babson, no Hamilton Terrace, e John Babson não podia ter matado ninguém na noite retrasada, porque John Babson ficou em casa a noite inteira, e ele podia garantir isso minuto por minuto.
– Posso até apostar.
– Nem o capitão, nem a Homicídios, nem nenhum dos outros envolvidos gostaram muito desse negócio.

Grave Digger soltou uma risadinha.

– Só desejaram que o cara sumisse. Mas ele estava indignado. Diz que o John Babson era como um irmão para ele. Diz que passou três anos em um quarto na casa dele e que ele sustenta a mulher e o filho dele.
– Vamos esclarecer esse "ele" aí. Quem é ele que tem esposa e filho, e quem sustentou quem?
– Ora, a esposa e o filho eram do John Babson...
– Ele é que era a mulher.

– Talvez.

– Como assim, talvez?

– E era o Dennis Holman que os sustentava.

– Com esse tipo de investimento, não parece natural que ele deixasse o John trepar com brancos, nem mesmo pelo dinheiro.

– O capitão e a Homicídios não concordam. Quer falar com ele?

– Por que não?

Eles desceram e tiraram-no da cela, levando-o para o pombal, uma sala à prova de som, sem janelas, com um assento preso com parafusos ao chão, sob uma série de refletores, onde os suspeitos eram interrogados. Dennis tinha acabado de sair dali nas mãos de dois homens do capitão, e não ficou nada contente por voltar. Era um homem alto e de aspecto esponjoso, com uma camisa branca manchada de suor e de mangas enroladas e calças pretas, quase caindo, devido à sua pança; não era exatamente gordura, mas não tinha músculos, como uma lesma. Ele tinha um rosto redondo de garoto, pele negra bem lisa de um tom avermelhado e enormes olhos saltados castanho-avermelhados. Sempre parecia estar surpreso. Não era feio, só esquisito, como se pertencesse a uma raça de homens de gelatina. Não tinha um advogado branco para representá-lo. E já tinha sofrido um pouco. Grave Digger e Coffin Ed o fizeram sofrer um pouco mais. Regularam as luzes, tão ofuscantes que ele parecia ter virado fumaça.

– Não precisam fazer isso – disse ele. – Eu estou disposto a falar.

Era motorista de um branco muito rico que passava a maior parte do tempo no exterior, portanto tinha muito pouco a fazer. Uma vez por dia, em geral por volta das cinco, depois de o John ter ido para o trabalho, ele ia ver o apartamento do seu patrão na Fifth Avenue, para ver se não tinha sido assaltado. Mas durante a maior parte do tempo ficava em casa, era um homem caseiro. A casa era um apartamento de quatro cômodos no Hamilton Terrace com a 142nd Street. John Babson alugou um quarto e comia com ele quando não estava trabalhando. Ele cozinhava e limpava tudo, fazia a cama – quer dizer, as camas –, esvaziava as latas de lixo, coisas assim. John não gostava de tarefas domésticas, já fazia isso demais na lanchonete.

– Bonitinho demais?

– Não, ele não era assim, não era mau; era um menino muito meigo. Só que era muito preguiçoso fora da cama, só isso.

– Mas vocês se davam bem?

– Ah, nos dávamos muito bem, nos tratávamos que era uma maravilha; nunca batíamos boca.

– Ele era casado, não era?

– Era, tinha mulher e uma filha – uma menininha. Mas não devia ter casado com aquela mulher...

– Com qualquer mulher.

– Ela, especificamente. Não presta, dá para todo mundo, a vagabunda. Pula na cama com qualquer coisa que tenha pau.

– A filha é dele?

– Acho que sim, ela diz que é, pelo menos. Ele era capaz de fazer um filho, se é o que quer dizer. Era homem.

– Era, é?

– Pelo menos nesse aspecto.

– Quantos anos ela tem?

– Quem?

– A filha.

– Ah, mais ou menos três e meio.

– Quanto tempo ele morou com você?

– Mais ou menos quatro anos.

– Então já tinha ido embora, quando a criança nasceu?
– Sim, tinha vindo morar comigo.
– E aí você o roubou dela?
– Ela sabia da gente desde o início. Não se importava. Se ele tivesse voltado, ela teria aceitado, ou teria dividido o John comigo se ele quisesse.

– Ela não era lá uma pessoa muito exigente, não?
– Mulheres! – zombou ele. – Topam qualquer coisa.
– Vamos voltar para o dia em que Henderson foi assassinado.
– Henderson?
– O branco.
– Li a notícia.
– Então vamos ao que interessa.
– Ah sim, bom, vamos ver, o John saiu para trabalhar às quatro, como sempre. Trabalhou das quatro às doze...
– Então se atrasou.
– Não importa. Quatro horas é uma hora meio flexível.
– Como ele ia para o trabalho?
– Sempre a pé, não era longe.
– E você, ficou em casa?
– Não, fui para o centro da cidade, verifiquei o apartamento do meu patrão e comprei uma coisa para o jantar – o John não comia comida da lanchonete, se pudesse evitar...
– Estômago delicado, é? – disse Coffin Ed, rangendo os dentes.

Dennis deu de ombros.

– Entendam como quiserem – disse, passivamente. – Eu sempre tentava estar com o jantar na mesa quando ele viesse para casa depois da meia-noite. Tinha arranjado uns caranguejos azuis que um amigo tinha me dado – um motorista de Long Island – e preparado um prato das

Antilhas feito de farinha de milho cozida e quiabo do qual eu tinha ensinado o John a gostar.

Os detetives ficaram de orelha em pé.

– Você é das Antilhas? – Grave Digger foi logo perguntando.

– Sim, nasci nas colinas atrás de Kingston, Jamaica.

– Conhece muita gente de lá por aqui?

– Nãããoooo, não tenho motivo para conhecer.

– O John era de lá?

– O John? Ah, não, ele era do Alabama.

– Você pratica vodu?

– Sou da Jamaica! Vodu é coisa séria.

– Eu acredito – disse Grave Digger.

– Diga-nos por que ela o matou – disse Coffin Ed.

– Não pensei em mais nenhum motivo – confessou Dennis. – E Deus é minha testemunha, simplesmente não consigo entender. Ele era o homem mais meigo do mundo. Era um bebezão. Nunca pensava nada de mal. Gostava de alegrar as pessoas...

– Aposto que sim.

– ... Não teria atacado ninguém, muito menos uma mulher ou alguém vestido como uma.

– Pensei que ele detestasse mulheres.

– Ele gostava de mulheres – algumas mulheres. Só que gostava mais de mim.

– Mas elas não gostavam dele, pelo menos essa, não.

– A única coisa que consigo pensar é que deve ter sido algum engano – disse ele. – Ou ela o confundiu com alguém, ou confundiu alguma coisa que ele estava fazendo com outra coisa.

– Ele não estava fazendo nada, só andando pela rua.

– Meu Jesus do céu, por quê? – exclamou ele. – Eu já virei os miolos do avesso.

– Eles brigaram por algum motivo.

Ele não teria parado para enfrentá-la, teria fugido se pudesse.

– Talvez não tivesse podido.

– Sim, depois que eu vi o corpo dele eu entendi. Ela deve ter vindo pelas costas dele, sem que ele a visse, e lhe dado uma facada tão funda que o aleijou.

De repente, ele escondeu o rosto com as mãos, e seu corpo esponjoso e desossado soluçou convulsivamente.

– Ela é uma monstra! – gritou, as lágrimas escorrendo sob suas mãos. – Uma monstra desumana! Pior do que uma cascavel cega! É uma peste, essa mulher! Por que não a obrigam a falar? Moam ela de pancada! Pisem nela!

Pela primeira vez na memória deles, os detetives ficaram constrangidos diante da angústia de uma testemunha no pombal. Coffin Ed recuou como se evitasse um verme repulsivo. Automaticamente, Grave Digger regulou as luzes, atenuando seu brilho. Mas seu pescoço tinha começado a inchar de ódio impotente.

– Não dá para colocarmos as mãos nela porque o Fats Little pagou a fiança.

– Fats Little?

– Isso mesmo.

– Que é que ele tem com isso?

– E eu sei?

– Que se dane o Fats – disse Coffin Ed, asperamente. – Vamos voltar a você. Como soube que tinham assassinado o John? Alguém lhe telefonou?

– Eu li a notícia no *News* daquela manhã – admitiu Dennis. – Mais ou menos às cinco da matina. Naturalmente, quando o John não voltou para casa, passei pela lanchonete e vi que ele tinha sido levado por vocês – todos conhecem vocês, é claro. Eu achei que tinham levado ele para a delegacia, então vim para cá e perguntei na recepção, mas ninguém tinha visto vocês três. Então voltei para a lanchonete, mas ninguém tinha visto vocês três lá também – desde que vocês dois o tinham levado. Eu não podia imaginar o que vocês dois queriam com ele, mas imaginei que ele devia estar seguro.

– O que achou que queríamos com ele?

– Achei que vocês estavam só vigiando, investigando coisas...

– Que coisas?

– Não podia imaginar.

– E aí o que fez?

– Verifiquei no bar do Apollo e na loja de discos, em lugares aqui pelo bairro.

– Redutos de bichas?

– Ora, se quiser chamá-los assim. De qualquer forma, ninguém tinha visto vocês, portanto fui esperar em casa. Só quando já estava raiando o dia é que me bateu que o John podia ter sido vítima de algum acidente, ou coisa assim. Eu já estava vindo para cá...

– Você tem telefone, não?

– Está com defeito.

– E depois?

– Comprei um *News* matinal na estação do metrô da Eighth Avenue e li nas últimas notícias que alguém chamado John Babson tinha sido assassinado. Depois disso não me lembro exatamente o que fiz. Devo ter entrado em pânico. A próxima coisa de que me lembro é de dar pancadas na porta do apartamento de St. Nicholas Place, onde a mulher do John tem um quarto, e a senhoria malvada dela gritando do outro lado da porta que ela não estava. Eu não sei por que fui lá. Devo ter pensado em mandá-la descer e identificar o corpo – eles ainda eram legalmente casados.

– Você ficou surpreso por ela já ter saído àquela hora?

– Não, era comum ela passar a noite fora; teria sido incomum ela estar em casa. Era difícil ela trazer alguém para trepar no quarto, com a menininha lá.

– Por que não foi identificar o corpo você mesmo?

– Não podia suportar a idéia de vê-lo morto. Eu sabia que ela não ia se importar, afinal nós a sustentávamos.

– Sabia que o corpo precisava ser identificado.

– Não pensei nisso assim. Eu só queria ter certeza.

Então, ao meio-dia, ele tinha comprado outro jornal e ficado de pé na esquina da 145th Street com a Eighth – não se lembrava como tinha ido parar lá – e leu que o corpo de John havia sido identificado por um zelador de edifício do Harlem chamado Lucas Covey. Esse Covey tinha alegado que John era o homem que chamavam de Jesus Neném, para quem ele havia alugado um quarto – o quarto onde o branco tinha sido assassinado duas noites atrás – três noites...

– E reconheceu o nome?

– Que nome?

– Covey?

– Não conheço nenhum Lucas Covey, e nunca ouvi esse nome antes na minha vida.

– Você chamava o John de "Jesus Neném"?

– Nunca na minha vida o chamei assim nem jamais ouvi ninguém chamá-lo assim. Nunca nem ouvi esse nome, Jesus Neném. Jesus Neném e Lucas Covey e o quarto alugado, tudo isso, ele ser morto por alguém chamado Pat Bowles – nunca tinha ouvido falar nessa mulher, também, e jamais tinha ouvido o John falar nela, não comigo, pelo menos, e não acho que ele sequer a conhecesse – aí eu vi que era um caso de identidade trocada. Só que esse engano o matou. Ela o confundiu com alguma outra pessoa. E aí o Lucas Covey vem e diz que alugou o quarto onde o branco foi morto para ele – ou foi outro engano da parte do Covey, ou ele estava mentindo descaradamente. Eu estava ali parado na calçada, naquele sol escaldante, e desmaiei. E durante o tempo todo em que seja lá o que foi que aconteceu, ele estava em casa, na cama.

– Pode afirmar isso sob juramento?

– Sob juramento? Juro em cima de uma pilha de Bíblias de três metros de altura. Não tenho a menor dúvida, ele não podia ter matado ninguém naquela noite – a menos que fosse eu. Posso dar um álibi para cada minuto do tempo dele. O corpo dele esteve colado ao meu cada minuto daquela noite.

– Na cama?

– Sim, admito, na cama, estávamos dormindo juntos.

– Vocês eram amantes?

– Sim, sim, sim, se insistem tanto que eu diga isso. Éramos amantes, amantes – eu disse, pronto. Éramos marido e mulher, éramos o que quiserem nos chamar.

– A esposa dele sabia disso tudo?

– Irene? Sabia de tudo. Podia ter limpado o nome dele, dito que ele não tinha assassinado um branco e nem se chamava Jesus Neném. Ela passou lá em casa naquela noite e nos encontrou na cama. E sentou-se na beira da cama, dizendo que queria nos ver trepando.

– E vocês atenderam?

– Não... não somos... não éramos... exibicionistas. Eu lhe disse que, se ela queria ver alguém trepar, podia pôr um espelho na frente da cama dela, para poder se ver nele.

– Você a encontrou?

– Encontrou?

– Hoje.

– Ah, não. Ela ainda não tinha voltado para casa da última vez que estive lá; a senhoria dela está cuidando da garotinha. Então tive que ir ao necrotério identificar o corpo do John sozinho. Foi aí que tive certeza de que o assassinato tinha sido um caso de identidade trocada – quando vi a forma como ele tinha sido esfaqueado. O tendão da perna dele foi cortado por trás, para ele não ter como correr. E aí, já era. A única que pode provar isso é... é a pessoa que o esfaqueou...

– Não dá para a gente falar com ela.

– Foi o que já me disseram. Não têm acesso a ela, e eu tive que me virar para entrar no necrotério e ver o corpo dele, quando eu sou – era – seu único amigo. Quando a gente é pobre, é essa merda. A polícia não acreditou em nada do que eu disse – me trouxeram de volta aqui e até agora estou na solitária. Mas posso provar cada palavra que disse.

– Como?

– Bom, pelo menos junto com a mulher dele. Se ela falar. Eles vão ter que acreditar nela – legalmente, ela é esposa dele. E aí, legalmente, ela vai ter que pedir o corpo dele para enterrar, embora eu é que vá cobrir as despesas do enterro, e tudo mais, eu mesmo.

– E a sua própria esposa – se é que tem uma? Como é que ela encara essa sua vida amorosa?

– Eu risquei o nome dela do meu caderno há muito tempo, antes de cair na vida. Ela não vai ajudar em nada. É da esposa do John que vocês precisam.

– Muito bem, então vamos atrás da mulher do John – disse Grave Digger, anotando o endereço de Irene Babson em St. Nicholas Place. – E vamos precisar acarear você com Lucas Covey também.

– Eu vou com vocês.

– Não, você fica aqui, que a gente traz ele até você.

– Eu quero ir com vocês.

– Não, aqui você está mais seguro. Não queremos perder você também, por causa de alguma bobeada nossa.

Interlúdio

A palavra "Amor" estava rabiscada na porta, em tinta preta.

A porta cheirava a cordite.

O corpo estava de bruços sobre o tapete, formando um ângulo reto com a cama, da qual havia caído.

– Tarde demais – disse Grave Digger.

– De algum revólver, com amor – repetiu Coffin Ed.

Era a última coisa que esperavam. Ficaram chocados.

Lucas Covey tinha deixado este mundo. Mas não por vontade própria.

Alguém tinha encostado o cano de um revólver de pequeno calibre contra a carne da sua têmpora esquerda e puxado o gatilho. Só podia ter sido um revólver. Uma pistola automática não teria disparado, se encostada com força contra a carne assim. O corpo havia caído para a frente, no chão. O assassino tinha se curvado e metido outra bala na base do crânio dele, mas de uma distância maior, meramente queimando o cabelo.

A televisão estava ligada. Uma voz melíflua falava de meias de náilon que nunca formavam papos. Coffin Ed passou por cima do cadáver e desligou o aparelho. Grave Digger abriu a gaveta da mesinha de cabeceira e viu a automática Colt calibre 45.

– Nem teve chance de alcançá-la, o coitado.

– Ele não acreditou – disse Coffin Ed. – Alguém que ele conhecia e em quem confiava encostou uma pistola na têmpora dele, olhou-o direto nos olhos e lhe estourou os miolos.

Grave Digger concordou, meneando a cabeça.

– Era de se esperar. Ele achou que fosse brincadeira.

– Pode-se dizer isso de metade das vítimas deste mundo.

20

A não ser pela aventura com o branco tarado grandalhão envolvendo uma gangue chamada os "Maometanos Bons de Chinfra" e algumas adolescentes de cor – incluindo sua própria filha, Sugartit, Coffin Ed tivera muito pouco contato com a delinqüência juvenil. Os poucos pivetes com quem eles batiam de frente de vez em quando não representavam ninguém – mas eram jovens marginais de qualquer raça. Eles realmente não conseguiam entender essa nova geração de jovens negros, com aquele comportamento futurista deles.

O que os fazia armarem tumultos e provocar os policiais brancos, por um lado, e compor poemas e sonhos complexos o bastante para semear a discórdia entre os intelectuais de Harvard? Não dava para culpar os lares desfeitos, a falta de oportunidades, as desigualdades sociais, a pobreza, a discriminação – nem mesmo a genialidade. A maioria deles vinha das favelas, que não geravam gênios nem sonhos, mas alguns vinham de boas famílias de classe média, que não sofria tão gravemente assim todas as desigualdades. E os bons e maus, os espertos e os tapados eram igualmente parte de algum tipo de fermento social: todos eles membros da oposição. E não havia como se tentar encontrar o responsável – não havia ninguém responsável.

Ele admitiu essa preocupação a Grave Digger enquanto eles iam para o trabalho.

– O que aconteceu com essa gente jovem, Digger, enquanto a gente estava atrás dos marginais marmanjos?

– Droga, Ed, você precisa entender que os tempos mudaram desde que a gente era moço. Essa garotada nasceu logo depois que a gente passou por uma guerra para acabar com o racismo e tornou o mundo mais seguro para exercer as quatro liberdades. E você e eu nascemos logo depois que nossos pais tinham passado por uma batalha para preservar a democracia no mundo. Mas a diferença é que, quando a gente participou de um exército discriminador para acabar com a raça dos nazistas e voltarmos para encarar o racismo no nosso próprio país, não acreditamos naquela conversa mole. Tínhamos aprendido uma lição. Tínhamos crescido na Depressão e lutado em nome de hipócritas contra hipócritas e aprendido a essa altura que o branco é mentiroso. Talvez nossos pais fossem exatamente como nossos filhos e acreditassem nas mentiras deles, mas nós havíamos aprendido que a única diferença entre o racista nacional e o estrangeiro era quem era o dono do escravo. Nosso lado venceu, portanto nossos governantes brancos conseguiram ficar com os negrinhos deles, de forma a poderem alardear quanto quisessem como iam nos dar igualdade assim que estivéssemos prontos para ela.

— Digger, eles estão por aí dizendo que vai ser mais difícil nos dar igualdade do que foi libertar os escravos.

— Talvez eles estejam certos, Ed, talvez desta vez não estejam mentindo.

— Estão mentindo, sim, e com toda a certeza.

— Pode ser. Mas o que salva os negros da nossa idade é que nunca acreditamos nisso. Só que esta geração acredita. E é por isso que eles armam os tumultos.

O tenente Anderson viu logo, pela cara deles ao chegarem para trabalhar, que não estavam para muita conversa, portanto mandou-os à livraria pesquisar sobre os Muçulmanos Negros.

— Por que os Muçulmanos Negros? – indagou Grave Digger.

— Se alguém cagasse na rua, vocês brancos iam mandar prender os Muçulmanos Negros – rosnou Coffin Ed.

— Meu Jesus Divino! — lamentou-se Anderson. — Houve um tempo em que vocês eram policiais. E talvez amigos. Agora são negros racistas.

— É essa missão, chefe. Você não devia ter nos dado essa missão. Devia saber, mais que qualquer outra pessoa, que não somos tiras sutis. Somos durões e pegamos pesado. Se descobrirmos que tem algum sem-vergonha agitando essa garotada para fazerem tumulto, e se pegarmos ele, vamos espancá-lo até matar...

— Vai pegar mal para nós!

— E vai pegar mal para você, naturalmente.

— Vejam apenas o que conseguem descobrir — ordenou Anderson.

Era uma livraria de arte negra na Seventh Avenue, dedicada a livros de negros de todos os tempos e todos os lugares. Encaixava-se na mesma categoria que a magia negra, o jazz negro e o nacionalismo negro. Era administrada por um casal negro bastante conhecido, auxiliado por funcionários negros e, além de vender livros escritos por gente negra para os negros, servia como uma espécie de quartel-general para todos os movimentos nacionalistas negros do Harlem.

Havia livros em toda parte. A loja principal, na qual se entrava pela Seventh Avenue, tinha as paredes cobertas de livros, livros encostados capa contra capa em estantes até a altura do peito no meio da loja. O único lugar onde não havia livros era o teto.

— Se eu tivesse lido estes livros todos não seria um tira — comentou Coffin Ed.

— Ainda bem, ainda bem — respondeu Grave Digger, enigmaticamente.

O sr. Grace, o proprietário negro, um homem de baixa estatura, cumprimentou-os.

— O que traz o braço da lei a este lugar pacífico?

– Não é o senhor, sr. Grace, o senhor é o homem mais bem comportado do Harlem, no que diz respeito às leis – disse Grave Digger.

– Deve ter amigos bem poderosos – resmungou Coffin Ed.

O sr. Grace só ficou escutando.

– Tenho mesmo – concordou, se como ameaça ou mera confirmação, eles não souberam dizer. – Tenho mesmo.

– Achamos que podia nos ajudar a falar com Michael X, o ministro da mesquita do Harlem – explicou Grave Digger.

– Por que não vão até a mesquita? – indagou o sr. Grace.

– Sabe o que eles acham dos tiras – disse Grave Digger. – Não estamos a fim de criar caso. Estamos tentando acalmar os ânimos.

– Não sei se vou poder ajudá-los – disse o sr. Grace. – A última vez que falei com Michael X foi mais ou menos há uma semana, e ele disse que ia ficar fora de circulação uns tempos: a CIA andou farejando por aqui. Mas vocês, pode ser que ele receba. Exatamente o que querem dele?

– Só queremos perguntar se ele sabe se há alguém incitando esses jovens a criarem tumulto nas ruas. O chefe acha que tem alguém por trás disso tudo, e acha que o Michael X pode saber de alguma coisa.

– Duvido que o Michael X saiba de alguma coisa – disse o sr. Grace. – Sabem que o culpam por tudo de ruim que acontece no Harlem.

– Foi isso que eu disse ao chefe – comentou Coffin Ed.

O sr. Grace fez cara de desconfiado.

– Sei que vocês não concordam com isso. Pelo menos eu acho que não. Já freqüentam o Harlem há tempo demais para atribuir todos os sentimentos antibrancos daqui aos Muçulmanos Negros. Mas eu não sei onde ele está.

Eles sabiam muito bem que o sr. Grace mantinha contato com Michael X, onde quer que ele estivesse, e agia como o espia de Michael. Mas sabiam que não havia como obrigá-lo. Podiam entrar na mesquita à força, mas não iam conseguir encontrar Michael X, e o único motivo pelo qual não perderiam seus empregos seria porque os oficiais da polícia odiavam profundamente os Muçulmanos Negros. Seria tirar vantagem demais da sua "intimidade" com os branquelos. Portanto, só podiam apelar para o sr. Grace.

– Vamos conversar com ele aqui mesmo, se ele vier aqui – disse Grave Digger. – E se não confia em nós, pode ficar com nossas armas.

– E pode trazer todas as testemunhas que quiser para presenciar a conversa – disse Coffin Ed. – E todo mundo vai poder dizer o que quiser.

– Nós só queremos uma declaração de Michael X para podermos levar ao nosso chefe – explicou Grave Digger, sabendo como Michael X era vaidoso. – Eu e Ed não acreditamos nessa cascata nem um pouquinho, mas Michael X pode declarar isso melhor do que nós.

O sr. Grace sabia que Michael X ia gostar de ter uma oportunidade de declarar o posicionamento dos Muçulmanos Negros para a polícia por meio de dois policiais negros em quem ele podia confiar, portanto falou:

– Entrem no Sanctum que vou ver se consigo localizá-lo.

Ele os levou para uma sala nos fundos da livraria que lhe servia de escritório. Havia uma escrivaninha de tampo horizontal no centro coberta de livros abertos, cercada por pilhas empoeiradas de livros e caixas de mercadorias, muitas das quais eles não conseguiram identificar. Latas de alumínio para rolos de filme encontravam-se espalhadas entre objetos que podiam ter sido usados por feiticeiros ou por guerreiros africanos: ossos, plumas, cocares, roupas de algum tipo, túnicas, máscaras, cajados, lanças, escudos, uma caixa de manuscritos empoeirados cobertos de garatujas em língua estrangeira, cobras empalhadas, coleções de pedras, pulseiras e tornozeleiras e correntes e grilhões usados no tráfico de escravos. As paredes estavam literalmente cobertas por fotos assinadas de praticamente todos os negros famosos do mundo das artes e do teatro e da arena política, tanto no país quanto no exterior, e fotos sem autógrafos e retratos de todos os negros ligados ao movimento abolicionista e a vários legendários chefes africanos que haviam se oposto à escravidão negra ou lucrado com ela. Naquela sala, era fácil acreditar em um Mundo Negro, e o racismo negro parecia mais natural do que atípico.

O teto era um vitral tipo mosaico, mas estava escuro demais lá fora para que eles pudessem distinguir qual era o desenho. Evidentemente a sala dava para um pátio e, sem dúvida nenhuma, tinha alguma saída secreta e um acesso, conforme os detetives desconfiavam enquanto aguardavam sentados pacientemente em duas cadeiras de espaldar reto de pernas finas como um fuso e estofamento macio, de um período histórico ou outro, provavelmente algum período africano, escutando o sr. Grace discar um número errado após o outro, crente de que estava tapeando alguém.

Depois do que ele considerou um tempo suficiente e uma representação convincente, o sr. Grace disse, para que os dois ouvissem:

– Michael, andei tentando localizá-lo em toda parte. Coffin Ed e Grave Digger querem falar com você. Eles estão aqui... parece que o chefe acha que seria bom você fazer uma declaração... Eles dizem que não acreditam que você nem os Muçulmanos Negros estejam envolvidos de nenhuma forma, mas precisam dizer alguma coisa ao chefe... – Ele concordou com um meneio da cabeça e olhou para os detetives:

– Ele disse que vem aqui, mas vai levar mais ou menos meia hora.

– Vamos esperar – disse Grave Digger.

O sr. Grace repassou a mensagem e desligou. Depois começou a lhes mostrar diversos objetos ligados ao tráfico de escravos, anúncios, figuras de navios negreiros, escravos nos porões dos navios, o pódio onde os escravos eram leiloados, uma barra de ferro usada pelos africanos para tocar os escravos para a costa, um ferro de marcar, um chibata usada nos escravos a bordo do navio, um boticão para arrancar dentes... para que fim, eles não sabiam dizer.

– Sabemos que descendemos dos escravos – disse Coffin Ed, asperamente. – O que está tentando nos dizer?

– Agora que têm a oportunidade, libertem-se – disse o sr. Grace, enigmaticamente.

Michael X era um homem alto, magro, de pele marrom, com um rosto fino e inteligente. O olhar aguçado, que jamais perdia nada, brilhava atrás de óculos sem aro. O sr. Grace ficou de pé, cedendo-lhe o assento atrás da escrivaninha.

– Quer que eu fique por aqui, Michael? A Mary-Louise pode entrar também, se você quiser. – Mary-Louise era a mulher dele: ela estava tomando conta da loja.

– Como queira – disse Michael X. Ele era o dono da situação.

O sr. Grace puxou uma outra cadeira de época e sentou-se em silêncio, deixando-o assumir a dianteira.

– Segundo entendi, o seu quartel-general acha que tem alguém incitando esses jovens a fazerem arruaça – disse Michael X aos detetives.

– É essa a idéia geral – disse Grave Digger. Eles não esperavam conseguir nada: estavam só obedecendo ordens.

– Tem o sr. Big – disse Michael X. – Ele é que trafica narcóticos, negocia mercadorias contrabandeadas, gerencia a prostituição e administra o jogo dos números para o Sindicato...

– O sr. Sam? – perguntou Grave Digger, inclinando-se para diante.

Os olhos de Michael X faiscaram atrás dos seus óculos polidos. Talvez ele estivesse sorrindo. Era difícil dizer.

– Com quem você pensa que está brincando? Sabe muito bem que o sr. Sam era um mero pau-mandado.

– Quem? – quis saber Grave Digger.

– Pergunte ao seu chefe, se quer mesmo saber – disse Michael X. – Ele sabe. – E não houve como arrancar mais nada dele.

– Muita gente está pondo a culpa da campanha antibrancos nos Muçulmanos Negros – disse Coffin Ed.

Michael X sorriu de orelha a orelha. Tinha dentes homogeneamente brancos.

– Eles são brancos, não são? Sr. Big. O Sindicato. Os jornais. Os empregadores. Os proprietários. A polícia – não vocês, é claro –, mas, também, vocês não contam, de verdade, no final das contas. O governo. Todos brancos. Não somos antibrancos, só não acreditamos neles, só isso. Vocês acreditam?

Ninguém respondeu.

Michael X tirou seus óculos já cintilantes. Sem eles, parecia jovem e imaturo, bastante vulnerável; como um jovem que podia ser facilmente magoado. Olhou os dois, de um jeito absurdamente desafiador e franco:

— Vejam se conseguem entender, a maioria de nós não é capaz de fazer nada que se espera do negro americano: não podemos dançar, não podemos cantar, não podemos tocar instrumentos musicais, não podemos ser agradáveis, úteis e prestativos como outros irmãos, porque não sabemos como é isso que os branquelos não querem entender, que haja negros que não estão adaptados a fazer gente branca se sentir bem. Aliás – acrescentou ele, rindo – tem alguns de nós que nem mesmo podem mostrar os dentes – nossos dentes são ruins demais e não temos dinheiro para restaurá-los. Além do mais, temos mau hálito.

Eles não queriam discutir com Michael X; simplesmente tentaram arrancar dele a identidade do "sr. Big".

Mas toda vez que tentaram, ele respondeu, sorrindo:

— Perguntem ao seu chefe, ele sabe.

— Se continuar falando assim, não vai ficar vivo muito tempo – disse Grave Digger.

Michael X colocou os óculos polidos e lançou aos detetives um olhar aguçado e sardônico.

— Acha que alguém vai me matar?

— Tem gente que morreu por muito menos que isso – disse Grave Digger.

21

O caso era que aquele cego não queria que ninguém soubesse que ele era cego. Recusava-se a usar bengala ou cachorro, e se alguém tentasse ajudá-lo a atravessar a rua, provavelmente seria recompensado com insultos. Felizmente ele se lembrava de certas coisas da época em que podia enxergar, e essas lembranças lhe orientavam o comportamento. Durante a maior parte do tempo, ele tentava agir como qualquer outra pessoa, e isso causou todo o problema.

Ele se lembrava de como lançar dados, da época em que podia enxergar bem o bastante para perder todo o salário todas as noites de sábado. Ainda freqüentava os jogos de dados e ainda perdia o seu pão de cada dia no jogo. Isso não havia mudado.

Desde que ficara cego, tinha se tornado um homem muito calado e sério. Sua pele era da cor e da textura de papel pardo; a carapinha, avermelhada e despenteada, parecia queimada; e os olhos eram parados, leitosos, jamais piscavam, com bordas vermelhas que pareciam cozidas. Seus olhos tinham o brilho ameaçador de uma cobra-cega que, junto com seu comportamento austero, podia ser bastante desconcertante.

Porém, ele não era muito impressionante fisicamente. Se pudesse enxergar, qualquer pessoa poderia derrubá-lo. Era alto, flácido e não parecia forte o suficiente para matar um percevejo. Usava um casaco de anarruga manchado com a manga direita rasgada sobre uma camisa esporte de náilon, junto com calças marrons bufantes e coturnos militares arranhados e gastos, que jamais haviam sido limpos. Ele sempre parecia estar duro, mas sempre conseguia dinheiro suficiente para jogar dados. Os mais experientes diziam que quando ele estava ganhando ele apostava mais vezes do que a roleta. Mas raramente ganhava.

Estava jogando dados no "Clube de Lazer dos Cavalheiros" do Fo-Fo, no terceiro andar de um prédio sem elevador na esquina da 135th Street com Lenox. O jogo de dados era na sala que antes era a cozinha do apartamento sem água quente que Fo-Fo havia convertido em clube particular para "cavalheiros em lazer", e a pia original ainda estava lá para os perdedores lavarem as mãos, embora o fogão a gás tivesse sido removido para dar lugar à mesa de sinuca onde os dados dançavam. O aposento estava quente o bastante para derreter os miolos, e os irmãos de cor se apinhavam ao redor da mesa, o sebo escorrendo de suas cabeças e misturando-se com o suor que porejava da sua pele negra, observando os dados correrem com olhos remelentos, vermelhos porém alertas. Não havia motivo para sorrir, o negócio era sério. Estavam apostando seu pão de cada dia.

O cego estava de pé à cabeceira da mesa, no lugar de onde Abie o Judeu costumava controlar a jogatina, ganhando todo o dinheiro das apostas, até um irmão Muçulmano Negro cortar-lhe a garganta porque ele não quis aceitar uma aposta de cinco centavos. Ele lançou seus últimos trocados no círculo de apostas e disse, desafiador:

– Aposto quatro contra um que tiro onze.

Talvez Abie, o Judeu, topasse a aposta, mas os irmãos de cor são supersticiosos no jogo e acham que um cego pode tirar qualquer coisa a qualquer hora.

Só que o banca aceitou a nota de dez dólares e deixou o jogo prosseguir. Jogou os dados na mão direita grande e macia do cego, que se fechou sobre eles, como uma concha sobre um ovo.

O cego os sacudiu, dizendo:

— Por favor, dadinhos – e os atirou na mesa. Ouviu-os pular a corrente e bater no ressalto da mesa de sinuca e o banca gritar:

— Cinco, quatro... *nove*! Nove é o seu número. Pegue os dados, senhor jogador, e veja o que pode fazer.

O cego pegou os dados outra vez, olhou para os rostos negros e suados que sabia estarem em torno de si, parando para fitá-los um a um, e depois disse agressivamente:

— Aposto um contra quatro que faço nove de novo.

Abie, o Judeu, talvez tivesse topado essa também, mas o cego sabia que não havia chance de conseguir que seus irmãos de cor topassem, ele só estava a fim mesmo de ser do contra. Os miseráveis estavam só torcendo para ele perder, pensou, mas se quisessem ferrá-lo, ele não ia deixar barato.

— Lança logo, rapaz – berrou o banca. – Já apalpou demais esses dados, eles não são tetas.

Com ar de deboche, o cego os lançou. Eles rolaram pela mesa e deram sete como resultado.

— Sete! – anunciou o banca. – Quatro, três... arroz chinês. Termina a rodada. Sete! Perdeu!

— Os dados não me reconheceram – disse o cego; depois, pensando melhor, pediu para vê-los. – Deixa eu ver esses dados.

Com uma expressão de quem pensa "o que se vai fazer?", o banca lançou os dados para o cego. O cego os pegou e apalpou.

— Esquentaram demais – declarou ele.

— Eu lhe disse que não eram tetinhas – disse o banca, e gritou: – De quem é a vez?

O próximo lançador jogou os dados, e o banca olhou para o o cego.

— Dez dólares no centro – disse ele. – Vai topar?

Era a vez do cego, mas ele estava duro.

– Não vou, não – disse.

– Mais um que se foi – cantarolou o banca. – As palavras mais tristes na terra ou no mar, senhor jogador, passam por mim. O próximo jogador com dinheiro para perder.

O cego parou na pia para lavar as mãos e saiu. No caminho da saída, ao descer as escadas, esbarrou em um casal de beatas que vinha subindo e nem se desviou para o lado nem pediu desculpas. Só prosseguiu sem dizer nenhuma palavra.

– Não tem educação, não, é? – disse a beata com traseiro de pata, ofendida.

– Por que nossa gente é assim? – sua irmã negra e magra se lamentou. – Será que não tem nada de cristão neles?

– Ele perdeu tudo que tinha naquele jogo de dados aí em cima – disse a gorda. – Eu sei.

– Alguém devia chamar a polícia – disse a magrinha, desdenhosa. – É uma pouca-vergonha.

– Não é verdade? Mas eles vão mandar uns desses branquelos sacanas – Deus que me perdoe, o Senhor é branco também.

O cego ouviu isso e resmungou consigo mesmo enquanto descia as escadas às apalpadelas:

– Mas é isso mesmo, Ele é branco; por isso que vocês, suas piranhas pretas, gostam dele.

Estava se sentindo tão bem ao pensar isso que se descuidou e, ao sair na calçada, deu um encontrão em outro irmão de cor que vinha de um enterro.

– Vê se olha por onde anda, seu filho-da-mãe! – rosnou o outro. – Quer a calçada inteira só para você?

O cego parou e virou o rosto:

– Quer sair no braço, infeliz?

O negro deu uma olhada nos olhos ameaçadores do cego e seguiu adiante, apressado. Não havia necessidade de fazer caso, era só um convidado, pensou.

Quando o cego começou a se afastar, um pivetinho vestido com menos trapos do que um filho de aborígene veio correndo em sua direção e disse, sem fôlego:

– Precisa de ajuda, moço?

Ele tinha apostado uma Pepsi com seus amiguinhos que não tinha medo de falar com o cego, e eles estavam espiando da porta dos fundos da Primeira Igreja Batista Liberiana, a uma distância segura.

O cego inchou-se todo como uma víbora africana.

– Ajuda para quê?

– Ajuda para atravessar a rua, moço? – respondeu o pivetinho atrevido, sem arredar pé.

– Vai se danar, seu macaquinho desgraçado, antes que eu acabe com a sua raça! – berrou o cego. – Posso atravessar a rua tão bem como você.

Para provar o que dizia, o cego atravessou a Lenox Avenue com o sinal vermelho para os pedestres, os olhos cegos mirando diretamente à frente, sua silhueta alta e flácida movendo-se indiferente, como se fosse um zumbi que tivesse sido acionado por um botão. Um cheiro de borracha queimada contra o asfalto se fez sentir quando os motoristas afundaram os pés nos pedais do freio de seus respectivos automóveis. Ouviu-se o barulho de metal batendo contra metal, quando os carros engavetaram. Os motoristas soltaram palavrões. Os irmãos de cor que o observavam podiam ter arrancado pregos com o cu, de tão apertado que ficou. Mas ao ouvir a comoção, o cego só pensou que a rua estava infestada de maus motoristas.

Ele acompanhou a grade em torno do quiosque que descia para a estação do metrô e localizou a bilheteria pelo tilintar das moedas. Ao seguir naquela direção, pisou bem em cima do calo de estimação de uma elegante grisalha irmã de raça, de pele clara, e ela soltou um uivo de dor.

— Ai! Ai! Ai! Seu sacana, miserável, veado, filho-da-mãe, você é cego? — Lágrimas de ódio e dor lhe escorreram dos olhos. O cego prosseguiu, sem ligar para o sofrimento dela; sabia que ela não estava falando com ele, ele não tinha feito nada.

Passou seus 25 centavos pela janelinha da bilheteria, pegou o bilhete e o troco e passou pela borboleta, indo para a plataforma, seguindo o barulho das passadas dos outros passageiros. Mas em vez de pedir para alguém ajudá-lo a essa altura, continuou avançando até chegar bem na beiradinha da plataforma, quase caindo nos trilhos. Uma branca com porte de matrona, que estava ali perto, soltou um grito de susto e o agarrou pelo braço para evitar que ele caísse.

Mas ele sacudiu o braço, irado, e começou a gritar.

— Tire suas mãos de mim, miserável! — berrou. — Não vem bater minha carteira não!

A mulher ficou instantaneamente rubra. Recolheu a mão e instintivamente virou-se para fugir. Mas depois de dar alguns passos, a indignação a dominou e ela parou, gritando:

— Seu crioulo! Crioulo! Crioulo!

Alguma puta branca aprendeu uma lição, interpretou ele, ouvindo o barulho do trem que chegava. Ele entrou com os outros e apalpou em torno, sub-repticiamente, até descobrir um lugar vazio, e sentou-se depressa ao lado do corredor, com as costas eretas como uma vara e assumindo uma expressão carrancuda, para ninguém vir sentar ao seu lado. Explorando com os pés, ele se certificou de que duas pessoas estavam no assento encostado contra a parede, entre ele e a porta, mas elas não deram um pio.

O primeiro som acima da movimentação geral dos passageiros que ele foi capaz de distinguir veio de um irmão de cor sentado em algum ponto à sua frente, falando consigo mesmo em um tom de voz bastante desinibido:

– Passa o esfregão no chão, Sam. Corta a grama, Sam. Puxa o meu saco, Sam. Põe esterco nas rosas, Sam. Faz tudo que é trabalho sujo, Sam. Merda!

A voz vinha de algum ponto depois da porta, e o cego imaginou que o irmão de cor barulhento estava sentado no primeiro banco virado para a parte traseira do trem. Ele conseguia ouvir a revolta na voz do seu irmão de raça, mas não dava para ver o espírito vingativo nos olhos vermelhos dele, nem ver os brancos estremecendo.

Como se tivesse ficado com os olhos vermelhos de propósito, o irmão de cor exclamou jubiloso:

– Esse crioulo é perigoso, tem olhos vermelhos. Ei, ei! Crioulo de olho vermelho! – Ele examinou os rostos dos brancos para ver se algum estava olhando para ele. Ninguém estava.

– "O que foi que você disse, Sam?" – perguntou ele a si mesmo em uma voz fininha e melosa, imitando alguém, provavelmente sua patroa branca. – "Sim, madame?" "Disse uma palavra feia, Sam." "Crioulo? A senhora diz isso o tempo todo." "Não com essa intenção." "Não disse mais nada." "Não seja mentiroso, Sam. Eu ouvi." "Merda? Eu só disse que quanto mais merda mais rosas tem." "Eu sabia que tinha ouvido você dizer uma palavra feia." "Foi, madame, se não tivesse prestado atenção não tinha ouvido." "Precisamos prestar atenção para saber o que vocês pretos pensam."

– Rá, rá, rá! E essa agora, n'é mesmo uma merda? – perguntou Sam na sua voz normal. – Ficam prestando atenção, espionando, farejando. Dizem que não agüentam a negrada e se debruçam pelas nossas costas pra ver o que a gente tá fazendo. Se esfregam na gente. Se oferecem pra gente. Só que com a condição de que a gente teja trabalhando feito escravo. Não é mesmo incrível, isso?

Ele ficou olhando furioso para os dois brancos de meia-idade no assento contra a parede do seu lado da porta, tentando pegá-los espiando. Mas eles estavam olhando direto para o colo o tempo todo. Os olhos vermelhos do homem contraíram-se e depois se expandiram, teatralmente.

Esse irmão de cor de olhos vermelhos era gordo e negro, com lábios vermelhos, também, que pareciam ter sido recentemente esfolados, contra um fundo de gengivas azuis e um rosto redondo e inchado, pingando de suor. Seu torso arredondado estava espremido dentro de uma camisa esporte com estampado vermelho, aberta na gola e molhada debaixo dos braços, expondo bíceps musculosos e imensos, envoltos em pele negra reluzente. Mas suas pernas eram tão finas que o faziam parecer defeituoso. Estavam cobertas por calças negras, tão apertadas quanto películas de lingüiça, que lhe entravam pela virilha acima, friccionando-se impiedosamente contra o seu corpo e comprimindo o que parecia um porco em um saco entre suas pernas. Para aumentar esse desconforto, o sacolejar do trem estava lhe dando uma dor insuportável no escroto.

Ele parecia estar tão desconfortável quanto pode se sentir um homem quando não consegue decidir se fica com raiva do calor insuportável, das suas calças insuportáveis, da sua mulher infiel ou dos seus insuportáveis patrões brancos exigentes.

Um branco imenso cheio de caroços no rosto do outro lado do corredor, que parecia já estar dirigindo um caminhão de vinte toneladas desde que tinha nascido, virou-se e olhou para o irmão gordo com uma careta de nojo. Fat Sam captou aquele olhar e recuou como se o homem tivesse lhe dado uma bofetada. Olhando em volta rapidamente para que outro irmão de cor aplacasse a raiva do branco, notou o cego no primeiro assento de frente para ele além da porta. O cego estava sentado ali cuidando da sua própria vida, olhando direto para Sam sem vê-lo e franzindo o cenho com toda a força para seu azar. Mas Fat Sam ficou muito magoado por ele estar olhando para ele assim, de um jeito que fazia seu sangue ferver.

– Está olhando o que, metido? – berrou ele, beligerante.

O cego não tinha como saber que Fat Sam estava falando com ele, só sabia que o escandaloso que estava falando sozinho feito um maluco agora estava tentando arranjar briga com algum outro infeliz que só estava olhando para ele. Mas deu para entender porque o maluco estava tão furioso, por ter encontrado algum branco safado com a patroa dele. O desgraçado devia ter mais cuidado, pensou ele, sem piedade, se ela era o tipo que dava, ele devia ficar de olho nela; pelo menos podia ficar de boca fechada. Involuntariamente, abaixou-se como um gato, sussurrando.

– Não reclama, homem, não reclama!

O gesto atingiu Fat Sam como um relâmpago branco e um raio de calor branco, e ele caiu dentro com seus dois pés negros, como dizem naquela parte do mundo. Aquele filho-da-mãe estava enxotando-o como se ele fosse um cachorro vagabundo, pensou. Logo ali, na frente de todos aqueles brancos indecentes. Ele ficou mais irritado pelos sorrisos furtivos dos brancos do que pelo gesto do cego, embora ele não tivesse ainda descoberto que o velho era cego. Brancos desgraçados, dando-lhe pontapés no rabo de todos os lados, pensava furioso, e vinha aquele irmão de cor infeliz, como que dizendo: fica bem parado aí, maninho, que esses brancos vão poder te chutar melhor.

– Se não gosta do que eu estou dizendo, seu velho indecente, pode vir aqui beijar minha bunda preta! – ber-

243

rou ele para o cego. – Eu conheço vocês, seus Pais Tomás cor de merda! Acham que eu sou uma desgraça para a raça!

O cego só foi entender que o outro estava falando com ele quando ouviu uma irmã de cor protestar:

– Isso não é jeito de falar com um velho. Devia ter vergonha de si mesmo, ele não estava te incomodando.

Ele não se importou com o que o seu irmão de cor lhe dissera, mas sim com aquela irmã metida chamando-o de "velho", senão não teria respondido.

– Não digo a um mal-educado como você se é uma desgraça para a raça ou não! – berrou ele, e porque não deu para se lembrar de mais nada para dizer, completou: – Eu só quero meu pão.

O branco grandalhão olhou para Fat Sam de um jeito acusador, como se ele tivesse sido pego em flagrante roubando de um cego.

Fat Sam captou aquele olhar, e aquilo o deixou mais irritado ainda com o cego.

– Pão! – berrou ele. – Que droga de pão é esse?

Os brancos olharam em torno, com jeito de culpados, para ver o que tinha acontecido com o pão daquele senhor.

Mas as próximas palavras do cego os aliviaram.

– O que você e aqueles outros safados tiraram de mim com suas trapaças – acusou.

– Eu? – exclamou Fat Sam inocentemente. – Eu trapaceei e tirei seu pão? Nunca te vi mais gordo, seu infeliz!

– Se nunca me viu, seu burro, como é que está falando comigo?

– Pensa que eu tô falando com você? Não tô falando com você, miserável. Só te perguntei o que estava olhando, e vem você tentando convencer esses branquelos todos que eu te tapeei.

– Branquelos? – gritou o cego. Ele não podia ter mostrado maior alarme se Fat Sam dissesse que o vagão estava cheio de cobras. – Onde? Onde?

– Aqui, seu analfabeto! – gritou Fat Sam, triunfante. – Em tudo que é lugar em volta de você. Em toda parte!

Os outros irmãos de cor no vagão olharam para outro lado antes que alguém pensasse que eles conheciam aqueles dois, mas os brancos espiavam-nos disfarçadamente.

O branco corpulento achou que estavam falando dele em alguma língua secreta conhecida apenas pelos homens de cor. Ficou rubro de raiva.

Foi aí que um gorducho, elegante e pardo pastor de terno de *mohair* e colarinho eclesiástico impecável, sentado ao lado do branco avantajado, percebeu a tensão racial crescente. Com toda a cautela, abriu as páginas do *New York Times*, atrás das quais andava se escondendo, e espiou por cima os seus irmãos que batiam boca.

– Irmãos! Irmãos! – admoestou. – Será que podem acertar suas diferenças sem recorrerem à violência?

– Violência uma ova! – exclamou o branco grandalhão. – O que esses crioulos precisam é de disciplina.

– Cuidado, seu desgraçado, cuidado! – avisou o cego. Se estava avisando o negro gordo ou o branco corpulento, ninguém sabia. Mas sua voz parecia tão ameaçadora que o pastor pardo e gorducho se escondeu atrás do jornal.

Fat Sam, porém, pensou que era ele o objeto da ameaça do cego. Ficou de pé num pulo:

– Está falando comigo, seu filho-da-mãe?

O homem branco grandalhão também pulou, um instante depois, e o empurrou, fazendo-o sentar-se outra vez.

Ouvindo toda aquela discussão, o cego também se ergueu; não iam pegá-lo sentado.

O branco o viu e berrou.

– Senta você aí também.

O cego não ligou a mínima para ele, sem saber que o branco estava falando com ele.

O branco veio correndo pelo corredor e o empurrou para baixo. O cego se assustou. Mas tudo podia ter terminado bem, se o branco não tivesse lhe dado uma bofetada.

O cego sabia que tinha sido o branco que o havia empurrado para baixo, mas pensou que tinha sido o negro gordo que dera a bofetada, tirando vantagem da raiva do branco.

Só podia ser. Ele disse, em tom de protesto:

– Por que me bateu, hein, seu panaca?

– Se não fechar esse bico e se comportar, te bato de novo – avisou o branco.

Foi aí que o cego teve certeza de que tinha sido o branco que o esbofeteara. Ficou de pé outra vez, devagar e ameaçadoramente, apalpando as costas do assento para se sustentar.

– Se me bater de novo, seu branco, eu te estouro os miolos – disse.

O branco grandalhão perdeu o rebolado, porque tinha visto desde o começo que o homem era cego.

– Está me ameaçando, rapaz? – perguntou, atônito.

Fat Sam ficou de pé na frente da porta como se, por via das dúvidas, pudesse ser o primeiro a sair.

Ainda dando uma de deixa-disso, o pastor pardo e gorducho disse atrás do jornal:

– Paz, homens, para Deus não existe cor.

– Ah, não? – questionou o cego, e sacou um enorme revólver calibre 45 de baixo do casaco velho de anarruga, atirando no branco à queima-roupa.

A explosão estilhaçou janelas, rompeu tímpanos, acabou com a razão e os reflexos. O branco grandalhão instantaneamente encolheu, ficando do tamanho de um anão, exalando todo o ar dos pulmões comprimidos.

A pele molhada e negra de Fat Sam secou instantaneamente, e empalideceu.

Mas a bala da pistola 45, tão cega quanto seu atirador, tinha ido na direção na qual a pistola tinha sido apontada, atravessado as páginas do *New York Times* e penetrado no coração do pastor pardo e gorducho. – Uh! – grunhiu o religioso, soltando a Bíblia.

O momento de silêncio foi apropriado, porém não intencional. Foi só que os passageiros morreram por um momento, logo depois do impacto da bala.

Os reflexos retornaram com o fedor de cordite queimada que fez arderem as narinas, aguarem os olhos.

Uma irmã de cor ficou de pé num pulo e gritou: – UM CEGO COM UMA PISTOLA NA MÃO! –, como apenas uma mulher de cor, com quatrocentos anos de experiência, sabe gritar. Sua boca formou uma elipse grande o suficiente para engolir a pistola do cego, expondo as manchas marrons de tártaro nos molares dela e uma língua manchada de branco achatada entre os dentes do fundo e arredondada no fundo, contra a ponta do palato, que vibrou como um diapasão vermelho-sangue.

– UM CEGO COM UMA PISTOLA NA MÃO! UM CEGO COM UMA PISTOLA NA MÃO!

Foram os berros dela que fizeram todos se descontrolarem. O pânico começou, como fogos de artifício chineses.

O branco grandalhão saltou para a frente como por reflexo e colidiu violentamente com o cego, quase derrubando a pistola da mão dele. Recuando, voltou a dar pulos, dando um encontrão com a coluna de ferro tubular. Pensando que estava sendo atacado por trás, pelo outro irmão de cor, pulou para a frente outra vez. Se devia morrer, preferia pela frente que por trás.

Assaltado pela segunda vez por um corpo imenso e fedorento, o cego pensou que estava cercado por linchadores. Mas ia levar alguns daqueles miseráveis consigo, decidiu, e atirou duas vezes, a esmo.

Os tiros seguintes foram demais. Todos reagiram imediatamente. Alguns pensaram que o mundo ia acabar; outros que os venusianos estavam chegando. Vários passageiros brancos pensaram que os negros estavam assumindo o poder; a maioria dos irmãos de cor pensou que tinha chegado sua hora.

Mas Fat Sam era um realista. Correu direto para fora, atravessando a porta de vidro. Felizmente o trem havia chegado à estação da 125th Street, e estava quase parando. Porque um momento ele estava dentro do vagão e no seguinte ele estava fora do trem, na plataforma, de quatro, coberto de sangue, as roupas em farrapos, cacos de vidro brotando do sangue suarento que cobria sua pele molhada e negra, surrealista como um mural francês.

Outros que tentaram imitá-lo ficaram presos nos cacos do vidro quebrado e foram cortados sem dó nem piedade pelas portas quando elas se abriram. De repente, o pandemônio se transferiu para a plataforma. Corpos caíam colidindo uns contra os outros, esparramavam-se sobre o concreto. Pernas esperneavam inutilmente no ar. Todos tentavam escapar, fugindo para a rua. Os gritos aumentaram o pânico. As escadas ficaram repletas de corpos das vítimas. Outros também caíram ao tentar insensivelmente passar por cima deles.

A irmã de cor continuava a berrar:

– UM CEGO COM UMA PISTOLA NA MÃO!

O cego apalpava a escuridão, apavorado, tropeçando nos corpos caídos, acenando com o revólver como se ele tivesse olhos.

– Onde? – gritou, lastimavelmente. – Onde?

22

O povo do Harlem estava tão irado quanto apenas as pessoas do Harlem podem ficar. O governo da cidade de Nova York tinha mandado demolir os cortiços condenados no quarteirão do lado norte da 125th Street, entre as avenidas Lenox e Seventh, e os moradores não tinham para onde ir. Os moradores de outras partes do Harlem estavam zangados porque esses sem-teto iam ser impingidos a eles, e seus subdistritos iam se favelizar. Era um quarteirão comercial também, e os proprietários de pequenas lojas nos térreos dos prédios condenados estavam furiosos porque o aluguel nos edifícios novos seria proibitivo.

O mesmo se aplicava aos moradores, mas a maioria não tinha ainda chegado a esse nível de raciocínio. Agora estavam entretidos com a urgência de ter que encontrar outro canto para morar imediatamente e ressentiam-se amargamente de terem sido despejados das casas onde alguns deles haviam nascido, e seus filhos tinham nascido, e onde alguns tinham se casado e onde amigos e parentes haviam morrido, por mais que fossem apartamentos caindo aos pedaços que tinham sido condenados como impróprios para que seres humanos morassem neles. Eles haviam sido obrigados a morar ali, em meio a toda aquela sujeira e degradação, até suas vidas terem se adaptado ao lugar, e agora estavam sendo despejados. Era o suficiente para fazer qualquer um criar um tumulto.

Uma irmã de cor zangada, que estava assistindo a tudo do outro lado da rua, protestou em voz alta:

— Eles chamam isso de "reforma urbana", eu chamo isso de despejo de moradores!

— Por que ela não se cala, se não pode fazer nada? — disse uma adolescente, tipo contestadora.

A amiguinha dela, também contestadora, soltou risadinhas.

– Ela até parece um colchão enrolado.

– Fecha o bico você também. Vai ficá assim também quando tivé a idade dela.

Dois malandros que tinham acabado de chegar do ginásio da ACM espiaram de relance os livros em exibição na vitrine da Livraria Nacional da Memória Africana ao lado da joalheria da esquina.

– Eles vão derrubar essa loja negra também – comentou um deles. – Não querem que a gente fique com nada.

– E daí? – respondeu o outro. – Eu não leio.

Chocado e incrédulo, o seu amigo parou para olhar para ele.

– Cara, eu não admitiria uma coisa dessas. Precisa aprender a ler.

– Não sacou a minha, bicho. Eu não disse que não sei ler, disse que não leio. Por que ia ler toda essa babaquice que os brancos estão derrubando?

– Hum! – admitiu o amigo e continuou andando.

Porém, a maior parte dos negros ficou ali parada apaticamente, olhando as esferas de demolição batendo contra as velhas paredes já desmoronando. Era um dia quente, e eles suavam copiosamente, como se respirassem o ar venenoso misturado com vapores de gasolina e pó de gesso branco.

Mais para leste, no outro extremo do quarteirão condenado, onde a Lenox Avenue faz um cruzamento com a 125th, Grave Digger e Coffin Ed estavam parados na rua, atirando nas ratazanas que corriam dos edifícios condenados com suas enormes pistolas niqueladas calibre 38, em uma armação de 44. Toda vez que a esfera de demolição de aço batia contra uma parede podre, um ou outro rato corria indignado para a rua, parecendo mais ofendido que os moradores despejados.

Não só ratos, mas enxames de percevejos assustados desciam pelas ruínas em disparada, e baratas negras e gordas cometiam suicídio, pulando das janelas de andares altos.

Os tiras tinham como platéia um bando de malandros com cara de sacanas do bar da esquina que estava adorando ouvir aquelas pistolas enormes disparando.

Um sujeito avantajado alertou, de brincadeira:

– Não atirem nos gatos por engano, hein?

– Os gatos são pequenos demais – respondeu Coffin Ed. – Essas ratazanas parecem mais com lobos.

– Estava falando dos gatos bípedes.

Nesse momento, um rato enorme saiu de baixo de uma parede que caía e esfregou a pata na calçada, bufando.

– Ei! Ei! Ratão! – gritou Coffin Ed feito um toreador tentando chamar a atenção do touro.

Os irmãos de cor assistiam em silêncio.

De repente o rato ergueu os olhos vermelhos e assassinos, e Coffin Ed acertou-o bem no meio da testa. A bala encapsulada em cobre calibre 38 fez o corpo do rato pular fora do couro.

– Olé! – gritaram os irmãos de cor.

Os quatro tiras uniformizados da outra esquina a leste pararam de conversar e olharam em torno, nervosos. Tinham deixado seus carros-patrulha estacionados nos dois lados da 125th Street, além da área de demolição, como se para evitar que algum dos despejados atravessasse a ponte Triborough e entrasse nos bairros restritos de Long Island.

– Ele só atirou em outro rato – disse um deles.

– Uma pena se era um rato preto – disse um segundo tira.

— Isso é com você – respondeu o primeiro policial.

— Mas sem dúvida nenhuma – respondeu o segundo tira. – Eu não tenho medo.

— Essas ratazanas, do tamanho que são, esses negros podiam cozinhá-las e comê-las – comentou o terceiro cinicamente.

— E deixar de receber auxílio-pobreza – acrescentou o segundo policial.

Os três riram.

— Quem sabe esses ratos não andaram cozinhando e comendo aqueles pretos, e por isso são tão grandes – continuou o terceiro tira.

— Isso aí que vocês estão dizendo não tem graça nenhuma – disse o quarto policial.

— Então por que está tentando disfarçar o riso? – observou o outro.

— Estava era sentindo vontade de vomitar, só isso.

— É só isso que vocês hipócritas fazem: ter ânsia de vômito – devolveu o segundo policial.

O terceiro captou um movimento com o rabo do olho e virou a cabeça de repente. Viu um homem negro gordo sair correndo do metrô, todo ensangüentado, pingando sangue, suor e lágrimas, trazendo um verdadeiro pandemônio atrás de si. As outras pessoas ensangüentadas que surgiram atrás dele pareciam enlouquecidas de terror, como se tivessem escapado das garras do capeta.

Mas foi a visão do negro correndo e ensangüentado que eletrizou os policiais brancos e incitou-os à ação. Um negro ensangüentado correndo só podia significar encrenca, e eles tinham toda a raça branca para proteger. Saíram correndo em quatro direções diferentes, com os revólveres em punho e olhos semicerrados.

Grave Digger e Coffin Ed assistiram ao que eles faziam assombrados.

– O que houve? – indagou Coffin Ed.

– Só aquele negão gorducho ali todo coberto de sangue – disse Grave Digger.

– Diabo, se fosse sério mesmo, ele jamais teria chegado até aqui – comentou Coffin Ed, descartando o assunto.

– Não sacou ainda, Ed? – explicou Grave Digger. – Aqueles tiras brancos precisam proteger as mulherzinhas brancas.

Vendo um tira branco uniformizado frear e virar-se para fazê-lo parar, o gorducho negro saiu correndo na direção dos detetives negros. Ele não os conhecia, mas eles estavam armados, e isso bastava.

– Ele está fugindo! – gritou o primeiro tira, lá de trás.

– Deixa que eu cuido desse negão! – disse o policial da frente. Ele era o terceiro tira que pensava que os negões comiam ratos.

Nesse momento, o branco corpulento que tinha começado aquele rolo todo subiu as escadas, arquejante, sem fôlego, como se não pudesse mais.

– Não é esse o crioulo, não! – bradou.

O terceiro policial parou, deslizando ao frear, subitamente intrigado.

Aí o cego veio subindo as escadas, aos tropeções, batendo no corrimão com a pistola.

O grandalhão branco pulou para um lado, num terror cego.

– Esse é que era o preto que estava com a arma – berrou ele, apontando para o cego que estava subindo as escadas como uma "sombra" vinda do East River.

Ao ouvir a voz do branco, o cego paralisou-se.

– Você ainda está vivo, seu safado? – Parecia chocado.

– Atira nele, anda! – alertou o branco aos policiais brancos agora em estado de alerta.

Como se o alerta tivesse sido para ele, o cego ergueu

a pistola e atirou no branco grandalhão pela segunda vez. O branco pulou para cima como se um buscapé tivesse explodido no seu cu.

Mas a bala atingiu o tira branco no meio da testa, enquanto ele mirava e ele caiu morto.

Os irmãos de cor que estavam observando as momices dos policiais brancos, petrificados de horror, trataram de ir saindo de fininho.

Quando os três outros tiras uniformizados convergiram para onde o cego estava, ele ainda estava puxando o gatilho da pistola vazia de dupla ação. Eles o derrubaram rapidamente.

Os irmãos de cor que haviam chegado às portas e às esquinas pararam um instante para ver o resultado.

– Meu Deus Todo-Poderoso! – exclamou um deles. – Esses tiras brancos nojentos atiraram nesse irmão inocente!

Ele tinha uma voz alta, que dava para se ouvir nitidamente, como têm os irmãos de cor, e vários outros irmãos, que não tinham visto o fato, o ouviram. Acreditaram nele.

Como fogo na floresta, o boato se espalhou.

– MORREU UM HOMEM! MORREU UM HOMEM!

– OS BRANCOS MATARAM UM IRMÃO DE COR!

– OS TIRAS BRANCOS, ESSES MISERÁVEIS, ESSES MESMO!

– VAMOS PEGAR ESSES SAFADOS, GENTE!

– DEIXA EU IR BUSCAR O MEU REVÓLVER PRIMEIRO, PORRA!

Uma hora depois, o tenente Anderson já estava ouvindo a mensagem de Grave Digger pelo rádio.

– Não dá para vocês acabarem com esse tumulto?

– Não há como controlar a coisa, chefe – respondeu Grave Digger.

– Muito bem, então chamem reforços. Qual foi a causa?

– Um cego com uma pistola na mão.
– Como disse?
– Você me ouviu, chefe.
– Isso não faz sentido nenhum.
– Não faz mesmo.

Coleção L&PM POCKET (LANÇAMENTOS MAIS RECENTES)

417. **Histórias de robôs: volume 1** – Isaac Asimov
418. **Histórias de robôs: volume 2** – Isaac Asimov
419. **Histórias de robôs: volume 3** – Isaac Asimov
420. **O país dos centauros** – Tabajara Ruas
421. **A república de Anita** – Tabajara Ruas
422. **A carga dos lanceiros** – Tabajara Ruas
423. **Um amigo de Kafka** – Isaac Singer
424. **As alegres matronas de Windsor** – Shakespeare
425. **Amor e exílio** – Isaac Bashevis Singer
426. **Use & abuse do seu signo** – Marília Fiorillo e Marylou Simonsen
427. **Pigmaleão** – Bernard Shaw
428. **As fenícias** – Eurípides
429. **Everest** – Thomaz Brandolin
430. **A arte de furtar** – Anônimo do séc. XVI
431. **Billy Bud** – Herman Melville
432. **A rosa separada** – Pablo Neruda
433. **Elegia** – Pablo Neruda
434. **A garota de Cassidy** – David Goodis
435. **Como fazer a guerra: máximas de Napoleão**
436. **Poemas de Emily Dickinson**
437. **Gracias por el fuego** – Mario Benedetti
438. **O sofá** – Crébillon Fils
439. **O "Martín Fierro"** – Jorge Luis Borges
440. **Trabalhos de amor perdidos** – W. Shakespeare
441. **O melhor de Hagar 3** – Dik Browne
442. **Os Maias (volume1)** – Eça de Queiroz
443. **Os Maias (volume2)** – Eça de Queiroz
444. **Anti-Justine** – Restif de La Bretonne
445. **Juventude** – Joseph Conrad
446. **Singularidades de uma rapariga loura** – Eça de Queiroz
447. **Janela para a morte** – Raymond Chandler
448. **Um amor de Swann** – Marcel Proust
449. **À paz perpétua** – Immanuel Kant
450. **A conquista do México** – Hernan Cortez
451. **Defeitos escolhidos e 2000** – Pablo Neruda
452. **O casamento do céu e do inferno** – William Blake
453. **A primeira viagem ao redor do mundo** – Antonio Pigafetta
454. (14). **Uma sombra na janela** – Simenon
455. (15). **A noite da encruzilhada** – Simenon
456. (16). **A velha senhora** – Simenon
457. **Sartre** – Annie Cohen-Solal
458. **Discurso do método** – René Descartes
459. **Garfield em grande forma** – Jim Davis
460. **Garfield está de dieta** – Jim Davis
461. **O livro das feras** – Patricia Highsmith
462. **Viajante solitário** – Jack Kerouac
463. **Auto da barca do inferno** – Gil Vicente
464. **O livro vermelho dos pensamentos de Millôr** – Millôr Fernandes
465. **O livro dos abraços** – Eduardo Galeano
466. **Voltaremos!** – José Antonio Pinheiro Machado
467. **Rango** – Edgar Vasques
468. **Dieta Mediterrânea** – Dr. Fernando Lucchese e José Antonio Pinheiro Machado
469. **Radicci 5** – Iotti
470. **Pequenos pássaros** – Anaïs Nin
471. **Guia prático do Português correto – vol.3** Cláudio Moreno
472. **Atire no Pianista** – David Goodis
473. **Antologia Poética** – García Lorca
474. **Vidas paralelas: Alexandre e César** – Plutarco
475. **Uma espiã na casa do amor** – Anaïs Nin
476. **A gorda do Tiki Bar** – Dalton Trevisan
477. **Garfield um gato de peso** – Jim Davis
478. **Canibais** – David Coimbra
479. **A arte de escrever** – Arthur Schopenhauer
480. **Pinóquio** – Carlo Collodi
481. **Misto-quente** – Charles Bukowski
482. **A lua na sarjeta** – David Goodis
483. **Recruta Zero** – Mort Walker
484. **Aline 2: TPM – tensão pré-monstrual** – Adã Iturrusgarai
485. **Sermões do Padre Antonio Vieira**
486. **Garfield numa boa** – Jim Davis
487. **Mensagem** – Fernando Pessoa
488. **Vendetta** *seguido de* **A paz conjugal** – Balzac
489. **Poemas de Alberto Caeiro** – Fernando Pessoa
490. **Ferragus** – Honoré de Balzac
491. **A duquesa de Langeais** – Honoré de Balzac
492. **A menina dos olhos de ouro** – Honoré de Balzac
493. **O lírio do vale** – Honoré de Balzac
494. (17). **A barcaça da morte** – Simenon
495. (18). **As testemunhas rebeldes** – Simenon
496. (19). **Um engano de Maigret** – Simenon
497. (1). **A noite das bruxas** – Agatha Christie
498. (2). **Um passe de mágica** – Agatha Christie
499. (3). **Nêmesis** – Agatha Christie
500. **Esboço de uma teoria das emoções** – Jean-Paul Sartre
501. **Renda básica da cidadania** – Eduardo Suplicy
502. (1). **Pílulas para viver melhor** – Dr. Lucchese
503. (2). **Pílulas para prolongar a juventude** – Dr. Lucchese
504. (3). **Desembarcando o Diabetes** – Dr. Lucchese
505. (4). **Desembarcando o Sedentarismo** – Dr. Fernando Lucchese e Cláudio Castro
506. (5). **Desembarcando a Hipertensão** – Dr. Lucchese
507. (6). **Desembarcando o Colesterol** – Dr. Fernando Lucchese e Fernanda Lucchese
508. **Estudo de mulher** – Balzac
509. **O terceiro tira** – Flann O'Brien
510. **100 receitas de aves e ovos** – José Antonio Pinheiro Machado
511. **Garfield em Toneladas de diversão** – Jim Davis
512. **Trem-bala** – Martha Medeiros
513. **Os cães ladram** – Truman Capote
514. **O Kama Sutra de Vatsyayana**
515. **O crime do Padre Amaro** – Eça de Queiroz
516. **Odes de Ricardo Reis** – Fernando Pessoa
517. **O inverno da nossa desesperança** – John Steinbeck
518. **Os piratas do Tietê** – Laerte
519. **Rê Bordosa: Do começo ao fim** – Angeli
520. **O Harlem é escuro** – Chester Himes